百年中国记忆
系列丛书

总策划、主编
刘未鸣

副主编
唐柳成　张剑荆　段　敏

永做自由人

李公朴散文通讯选

李公朴　著

百年中国记忆·先烈经典文丛

中国文史出版社

图书在版编目（CIP）数据

永做自由人：李公朴散文通讯选 / 李公朴著 . -- 北京：中国文史出版社，2020.11

（百年中国记忆 . 先烈经典文丛）

ISBN 978-7-5205-2461-2

Ⅰ . ① 永… Ⅱ . ① 李… Ⅲ . ① 散文集—中国—现代 ② 通讯—作品集—中国—现代 Ⅳ . ① I216.2

中国版本图书馆 CIP 数据核字（2020）第 211797 号

责任编辑：秦千里

出版发行：中国文史出版社
社　　址：北京市海淀区西八里庄路 69 号院　邮编：100142
电　　话：010-81136606　81136602　81136603（发行部）
传　　真：010-81136655
印　　装：北京朝阳印刷厂有限责任公司
经　　销：全国新华书店
开　　本：16 开
印　　张：21
字　　数：262 千字
版　　次：2021 年 1 月北京第 1 版
印　　次：2021 年 1 月第 1 次印刷
定　　价：65.00 元

编者说明

李公朴（1902—1946），江苏武进人。杰出的民主战士和社会教育家，中国民主同盟会的创始人之一，革命先烈。幼时家境贫寒，当过学徒。1925年入沪江大学学习，同年加入中国国民党。五卅运动中，参加上海学联，任工人科长。1926年初加入国民革命军，因不满“清党”，离开军队。1928年8月赴美国俄勒冈州雷德大学政治系学习，其间撰写海外通讯30多篇。1930年冬归国后，任环球新闻社社长。1932年出版《申报月刊》《申报年鉴》，并创办业余补习学校与图书馆。1934年11月10日，与柳湜、艾思奇在上海共同创办《读书生活》半月刊。1936年，与邹韬奋等人共同创办读书生活出版社，当选为全国各界救国会联合会执行委员。1936年11月23日，与其他6位“救国会”领导人一起被国民政府以“危害民国”的罪名逮捕，史称“七君子事件”。1937年12月，在武汉与邹韬奋、沈钧儒、陶行知一起创办《全民抗战》三日刊，建立全民通讯社。同年，任第二战区宣传部长。1937年底，应阎锡山邀请，任山西民族革命大学副校长。1938年11月，赴延安参观，会见了毛泽东。在中国共产党支持下，组建“抗战建国教学团”，在晋察冀边区、晋冀鲁豫边区培训抗日宣传人员。从1937年8月到1940年11月，他多次前往华北抗日前线从事战地教育，为团结抗战奔走呼号。1941年，李公朴到达云南昆明，组织“青年读书会”，出版《青年周刊》。1942年，创办北门书屋，传播马列主义思想；1943 年创办北门出版社。1944 年 10 月，加入中国民主同盟，1945 年 10 月 1 日当选为中央执行委员。1946 年 1 月与陶行知在重庆创办社会大学，任副校长兼教务长。1946 年 7 月 11 日，李公朴在昆明大兴街学院坡被开枪行刺，于次日逝世。

本书挑选了李公朴主要著作中最有特色的通讯和青年修养类文章。他在美国留学时曾应邀给邹韬奋的杂志提供过 30 多篇考察美国国情的通讯；抗日战争时期，他撰写过《我们的工作在晋西北》《华北敌后——晋察冀》等长篇通讯，他花 6 个多月，走访 15 个县 500 多个村庄，认为晋察冀是民主的模范抗日根据地，也是将来“新中国雏形”。从 1937 年 8 月到 1940 年 11 月的三年多时间，他四上华北抗战前线、二访延安，完成了四五十万字抗战文章，在全国影响很大。而他关于青年修养的文章，比如《读书实验》《青年人怎样锻炼自己》《民主生活讲话》等，条分缕析，于激情中不失温和理性，依然值得深味咀嚼。另外，他的杂文充满血性，透着将生死置之度外的豪迈气概，让人体会到激励着他的内在精神和力量。

目　录

散　文

杂　文

通　讯

散　文

五分钟的狂热与一夜的高兴

美国人过新年的热闹，那是不能与中国比的，他们过年的时间，实际上只有五分钟，说长一点，一夜而已！至于守岁的习惯，倒是中西不谋而合的。记者因要看看外人过年的情形，所以不惜费了半夜的工夫，同一位同学跑到一月一号早晨四点钟才回校睡觉。我觉得此行很不虚。

我们知道美国人都是小家庭，所以他们逢年过节，是不会像我们中国多数家庭能老小在一起热闹欢叙的，他们多数是出来到公共的娱乐场去寻乐。我记得在年三十一号晚上十一点钟的时候，街上的人与汽车电车热闹非常声音嘈杂，因为全城的多数人均在这个时候“出来过年”了！最有趣的是到了最后十二点前的五分钟时间，街上就忽然同“造反”一般的轰动起来，汽车喇叭、爆竹、小孩子的号筒、口琴、大铃小铃，同在路上走路者的“新年快乐”的呼叫声一齐叫起来了。当时记者的心理是去看他们如何过年的，所以我的态度就如看戏一般。不过有一点我感觉到的就是那种“爆竹一声，岁序更新的升平气象”的情景。在中国自我出世以来，就没有遇着过！只可看看古人的诗文中描写的“升平气象”而已！所谓年年刀兵，岁岁饥馑，那是中国最近十数年来的情形，现在到外国来看见人家这样快乐的庆祝新年，回想到我的中国尚有数千万饥民待赈的状况，怎能不叫我触景伤情呢！

第二件事我看见的就是到十二点半钟后街上的人就渐少了，因为人都到娱乐场去跳舞哪，看牌哪，吃酒哪（美国禁酒的法律在这一夜更失效了！）看影戏哪，看文明戏哪，听音乐会哪，及其他等等的游戏方法。记者走进一影戏馆时，不觉使我吓了一跳，原来今夜的影戏馆内，与平时大不同了，里头五花八门的怪声音都有，小孩子更不必说了，就是二十几岁的青年男女，有许多也是喊个不停，好像非如此不足以表示过年一样。据说那一夜各处都是如此。在第二天所谓新年元旦，亦照例是普遍的假 期一日，所以美国的元旦日早晨的情形，可说也同中国差不多，到了次二日则又一切如常，新年即完全过去，所余者仅“新年快乐”一句话则仍不时的流入耳鼓。美国人对于新年不十分注意的原因，就是他们祖宗所传流下的习惯，是重视庆祝耶稣圣诞节，一切历史造下的礼节习惯也很多，同时他们在过圣诞节时已可说将新年包括在内，如送圣诞节的片子或礼物上面都带“新年快乐”的一句，所以到了与圣诞节日期相隔不远的新年，也只好及时点缀一下就完事了。

在新年与圣诞节这两个大节期中深觉有两件事很值得提出来与诸位谈谈的，就是“吃”与“乐”。在圣诞节的前一夜有祝圣诞，非常热闹。记者那天赴一个很正式的宾客众多的家宴，这也是很可代表美国上流社会宴会与娱乐的情形。第一，他们菜的花样虽也很多，但是重质不重量的，加之油腻不厚，所以吃过之后，主人预备的菜虽多而不繁，而客人亦觉口腹舒畅，无多食之苦。论起中国的“吃”那本来是天下闻名，所可惜者，就是分派的尚不得法，所以我们觉得在过年时候，从普遍的情形上看，大毛病就是吃得太多，于卫生上很不相宜。第二，他们大家吃过之后还有半小时以上之随意谈天，然后由主人将预定的娱乐秩序一样一样的实行起来，如钢琴，凡亚林，独唱，说笑话等等游戏，宾主都能尽欢而散。中国对于这种娱乐，就普通社会上说，本来很缺乏的，在过年过节的时候，除了看戏赌钱式消遣的种种方法外，所谓比较好一点的娱乐实在不多，我觉得我国对此二事很有提倡改良的必要。

一九二九·一·三·寄自美国炮特伦城

《生活周刊》4 卷 9 期，1929 年 1 月十 13 日

有了面包以后

美国一般人的生活，在要求舒适，但要舒适，须先有职业以解决面包问题，所以职业问题不得不列为大前提。其次则为组织家庭问题。故大多数在大学求学的学生，及半工半读，与方得职业之中学毕业生，其收入尚不足以成家者，则莫不有两个最好或较有交情的女友，时相往来，过恋爱的生活。说到这里，不妨将此邦女子在未嫁之前，她们职业的情形说一说，据调查所得，美国在这十数年中，女子不独在受大学教育方面之数目激增，而女子在职之数目亦大增。其实此固理之当然。比如记者所在之学校女生竟半数以上，我在社会学的班中仅有男学生二人，有时那位男同学不来时，则仅我一人，若是我们中国老学究们当此，必要连呼什么"群雌粥粥"不已了，惟女子在求学时代做工者虽在此间是比较的少数，然较中国大学中做工带读书的男学生则又多多了。此间女子有职业而经济独立者，则到处皆可看得出来。各戏馆之招待员、卖票，几乎变成女子之专利品，至各商店各吃食店中则无不有近半数之女职员。大学毕业之女子则多半做较负责任的事务，如管银钱或其他较用思想的工作。惟多数出嫁后则在家料理家政，即有继续职业者亦多减少其工作之时间与收入。大学未毕业而结婚者很少，然间亦有之。此校中上月就有两位男女同学结婚。但他们每日来上课则仍与前无异，闻两人均为明年毕业。此间结婚之形式，吾以为既简单，亦尊重。在本刊上卷五十期中曾有"简单之大喜”一文，吾以为我国昔人制定种种婚姻之礼节，在初意无非为表示尊重，后人纵事奢华，遂失原意。所以现在吾人虽反对麻烦之婚姻仪式，但是以今日中国之社会现状论，仍宜维持简单而尊重之礼节。比如此间两位同学，他们结婚的仪式是于早两日在报纸上结婚宣布栏内登一个很简单的通告，广告费是很有限的，然后于星期日，男女到礼拜堂行结婚礼，牧师证婚，两方家长参礼。二十分钟礼成，礼拜一新夫妇二人则同来上课了。他们的态度与神情与结婚以前无异，校中师生对之除示以微笑贺意外，亦不若我们中国一般人对于新郎新娘那样奇特的大惊小怪！至结婚之男女亦不若中国结婚者之过分的快乐与失常态的神情，好像终身大事是以那几天为特别重要一般。不过若论到我国旧式婚姻，男女从未 见过面，一朝相逢，就变成终身伴侣来讲，则男女二人要失常态，我不为无因。至由恋爱而成之婚姻，则重要点乃在订婚前之慎重，与实行同居恋爱生活后，如何使此爱可勿衰或日增浓厚。

《生活周刊》4卷18期，1929年3月31日

望尘莫及的浓厚兴味

美人对于娱乐兴味之浓厚，诚为一般国人所望尘莫及。实际讲起来，美国人的生活也可以拿“娱乐的生活”来概括它。他们娱乐的种类大概可分作音乐、影戏、舞台戏（如中国文明戏及京戏一类）以及运动，如骑马，打猎与各种球戏等类。而美人大多数酷爱音乐的情形，据说尤其是这几年来如同发狂一样，可说无论男女老幼，虽程度有高下之分，但不喜欢的人恐怕就没有，因此他们音乐的进步也大有一日千里之势。日前此城一位最有名的音乐师在学校演讲后，曾问及我中国音乐进步的情形，却真令我惭愧回答。吾仅告以中国有一种古七弦琴，为音乐中最高尚者，徒以学弹不易，致曲高和寡，惟现在中国提倡研究此种音乐以谋进步者已不乏人，至其他如笙箫管笛及琵琶等则均甚普遍云云。不过提倡高尚娱乐虽是一问题，然使人民生计日趋巩固，可以增进人民求高尚娱乐之机会，则又一问题。所以在今日中国多数人民衣食不济之秋，而来谈娱乐问题，当然是更困难的事情。

若论起娱乐的真实性来，却也不是终日嬉戏，不务正业。比方此间各种游戏场所，除星期六及星期日外，在平时午后五六时前之影戏场中，则多数为女子，而尤以老太太占多数，普通商人及工人则大多数是星期六及星期日到游戏场中去。我们觉得适当的娱乐也是增加吾人精神思想体力的一种要素，所以在今日之中国虽问题有缓急之分，然提倡高尚的娱乐固亦未可忽视。

寄自炮特伦城

《生活周刊》4卷20期，1929年4月14日

女　儿

中国家庭中做母亲的，非不爱女儿，但却更爱儿子，最大区别，就是嗣续关系；她们以女儿是人家人，所以比较起来终觉得传宗接代的儿子是宝贵得多了。若反过来看，儿子女儿谁与母亲亲热一点？谁待母亲好一点？我们用一句似武断而非武断的话来讲，平均起来，似乎还是女儿待母亲较好、较接近一点。但做母亲的人，在丈夫死后，大多数仍是随着儿子，是很少由女儿奉养的；而同情慈爱的婆婆，与贤孝的媳妇，又总很不容易遇在一起。中国家庭中因为婆媳不和，直接间接也不知生出多少不幸的惨剧，苦恼的风波！本刊向来主张小家庭的原因固多，此亦未始非其中之一。美国社会是完全由小家庭组织起来，父母与儿子媳妇同居在一个大门内的，固然没有，就是父亲死后（此间男子先女子而死者占多数），母亲与儿子媳妇同住者，也是很少很少。然而在这很少数当中，据说母亲随女儿同居者，则又比较的多一些。记者来此所遇着家庭中住有一位老太太的，已有四家，而查问的结果，又均是女主人的母亲，但经济的负担，仅就吾所见者论，则有三位老太太是自己有相当存款，足以应个人所需用，其所以住在女儿处者，也不过是免得独居寂寞之苦耳；有一位是完全依赖女儿过活的，则是本校一位教授的岳母，这位教授夫人则每日出外教一点钟书，以所得的束脩，来奉养老母，他们外国人对经济问题，你看分得又是如何清楚。不过岳母住在婿家，据说仍是少数。我在一个礼拜堂内，曾遇见十几位年逾花甲，或古稀的老太太们，同她们谈起来，方知多数都有很好的儿子女儿在纽约或华盛顿有很好的职务，快乐的家庭，但她们这许多老太太自丈夫死后，就过孤独的生活，其一种凄凉情形，与饮食起居无一切实人照应的苦况，却也可怜！政府所设之养老院中，亦时有人满之患，此则又为过分注重个人主义之结果，是则为吾国今后提倡改良家庭制度者，所应注意的一点。日前记者还听到一个似乎很有趣味的新闻，在我国社会上或者要觉是笑话，但在这里的人们看来，就也不过这么一回事罢了。这新闻是在我们学校附近有一位老太太（五十多岁了），她有一位很宝贵的掌珠，今年就要出嫁了。这位老太太等她女儿出嫁后，她老人家就也要打起精神预备做新娘子去了。原来她有一位老爱人，本早要结婚，俾好互相照应，但因她女儿反对这位未来的晚老子，她不愿违爱女的意思，所以等到女儿出嫁后自己才做新娘。我猛听这段事实时，就忍不住的哈哈大笑，连说有趣有趣！但他们美国人虽觉此非常有之事，然却也无所谓奇怪。老年人于儿女嫁娶后，没有钱的其孤苦固不必说，就是稍有积蓄，差堪温饱者，那种单独无伴的味道，尤其是上了岁数的人，确也实在是很不容易尝受！

公朴草于灯下一，二六，一九二九

《生活周刊》4 卷 28 期，1929 年 6 月 9 日

值得我们注意的顾虑

现在人都知道美国是世界上最有钱的国家，它的中央政府的国库内，盈余着四十万万的美金，欧洲各国欠它的债，约有十三万万以上之多，此外各州政府及其人民中之大富翁，更是很多。像这样的有钱的国家，它的人民的生活问题似乎应当可以敷衍过去！但在事实上却有大谬不然者。原来美国之富，并不是普遍人民之富庶。到美国来的人，若仅在城市中看看，那就只见汽车比中国的黄包车还要多，街上虽然时常看得见有工人样子的人，但不容易看出一两个一望而知像上海随处可见的黄包车夫，那样生活维艰的人。但是我们若到他们各大工厂内去调查调查，他们多数工人的生活以及乡下多数种田农人的生活情形，我们就可以看出仍有多数人民在经济压迫之下，过不足以养家活口的生活。[美国平均社会生活程度，每一小家庭每月约需一百五十元金洋之收入，方可过普通的生活，现在美国工人的平均收入则在九十元左右。（农人在外）但若与一九一0年较，则工厂工人之平均收入则已增加近半数了。农田雇工之平均收入适等工厂工人之半数，食住由农场供给。]据最近的调查，仍有一百廿万靠做工吃饭的失业工人。何以会如此呢？回答这个问题，从最简单的一方面来说，就是因为美国的人民程度，与政府组织，虽然比我们中国好得多，然其政府之大权与政策，则实际上仍在资本地主阶级的掌握之中。（美国现在之共和和民主两主要政党，历史传下就是如此：一是代表资本家，一是代表大地主。虽界限或不能分得这样清楚，但都是代表有钱的少数人的利益，总是人所公认的了。）老实说，大多数美国人民，对于政治问题，从好听的一方面讲他们似乎很相信他们祖宗遗留下来的一部宪法，与两个直接主持国家政治的大政党，所以他们就很懒得去时时注意那许多很麻烦的政治问题。有一次我同几个研究政治的美国同学，谈到这个问题时，内中有一位冷冷的表示讥讽他们国人，说道：“我想我国人多数只注意个人生活方面，并不注意政治的事情；况且改变宪法，以及与金钱万能的资本家去争斗，又是至不容易见效的事。至于外交方面，倘若像中国人嘴上常说的有那样多的国耻，那么方可激动他们对政治的注意……”我觉得这几句话诚，大可寻味，不过说对中国国耻这样多的话，我虽知道说者非有意讥笑中国，所以并不怪他，但是令我不能已于言者，就是西顾所谓“有这样多国耻”的中国，尤其是济南血迹未干、日兵久占，有这样簇新国耻的中国，吾不知国人中有几分之几是“念兹在兹”而直接间接作雪耻之图谋的人！自国府改组，五院成立，东省易帜，全国无二色之旗，国际地位似已渐有增进，这种气象，又多么令人兴奋！但是同时吾人读中西文的报纸，往往又于字里行间，看出本党内部之意见仍不免纠纷，而一班希望中国多事的帝国主义者之报纸，则更多方揣测，造出许多非夷所思的消息，极破坏我们在国际间地位信用之能事，又多么令人气愤！

我们知道美国的政府是受资产阶级所操纵的。我们若稍一审查彼邦历来政治上之领袖人物，虽有许多关于个人的学问道德均足令人钦佩，但大都于不知不觉中，受其本党历来政策与所代表之资本家利益所束缚，虽要想做一两件与多数农工有大利益的事，亦很不容易。像林肯总统做成那样惊天动地的解放黑奴的伟大功绩，世人多注意于人道主义一方面，殊不知他的最难能可贵者，就是不顾一切进行之困难，竟提出与在政治上有绝大潜势力的大地主根本利益冲突的主张，后来竟因此发生南北战争。困苦艰辛而得到最后的胜利。他那种超越一切伟大勇敢的精神，自无怪乎要令举世倾倒。然若当时北方各州之大地主亦蓄有大批黑奴，换言之，倘林肯要主张一件与全国资本家根本利益冲突的主张，则吾恐虽至今日，能否实现，亦无人敢说，所以在这一点上看来，我们就可推想得要改进在资本主义势力下之政治问题，又是如何困难的一件大事。而阅者诸君也就可以领会到所谓世界上最富之美国，而他的人民仍是多数在经济压迫下过困难生活，与改进其政治不易的大概原因了。

所以现在凡是关心中国政治情形的美国政治经济与社会学者，他们因深深感到他们本国政府为资本家操纵的经验，虽有几条很合“德谟克拉西”主义精神的宪法，不过做政客口中骗骗人民的具文而已，何况那部宪法，现在差不多已为美国研究政治的学者，所一致公认是阻碍美国民治主义一件根本的障碍物！（对于美国宪法及其政府组织批评之书有好几本，有一本名《美国政府之精神》。我觉得他批评得最痛快，将美国政府内容分析得非常透彻，不知国内有否此项华文译本。）于是他们现在很注意到中国最近政治之发展，尤其是工商业逐渐发达的情形。我在这两三月中曾遇有四五位曾在华盛顿大学及哥伦比亚等大学担任过教授、讲师的政治社会学者，他们除问问最近党政组织外，末后总要提起一个问题，就是中国国民政府当此尽力开发国内富源振兴工商业的开始时期，曾否顾虑及或预防到将来资本家阻碍政府举办有关大多数中国人口的农工利益的事业。他们似有很替我们中国将来的政治前途担忧的神情，他们很不愿中国的政治将来重蹈美国为资本家所把持的覆辙。

我与他们讨论这问题时，除将国内情形略为解释外，并告彼等国民政府此后是要实行孙逸仙先生所主张的节制资本与平均地权的办法，就是将来中国工商业发达到现在美国这样情形时，我们有三民主义与建国方略为根据，不会蹈欧美各工业国家的覆辙。他们听了我如此解释后，大概尚能表示满意。但我以为彼外人所顾虑者，亦未尝不是很值得我们注意的问题。

公朴寄于美国，一九二九，一，四

《生活周刊》4 卷 25 期，1929 年 5 月 19 日

百看不厌

美国阿拉斯加州在新大陆的极西北角上，州之北部沿着北冰洋岸与俄领西伯利亚之突出一角相近得很，近欲辟中美空中航线之飞行家，将来即拟由是处飞渡太平洋，惟两岸的天气寒冷，居民稀少，亦一阻碍耳。此州前本属俄人，后由美联邦政府以七百八十万美金向俄政府购买。数十年来已为世界最大鱼场之一了。仅以历年来之渔业收入算，也不知超出多少倍七百八十万了，这是俄人出卖时所料及的么？记者在暑假中工作之鱼厂，为资本规模最大鱼厂之一，厂中装置最新式机器，四五千条三尺余长的大鲑鱼，（此一类鱼为此处出产最多者，味甚佳）两个钟头内就能用蒸气蒸熟了，冲洗得干干净净，装入罐内。再两小时则在罐子上面贴有商标装璜的招牌纸，装钉成箱，一切完事了（每条鱼平均斩头去尾，可做五六罐）。鱼厂之地点在州之中部，建筑于海湾内。这地点不独是便于捕鱼，且可说是一绝妙的避暑佳地，前临海湾，遥见太平洋面，后倚高山，有一条山涧从山后流出。鱼厂特搭一长广的栈道，沿涧通山深处，自来水管附设道上，厂中的饮料与多量的洗鱼水均赖此水。山中仍保存着新大陆初发现时之森林状态，古木参天，并时有熊鹿出没其间（熊不甚畏人），山顶上积雪终年，故来此一月余，虽闻纽约及旧金山等处炎热达百数十度，与国内亲友来函谓沪宁间又是如何盛夏无雨之种种之“热”论，然此间早晚天气则固仍如初冬一样寒冷，故每觉这番来做工固属生平第一次际遇，而避了一季夏天，也是我做这廿世纪时代的人以来空前的第一年也。这鱼厂孤独的设在此山海之间，除每星期二三有一次邮船来收送邮件外，就可说与世界隔绝交通，幸风景怡人，夕阳西下时之海面是百看不厌的。沿栈道走进峻拔峭绝之山中，到涧水深处临流垂钓，或倚石读书，是则工余后得借鱼书而乐之时也。一日钓得大山鳟两尾，烹之味佳绝！

鱼厂之工作大都是洗鱼、切鱼、装鱼、做鱼罐头、做装鱼的一切杂务，大半是由机器做，并非要用苦力气的工作。记者是管一部做鱼罐的机器，只立在机器旁，将洋铁皮子装进机内去，掌开止之职务，比较在做鱼的机器间工作已是干净而省力，然头两天我仍觉立得腿酸腰痛！此间工作忙与不忙，全视鱼船上的渔人送进来的鱼多少为标准。公司的运气好，鱼捉得多，钱赚得多，我们工人每日就要忙八九小时，以及十个小时；公司倒霉，鱼不多，赔本，就是工人的运气，每日吃饭睡觉拿钱，做二三小时工作而已。在我则一月以来做工的资格却已算是练出来了，立在机器旁，手不停的忙一天九个小时，也不觉得什么苦而难做了。

十八，七，二三，寄自阿拉斯加

《生活周刊》4卷45期，1929年10月6日

工余见闻与感想

在上次通信中记者已将所在工作的鱼厂的地位与制鱼方法，及记者所担任的工作，简略的说过，现在拟与读者谈谈此两月来的见闻与感想。

谈到记者此次要在暑假期中做工的动机，是要尝尝劳工神圣的滋味，实验一下素来只会“双手万能”的思想。如今做过汗流浃背的工作后能不能立即埋下头来读书，这是在学校常看见许多同学这种做，而我每感觉自己不能的怀疑。至于愿意跑到这没有夏天的冷地方来，乃是想借此既可有一个不化钱的旅行，（旅费均由鱼厂付），并可看一看这世界大鱼场之一的“阿拉斯加州”与捕鱼制造等状况，同时又因闻此鱼厂的工人是以日本与菲律宾工人为最多，顺便能实地调查中日菲三国工人的情形，至于一探此州中国工人的地位渐为日菲工人取代之真相，亦为促成吾来此原因之一。此番来做工之目的虽照上面看起来，似乎是大题目很多，然仍不外想于离开学校期中竭力求一点受“教育”之机会耳。两月以来，此种做工教育之结果不独可说达到我上面所要得到的各种希望，并似乎得到较学校里更好的成绩，除读完了几本应读的书外，又知道我这双手也不在别的工人之下，挑煤、搬运货物，以及钉箱子、劈木材等事，在我原有的管机器的职务外，都时常做过。初做的两天，确有吃不消之势，不是腰酸，就是臂痛，可是现在已不在乎了。又因工余时间之宝贵，故读书之兴味尤浓。心志专一，是做工生活中最感到快乐与舒畅的事情。此均为吾一生中所得的一部分大教训，为我所永不能忘的。

鱼厂中虽只有工人一百余，然经详细调查后，始知工人中竟是各色人种都有，殊属有趣。比方除中日美工人是代表黄白两种外，二三十印第安人，我们可算他代表红种，菲律宾人代表棕色，马来人种及从奴隶解放为美国国民的非洲人，代表黑种。国籍则有中、美、日本、朝鲜、菲律宾、瑞士、墨西哥、意大利，以及红黑两种无国籍的民族。想不到一个小小鱼厂，竟包含有全世界的各色种族与若干国籍的人民，是亦未始非洋洋乎大观也。在此各色人种都有的环境之下，最足使人发生感触者，即于这许多工人接触中，到处可以冷眼看出彼此对待之心理完全以各人之种族在世界上所站地位之高下为缩影。卅余国籍不同之白种工人内，至少有一半是未受教育，说浅俗之英语者，但他们却无人不自视为世界上最文明的人物；许多日本工人对白人是很客气的，然对其他任何国人则又傲慢异常：菲律宾人在红黑两种人前又时会做出“自命不凡”的神情来；至于几个中国人虽面皮同日本人一样“黄”，然因国际地位是远在日本之下，所以其他人种之工人对待中国人也就不知不觉的显出不若对日本的客气了！

国家地位之高下，国势之强弱，与个人之关系，到了这种地方就格外看出他的密切程度。我想国人中除驻节各国之外交官与旅外之华侨等应有相当之感觉外，至居在东三省、山东，尤其是上海的民众，当然更应有此感觉！近来国内军阀乱国不成后，多半都是出洋考察，我们应希望他们最少亦要考察明白中国国际地位低下，主要原因就是由于内争不息，政治不上轨道所致。他们驾临一国时，其政府与人民有时甚至连理都不理，那种目无中国之情形若与别的国家什么陆军大将到中国来时之景象一比较，我想身受者之感想自比旁观者为更甚。

倘这样的激刺可以使一班仍有封建思想者觉悟，则国际地位之增高亦计日而待矣！

《生活周刊》4 卷 17 期，1929 年 10 月 20 日

求知识的三条路

“活读书”和“读活书”这两点是我常常和业余补习学校学生谈话的中心意见，也是我自己教与学的一点经验。这篇东西是我给全体学生的谈话，由童常袁冰二君笔录下来的，或也可以供给一班想读书而不能过着书斋生活的朋友们的参考罢。全文仍经我整理和补充，欢迎读者参加意见。

知识对于我们的重要，想必大家都已知道的了。我们有了丰富的知识，才可以深切地去认识一切真理，然后才可以依据了所认识的真理，去解决我们的一切问题。所以，无论什么人都需要知识，都应该求知识。现在，虽然有无数人正在感到知识之急迫的需要，因而都在热烈的追求，不过他们有许多都只由于本能的激动而无目的的追求，同时他们误把求知识和读书当作一件事，以为求知识的惟一法门就是读书。这原因是由于他们不了解什么是知识的缘故。读书对于求知识，固然是一件很重要的事情，但并不是说就可以包括所有知识。所以，求知识除了读书之外，却还有更重要的事情。

知识二字虽然很抽象，无声无息，但并不是什么从天上掉下来的神秘的东西，而是产生在我们的日常生活之中的。简单一句，知识是我们对于外界及自身有系统的认识和应付环境而得的实际经验之总和。所以我们的求知识，是要在各人自己的日常生活中去求（读书其实应该是当作日常生活的一部份）。现在，不但有好多人误把读书当作求知识的惟一法门，而在埋头死读书，读死书；并且还有许多人所读的也并不是真正的“书”！这样的求知识的结果，好点，也只是事倍功半，不好，将为一无所得，或甚至于愈求反而愈糊涂–这样的情形，现在可实在不少！因此，我很愿意将我所知道的一点求知识的途径和大家谈谈。

（一）读书 求知识虽然不只有读书，但读书，在求知识的过程中总不失为一个重要的部份。古今来无论那一位大思想家或大科学家，没有不读许许多多书的，而这些书中又包含着各种各类的科目。因为一个人总要受到生命上、环境上的种种限制，对于宇宙间的无数量的事物，任你怎样的努力，也是不能尽知的，而实际上也无须尽知的。因为当你要研究某项事情时，你不仅对于这项事情的本身要有多方面的了解，同时，对于和它相关连的密切事情，也须要有或浅或深的了解，然后你的研究才能深入，才能把握它的真正意义。一个人总要受到生命上，环境上的种种限制，对于这许多方面的事情，有的曾经有过研究的，有的虽曾经验过，却还不大清楚的，或甚至完全不知道的。这时。你将怎样办呢？如果你要去请教朋友，不独是不胜麻烦的，并且有许多问题是你的朋友所不知道的。那么，惟一的办法就是去请教书籍帮助你。

现在且举一个简单的例来说，比方现在的日本和苏联，在目前的中国现状说，无论谁都应该知道它们的，因为它俩是和我们最近的强邻。但你都没有到过，并且事实上你也不能去，那你就只有去找各种记载日本和苏联情形的书来读，由书上去知道它。书能告诉你许多你不所知道的各种事情。假设，你有一个机会到日本或苏联了，你也只能知道你所到过的某一部份的情形，你如要知道它的全貌，那你又非再去请教书来帮助不可。书又能告诉你许多你已知道而还嫌不足的各种事情。

此外，凡是自然界或人类社会的一切演变发展的规律，都可从书中找得，书乃是无数前人和我同时代人的实践经验之积聚，包含着人类全部的历史以及一切学术上的发现与发明。我们读书，便是利用前人的一切可宝贵的经验。它能鼓励你奋斗的精神，增进你修养的功夫，更能帮助你认识宇宙，认识社会，而进一步去征服自然，改造社会。

（二）读书的工具　我们无论做什么事情，总需要工具，没有工具，就无法制造。譬如木匠，如果没有斧锯锥凿等，无论他怎样的技巧，决不能做出好东西；赛跑的人，如果没有一个健全的身体和一双有力而有训练的腿，无论怎样，他也不能夺得锦标的。斧锯锥凿等是木匠制造器具的工具，健全的身体和有力而有训练的腿是赛跑者夺标的工具。同样，在求知识的过程中的读书这件事情，也须要有许多工具。那么读书的工具是什么？读书的工具，最也要而最基本的，就是普通中小学里的教科书，如国文、英文、数学等等。

现在的青年以至一般人，往往有一种误解，就是对一个在到学校去的普通中学或小学的学生，如果有人问他到学校去是做什么？他的回答一定是“去读书”，就是那问的人也认为确是去读书。其实这是错误的。我们到学校里去还不是真正的读书，而是习学读书的工具和读书的方法，同时，也是受一点初步社会实际生活的训练。在普通中小学里所读的科目，有国文、英文、数学、物理……这些东西虽然都是一本本书，但不能算作真正的书，而只能算作各种的工具。读英文是预备日后和外人接交时能够说话，在中国书不够读时再读英文的书；读国文是预备日后能读多种的中文的书，懂得中国文章的方法，而自己能够使用它；其余如读数学、物理等，也不过为了日后读高深的数学、物理等书，并且能算能实验。

因此，我们应该先把工具读好，并且要训练怎样的运用它。假使你是没有正式进过学校的，或是曾经进过中小学而仍感到不足的，你就得赶快求你所需的工具知识。如有机会进补习学校最好，不能，就努力自习，随时向人请教，也是一样。不过你要分别它的轻重，先从最迫切需要的学起。

（三）实际生活的经验　人是社会的产物，无论什么人都不能离开社会独自生存。换言之，只要你是“人”，你一定要和社会发生关系，与社会的关系越密切，则你的实际生活的经验就越丰富，也就是你的知识的丰富。并且和从书本上所获得的知识不同，书是死的知识，而经验乃是活的学问。一个乡下人，他虽没有读过书，也能耕种，能生存在社会上，就是因为他有实际生活的经验。所以，“实际生活的经验”是求知识的过程中最最重要的一项。

就说书吧，它是“人”写的，书里所写的都是著书人的知识。我们读书就是读人家的知识。一个人幼时读书，总是绝对的信任书，以为只要是书上说的话总是对的。待到年龄渐长，有了丰富的实际生活的经验，同时读的书也越多，于是对许多书上所说的渐渐起了怀疑，甚至觉到有许多地方简直是错误的。这就因为他是凭他的经验得到了新的启发，能够判别是非了。如果他没有这些长期的实际生活的经验，他就不能有许多活的学识，用一切现实的“事理人情”来判别书上所说的话。

我们知道，宇宙间的一切事物都是动的，不断的演变发展的，书本上的知识，是死的呆板的知识。书是人类实际生活经验的产物。书上的知识帮助你去认识社会，而社会的实际生活的经验更能改正书上的错误，也就是能使你的知识更加丰富。

再举例来说，譬如一个陌生的人跑到上海来，纵然是事先读过甚至能背诵“上海地图”，最多也不过只知道一个东西南北和到什么地方应乘几路电车等等，一旦遇到一条地图上没有的小路，他就没有了办法。就是他所记熟的几条大路，也决不会没有弄错，总不及曾经在上海住过一年半载的人来得熟悉。然而反过来说，他总要比那事先未读过上海地图而单靠瞎闯的陌生人要便利得多了。所以我们应当知道，读书是帮助经验的不足，但是读死书而无实际生活的经验，是不能有进步的、活的理解。比如大发明家爱迪生氏，他一方面从书本中获得前人的经验，一方面更要靠自己去实验，如果他没有一次一次的实验，怎会有这许多发明呢？所以，历来有许多人，虽是“胸罗万卷”，但因为他不去多与社会接触，不把从书上所得的知识和社会实际生活的经验的知识配合起来，结果只成了一位“书呆子”，一部活而又不能取用的“万有文库”而已。

总括起来说，我们求知识的主要条件，除了基础的工具知识以外，其次就是读书和实际生活的经验。关于读书方面我们的第一主张是“活读书”：古人虽然说过“尽信书不如无书”的话，在原则上虽然承认“书”应当“活读”，然实际上我们的古以及许多自命为读书者的今人，仍多是过着书斋的生活，很少与社会接触的实际经验，所以虽有活读书的理想，而结果仍不能跳出“书”的范围以外。我们看看历史上，凡是在学问上事业上有点成就的人，比如老子、孔子、孟子、墨子、司马迁、杜甫、王安石、朱熹、王阳明、文天祥、金圣叹、孙中山、康有为、梁启超、宋教仁、朱执信、廖仲恺等，他们之所以能有独创的见解，说出前人所未曾说过的话，发动了革命的思想和事业，就是因为他们都有极丰富的实际生活的经验，决不是死读书拘泥于“书”上，而是以自己的经验与书本子融合起来，成功一种新见地，这新见地就是他们的伟大。因此我们的第二主张就是“读活书”：单读他人已有的经验所写成的书是静的书，仍还不够，尤其需要实际生活的经验，这在前面已经说过了。如何可使你实际的经验丰富呢？那就要汪意社会上一切活动的事物，这些活的东西就是活的书。比方“你”，我如果要研究“你”，那你就是我一本活的书。我研究后所得的知识，就是活的知识。我们对于社会上所发生的问题，均应作如是观，就我们的需要与理解把它活读起来，这就叫做“读活书”。

我们看到目前社会上一切现象的颓废，不振作，如将要死去的样子，归根的研究起来，实也未尝不可说是由于上上下下读书 者死读书，读死书的人太多的结果。要挽救它，就唯有反过来请大家根本上改变过去对于读书的观念和认识，那就是要“活读书”、“读活书”，然后这整个社会民族才可以慢慢苏转的“活”过来。

《读书生活》创刊号

读书实验

诸位天天到学校里来，一定知道是来读书，是来求知识的。但是怎样求得的呢？有了知识应怎样运用呢？求知识的目的是什么呢？这些问题在诸位脑子里是很少想到的罢？

知识是怎样求得的呢？单靠书本吗？决不是的，贵校名为实验小学，我们从这个名字可以看出求知识单靠书本是不行的，应当把实验与读书结合起来，才能求得知识，我今天就是拿“实验的读书”作为题目和大家讨论。

有了知识怎样运用呢？学校的生活是社会生活的一部份，是诸位将来在社会上做人做事和改造社会的准备时期。所以在学校里读书的时候，就应当从这三方面去实验，在这实验中，可以知道所求的知识是否正确又可以从实验中获得更新的知识。要把自己锻炼成一个有道德有能力而且能担起改造社会的责任的人，这样的读书才能算是实验的读书。这才是读书的真目的。现在分三面来说说吧。

一、做人与读书　人和其他动物不同的地方，就是因为人能够自己知道求做人的方法。其他动物是完全没有这种智能的。譬如马经过人的训练能拉车，牛经过训练能耕田，但马和牛没有人去驾驶是不会自己自动去拉车去耕田的。人就不同了，当先生在讲台上教你们的功课，你们不仅可以听，可以讲，也可以和先生讨论。图画教员教你们画画，你学会了，只要自己努力，甚至可以比教员画得好些。所以做人不是和牛马一样只是顺应环境屈服环境，人是能够自动的、积极的去认识环境改造环境。诸位在读书的时候，就应当从认识环境和改造环境两方面实验起来。在社会上可以做一个明了时代和改造社会的人。从来有许多人总认为物理化学的知识才可以实验，做人的学问不能实验。这是完全错误的。

二、做事与读书 有许多人以为读书很多就是有学问，就能做事，其实这是不尽然的。所谓学问必须是能知能行，而且是正确的知，正确的行，才能算是真学问。能知不能行的人，固然是与蛀书虫没有什么区别，所以所行都是不正确的，那于人于事于社会都是没有裨益的。要想达到正确的知，正确的行，就应当把求得的知识在日常生活中，实验起来。譬如化学上讲氢二氧一 H_2O_1 化合可以变成水，这个知识在实验室中是可以证明的。我们知道水是可以用人工构造出来的，那么做事的时候决不会做出什么“张天师设坛求雨”和“喇嘛念经求雨”的迷信的行为，而明白人类可以用科学底方法来抵抗天灾了。所以一个人读书如果不能在做事上实验起来，纵然能称“学富五车”或“十载寒窗”也只能博得一个“书生”的名气，做起事来，还是一个糊涂虫。

三、求进步与读书 我们生存在社会中，做人做事是要常常遇着种种障碍和困难来阻止我们，摧残我们。当我们遇着这些困难的时候，我们怎样才能扫除各种困难达到做人做事成功的目的呢？我觉得一方面要有知识，多一分知识就多一分解决困难的能力。同时要有求进步的决心。只有人类这种决心才能把历史和社会推向前进。怎样才是求进步的决心呢？第一，要有不怕失败的精神。譬如初学骑脚踏车的时候，要想学会它一定有跌破皮跌破衣的痛苦，才能把脚踏车学会。假若在未学之先，就害怕这些痛苦和失败，那一定是学不会的。孙中山先生革命事业的成功，是经过了十一次失败和牺牲，才达到推翻君主专制的满清，建设民主共和国家的目的。总之，无论做人做事，若有了怕失败怕困难的观念，一定是不会成功，也一定是没有进步的。第二要有创造的精神，中国人是很缺乏这种精神的，不但缺乏这种知识，而且常要压制这种精神。诸位小朋友在家里的时候，你的父母是不是常常不问你高兴不高兴或你的行动对不对，他总是不准你做这样，不准你做那样的。在社会上也可以看见禁止这样，禁止那样，所以十几年来把中国弄得死气沉沉，没有一点进步的现象，这都是由于一般青年没有了创造的精神。要知道社会间的事理，是要我们随时随地去发现，才能改造社会，社会才有进步。拿政治的主张说，中国人总是人云亦云，人家说法西斯好，我们也跟着说好。这种抄袭的方法是没有用的。但我们对于这些东西也用不着惊讶、奇怪，一个主义和学说的发生是有它的社会背景的。苏联的共产主义无论好坏，但是他们有计划的集团的生产使其国内建设的成功，外交上的成功，这是谁也不能否认的。总之，我们应当取人的长处，不要学人的短处，要创造一个适合中国社会的方法，把中国民族的危亡挽救过来。我们要使中国进步，不能永久停滞在次殖民地的状态中。诸位在读书的时候，就要不怕吃苦和有创造的精神，养成求进步和改造社会的能力。

现在我的话已经说完了，总括的说一句，实验的读书就是把读书与做人、做事和求进步三件事结合起来，才是真正的读书，才能求得真正的知识。

《读书生活》

悼郭清

一个多月以来，就听说北平各大中学当局在那里兴高彩烈的进行大检举，被检出的同学，传说有两百人，都关到牢里去了。教授中，也有张申府夫妇被捕，其他未被捕的，也说要填一张反共志愿书，才能保持饭碗。这一些消息，不能不使我的脊梁上生出冰凉之感来。这文化的古都现在是如何的在那里被摧毁，文化人是遭受着何等的厄运呢？

“这是在执行谁的命令啊”？我常常是这样的自己问自己。我几乎没有勇气明白的答复。

但在那悲凉之感一过去后，我也不禁生出一种说不出的快慰。今日的北平居然还有这样多连“检”也“检”不尽的被“检举”人，而“检举”的进行似乎也不很容易，屠夫手上的刀，有时也能被刀下人的手夺去，而教授中，也居然有张申府夫妇这样的人。我想，如果连这些人都“检”不出，那不是更令人寂寞么？

“这些不怕死的傻子又是在执行谁的使命呢？”我也常常这样自己问自己。自然，这是用不着答案的，他们是在执行民族生存的神圣的使命。这将亡的故都，有了这些傻子，我更留恋它了。

从北平来人的口中，我更知道，这类傻子越检越多，屠刀似乎并未能达到屠夫预期的目的，这是要使屠夫们失意的。在大的检举下，一切爱国运动都变得沉着的应战了，并不如一般无赖的新闻所传北平学生已贴贴服服的走进实验室，北平就真的变为“王道乐土”了。

然而，屠夫们的刀是不会放着不用的，在救亡的新的战术下，也必然有新的杀人的技术出现的。我们虽然对于手握屠刀的人的前途看得很明白，用不着过度的畏惧它，但我们却不能让它去屠杀一个爱国青年，戕贼民族的抵抗力。对于郭清的死，照郭清临终的话说："我是中国人，我要救中国。"我们不必过为悲痛，只应更坚定的都去走郭清走过的道路。但对于杀郭清的人，却不能不提出严重的抗议，宣布他是"国民的公敌"。

无疑的，"三卅一"运动是需要的，北平在今日还能作出"三卅一"的作品，我不得不向当日参加者致最大的敬意。

然而，一想到战士的被杀上去，对于郭清也情不自禁的生出悲悼之意。今日的国难第一线已经不仅是北平了，我在悲悼郭清时，不禁又连想到无数的郭清来。我向一切战士表示敬礼。

《读书生活》第 3 卷第 12 期

青年人怎样锻炼自己

我们处在一个空前的大时代

今天，我们可以骄傲地宣称：生于这时代的人是幸福的。从阴云密布的慕尼黑会议（一九三八年）到天朗气爽的莫斯科——开罗——德黑兰会议，从暗淡无光的绥靖政策到光明齐放的四强宣言，短短的五年间，人类走了较之欧战后二十年间远为漫长的道路。不仅如此，有史以来，从没有一个时期像今天这般，在这么短的时期，有了这么丰富的经验与教训。我们有了斯大林格勒歼灭战，北非大捷，西欧、南法和菲律宾的登陆，有了中美英印联军在缅北、滇西的胜利，学会了在战场上战胜人类的死敌。我们有了中国游击队在敌人残酷扫荡下以及南斯拉夫解放军在国内外敌人“钳形攻势”下成长的历史。它告诉我们人民的力量是向来无敌的。我们有了苏波的纠纷，希腊的问题，它告诉我们并不是同盟国每一成员都忠实于同盟国的胜利事业，它教训我们不但要在战场上击退法西斯的军事攻势，而且要在同盟国内部粉碎法西斯的政治攻势。最后，我们有了莫斯科——开罗——德黑兰——克里米亚会议，懂得团结就是战胜法西斯最好的政治武器。有史以来，从不会像今天这般，我们为了人类的解放事业，付出这么高的代价。

现在，我们是处在这样的一个时代，一个空前启后的时代。以往的人不如我们，他们也许曾为人类的解放事业播过种子，也许还灌溉过。然而，他们看不到开花，更看不到结实。后一代的人能看到开花，但他们看不到这朵花——果实是如何长成的，如何在天然的痛苦，人为的迫害下发芽壮大起来。从二十世纪二十年代起，我们看到了“人类的一大希望”，如今，这“一大希望”已在某些地方开了花，结了实，有些地方正开着花，而在有些地方却还全属荒野。我们庆幸，我们有了这么一个空前启后的时代，从播种至开花到结实，我们都眼见这人类解放过程的每一阶段，而且我们可能亲自参加这人类解放的全部过程。然而，我们更能体会这朵花，这果实得来之不易，更能感到这朵花的美丽，这果实的可贵。

认识时代，认识这时代的伟大之处，不是因此让我们自满自足，坐待新世界的到来，相反地，它使我们千百倍的警惕起来，认清我们的重大责任，加紧努力，以加速全人类的解放。

人生就是战斗

总的说来，虽然人类的前途已经了如观火，虽然新世界将必然地到来，然而，我们的努力与否无疑地却将起着决定的作用。说这是决定的，并不是说，我们可决定或改变人类的发展方向，而是说我们的努力是将加速或延迟人类发展的决定力量。假如大家全不努力，那么新世界的理想将决不能实现。

从个人说，人生就是战斗，人生没有战斗就等于没有生命。尽管活到一百岁，假如毕生无所事事，也就跟没有活过差不多。相反地，寿命虽短，但如能努力奋斗，较之前者不晓得要好得多少。耶稣出来传教，只有三年，寿命也不过三十三岁，但他的影响却是最为久远的。直到今天，多少人还在敬仰他那伟大的人格！我们不是传教，我们提起耶稣，敬仰耶稣，是因为在那统治者万能的时代，在那阶级壁垒分明的时代，他敢于正面诅咒统治者，鄙视统治（法利赛人），袒护老百姓，敢于提出在上帝之前，人人平等；而他自己，还因此而“从容就义”！就是这种崇高的解放人类的理想，就是这种视死如归的战斗精神，值得我们效法，值得我们敬仰，也就说明奋斗对人生的重大意义。

再说，古往今来，多少科学家在辛勤地探索宇宙的秘密，多少战士为了人类文化而献出他们的生命。今天，千千万万个中国的以及盟国的将士为了打退法西斯绝灭人类文化的企图而苦战，而牺牲生命；据苏联官方统计，苏德战争爆发以来，苏联损失士兵达五百三十万人（中国虽无正确统计，数目当更大于此），眼见这悲壮的史诗，扪心自问，谁还能忍心袖手旁观，坐待胜利！

追求正确的方向

不能说，只要努力，只要不怕牺牲，或者，只要自认为自己在为人类解放而努力，而牺牲，就有助于人类的解放事业。汉奸，奸商何尝不在努力？何尝不在冒着牺牲生命财产的危险？千百万法西斯将士何尝不自以为在进行“解放战争”——所谓把全人类从“布尔希维克恐怖”威胁下“拯救”出来的解放战争？何尝不在为所谓“新世界”，所谓“欧洲新秩序”而努力，而牺牲？

可见，牺牲与努力不就等于有意义有价值的事情。只有为正确的方向正确的目标而努力，而牺牲，才有意义，才有价值。正因为如此，我们一方面鄙视法西斯及其帮凶者的死，另一方面却对八百壮士，斯大林格勒保卫战，马德里保卫战，衡阳保卫战，西欧敌前登陆，以及其他为反法西斯保卫民生而努力而牺牲的英雄们深表无限的敬仰。“死有重于泰山，有轻于鸿毛”，同样是死，却有不同的评价，原因即在于此。

那么，什么是我们的方向，正确的方向？

我们的方向很简单：让新世界快点建立，让旧世界快点死亡。具体点说，在全世界一切角落里肃清法西斯细菌，扫清一切阻碍进步势力发展的障碍、消灭战争的根源，实现民生的四大自由，让和平、自由、幸福的光明日子早日到来。

未死方生的中国

“大处着眼，小处着手”，看的要远，做的要近。我们的目标在全世界，我们的努力却在中国。中国不先解放，即不能成为促进人类解放的强有力的队伍。

目前全世界正经历着一种新陈代谢的过程，中国也正经历着一种未死方生的苦斗。世界有了苏、波、英、希之间的微妙关系，中国也显示了一种扑朔迷离的局势。我们的政治不是民生的，我们的经济有如欧战后的德、奥，我们的军事有如今天的南斯拉夫。惟其如此，许多“只见树木，不见森林”的人便悲观失望起来。这些人，他们只看到所居住的小圈子，看不见中国的其他广大的天地；只见腐朽势力的猖獗，看不见新生力量的所在；只见黑暗势力的可怕，却看不见光明力量的无敌。这些人，他们不知道，旧势力尽管凶猛，总是垂死的挣扎，它们来得越凶，越显出它们的日暮途穷；新生力量尽管没有在表面上取得支配地位，却是无敌的力量。就正是在行将毁灭的腐朽势力的躯壳里生长壮大。

诚然，我们不是悲观生义者，在困难面前发抖；我们更不是幻想家，只见光明，不见黑暗。我们看到明天，也看到今天，看准人类的未来，也忘不了脚踏的实地。我们承认客观环境确是空前的困难了，但我们更认定从没有像今天这么光明的时候。欧洲战场东西南三方面的向柏林挺进，太平洋上美军的迫临东京，广大沦陷区到处飘扬着我们胜利的国旗，敌后部队牵制在华日军的百分之五十以上及伪军的百分之九十五。最近在大后方所掀起的汹涌澎湃的争民生的浪潮，教授学生对于时局的沉痛的呼声，都是抗战几年来所没有的，都是民族精神的最高表现，也就是我们所以认定今天是中国最有希望的时候的根据。但是，我们也晓得，等因奉此，贪赃枉法，就是我们的政治；土地集中，物价高涨，工厂关门，就是我们的战时经济；通货膨胀就是我们的战时财政，“死守”“硬攻”就是我们的战略战术……这是中国的阴暗面，是抗战胜利，中国解放的死敌。从世界大势看中国，我们觉得毫无悲观的理由，但从今天大后方的政治经济财政危机，从前线的军事危机说，我们又不能太乐观。但这都不是问题，问题是：光明面与黑暗面在今天的力量对比如何？困难有没有办法克服？如何克服？

需要百炼成钢的勇士

要战胜敌人，先要战胜自己。战胜自己，战胜主观的困难，然后才能战胜敌人，战胜客观的困难，成为解放中国，解放人类的一员战士。好的钢既硬且韧，好的战士亦是如此，要硬，才能时时站得住脚跟，时时为所服膺的信念奋斗，要韧，才能跌倒了又爬起来，才能作防守的进攻。

“百炼成钢”，从来就没有天生的钢，也从来没有天生的钢铁般的人。钢不经千锤百炼，便是废铁，人不经艰苦锻炼，便是庸人。钢是现代战争的利器，为近代产业文明所不可缺；百折不挠的战士，是解放人类的伟大事业的决定因素，是创造时势的英雄。其所以然，不是别的，完全是因为他们都是经过千锤百炼的钢铁战士。

我们正在缔建一个全新的真正民生的世界，不同于旧的假民主的世界，我们正从事一种空前的伟大事业——彻底解放全人类的事业，不同于以前的解放部分人类的事业。惟其如此，这事业就分外艰险，分外需要新的人物。旧的政治机构已不能适应新时代的需要，旧头脑的人决不能成为新事业的动力，我们决不能信任认为男女是天生的不平等的人来争取妇女解放。同样，我们也决不能相信把旧世界认为合适的人来担负创造新世界的任务。因此，例如我们要成为建立新世界的英雄，我们首先就必须建立一种全新的世界观，人生观。这可从两方面说，一是认识——思想的问题，一是实践——行动的问题。

思想与认识的锻炼

在认识——思想方面，主要是吸收和观察的问题。前者属于过去，后者属于现在。所以认识的问题也可概括地说就是认识历史的问题。因而，我们的认识绝不能脱离历史，要建立正确的历史观点。

从正确的历史观点看来，人类历史的发展都是有规律的，都是必然的。但必然是通过偶然而出现的，比如这次抗战，大家晓得它迟早要爆发，这就是必然的问题，但什么时候爆发，为什么会在一九三七年，为什么会在七月七日，这就是偶然的问题了。但抗战的必然性却要等到一九三七年七月七日卢沟桥事件，这一偶然现象才出现，才证实。因为历史的发展是有规律性的，必然的，从前便有其一般性，因为必然通过偶然而出现，所以又有其特殊性。我们要晓得世界历史发展的一般性，又要晓得中国历史发展的特殊性。比如中国与世界各国都同样有过封建时代，我们就是要晓得它们的一般的相同点在哪里，中国的独特的地方又在那里，为什么会有这些不同？

然而，光了解历史的本身是没有意义的。了解历史，是为了吸收前人的经验与教训，吸收前人如何艰苦建立今日的世界，特别是各国革命尤其中国革命的经验与教训，作为我们改造世界，解放人类的借鉴。

在现实生活中思考

为了现在，我们要了解过去；为了现在，我们更要了解今天。如果在了解过去时，我们主要靠吸收，那么在了解今天时，就不能不靠我们的观察分析能力。这一方面固然是因为现在的事情较之过去更纷无伦次，一方面也是新的事情不断出现，需要我们自己去观察分析。我们试想想，每天每天，在我们的周围有多少新的事物出现，有多少复杂错综的问题产生？比方说，今年是民国三十三年了，为什么到现在还颁布保障人民身体自由法案？为什么法案颁布了，人民仍得不到身体自由？最近，守法运动唱的震天价响，为什么官吏违法贪污的事还是层出不穷？我们看了巴顿中将因为打了一个士兵的嘴巴，便差点被革职查办。我们呢？一个保长就可以随便打死一个壮丁！我们看了人家用“护航制”来保护战时海上交通，我们呢？我们没有海军，却有“护航制”，那是用来保护通过考大学这一森严壁垒的。再说，我们不是在实行三民主义吗？我们究竟实现了多少？我们不是在天天喊收复失地吗？我们的努力究竟够不够？为什么最近几月来，竟至于失地数千里？再说，我们考试之多真可独步世界，从初中至进大学，有月考、期考、两次毕业考试、两次会考、三次入学考试，考的结果怎样？会考的卷子常常发生弊端，入学考试也有所谓“护航制”，“抢替”、“顶替”，甚至还产生卖试卷的怪现象。我们的教育统制也是独步世界的，各大中小学的设立要统制（立案），课程要统制（规定课程），甚至自治会的设立也要统制（自治会组织法），结果又怎么样？程度提高没有？再说，对逃兵的惩罚那么严厉，但逃兵却到处都有，为什么？从湖南到昆明，新兵到处死者垒垒，死不了的到昆明也是瘦骨稜稜，又为什么？像“小招弟案”之类无法无天的罪行，实在到处可见，却不见如小招弟的引起法院的公诉，又为什么？再说，一切的偶然都来自必然，一切的现象都来自本质，无风决不会起浪，有果必有因，这些问题，仔细想起来，都有其客观的存在根据。但如何才能了解这些问题的根源，一方面就是前面所提过的，要有历史科学的知识。了解这时代如何形成，一方面也需要社会科学的知识，晓得现社会的一般情形及其本质，然后根据这两方面的认识才能解决再发生的新问题。

懂得历史发展的趋势，我们才能把握人类的明天；懂得现在，懂得现时代的弊端在哪里，才能把握人类的明天该是什么样子。然而决定自己的努力的方向，建立全新的人生观，世界观。

认识与实践的矛盾

“新思想飘浮在脑际，旧社会的幽灵盘踞在心中。”一般地说来，技术的改变易，思想的改变难。我们可以请柏拉图放弃他那时代的原始的耕作方法而从事大机器生产（假若可能的话），却绝不能请他放弃他那套阶级统治的阶级政治哲学而为民主政治服务。更深刻地说来，改变思想易，改变行动难，改变世界观易，改变人生观难。今天，谁不接受民主政治的思想？但有几个人能建立起民主的生活行动人生观？我们且不说得太远，就在家庭生活中，我们教训小孩子的几句口头禅："小孩子，你懂得什么？"或者，"小孩子，不听话"，或者"小孩子，有耳无嘴"，想想看，"你懂什么"？"你只配听，不配说"，不是"老子天下第一"的思想是什么？至于说到中国（东方）哲学优于西方哲学，中国的政治思想是世界上最好的，中国的伦理思想亦是世界上最完美的……诸如此类只见自己，抹煞别人的中国至上的中国第一的主张，也全是反民主的。但在这些人当中，你要说他们反对民主，虽然不定要来个"全武行"，但一场辩论总是免不了的。再说，谁会否认科学方法是观察事物的唯一可靠的方法？可是，谁又能在观察事物时不带点感情的成份，不，偏见的成份？时至今日，我们的一些有名的学者却认为中国从来就是民主的国度，或者，有民主的精神，无民主的制度！他们不过根据古书上几个书生的话，便毅然下了这样大胆的结论。照这样说来，中国岂非在开倒车，因为大家都认定今天中国是不民主的。

何以如此？客观地说来，固然是跟我们所处的时代有关，但，更重要的，还是主观的问题；认识与实践，世界观与人生观，思想与行动脱节的问题，认识能否指导实践，实践能否作为证明认识，充实认识，坚定信念之用的问题。认识脱离实践，就像离枝之叶，飘浮空际，实践脱离认识，就像水上浮萍，随波逐流。假如认识自认识，实践自实践，无论自己的理论多么漂亮堂皇，认识多么清楚正确，决不能从自己的心中把"旧社会的幽灵"驱逐出去，甚或环境一变，暴风一来，连这"飘浮在头际"的东西都要"随风而去"了！

以自我批评锻炼自我

克服认识与实践，思想与行动之间的脱节的办法很简单，就是所谓“自我批评”。“自我批评”包括别人对自己的批评，和自己对自己的批评。曾子说：“吾日三省吾身”，我们虽然不“日必三省”，但也应该“日必一省”或“数日一省”。批评的时候，主要应看自己的行为与生活是否有背于认识与思想，如不符合，原因在那里？错误的是思想还是行为？或者是表面看来似乎背道而驰，实际却一致的？然而，“旁观者清”，所以要听听别人的批评，发现自己所没有发现的错误。这办法说来简单，看来容易，做起来却很难，所谓“江山易改，本性难移”，就是这个意思。要做得好而有效，诚然一方面要有承认错误的精神，另一方面更需要有克服错误的勇气。在这里，子路“闻过则喜”的美德无疑地值得我们学习的。

以新战士建设新世界

只有正确的思想，只有与思想相符合的正确的行动，才能成为钢铁般的战士，才能成为建设新世界的有力的力量。

钢是无机物，只要它成为钢，便永远坚强，永远是钢；人却不然。人是有机物，时刻变化着，不是向前，便要退后。所以我们要时刻锻炼自己，加强自己的认识与实践。

但是，我们的认识——思想，我们的实践——工作，都不是没有原则的。一方面，我们的认识实践都在不断的扩大。无论广度和深度都是这样。另一方面，客观的，主观的因素都在限制我们，从而便产生一种“心有余而力不足”的感觉，甚至灰心失望起来。其实这是大可不必的。我们固然不否认困难的存在，但困难不是没法克服的，主要还在自己。假如我们能收拾起自己的一种好高骛远的心理，克服它是完全不成问题的。既然我们不好高骛远，我们就不会急于速成，平心静气地把客观环境，主观能力，时代需要三大因素思考思考，再有计划地不断提高我们认识实践的广度深度。惟其有计划，才不致扑空，惟其基于主客观因素的认识，计划才能切实，也才能顺利地进行。

此外，在锻炼自己的过程中，我们的最大敌人便是生活学习的散漫，不紧张。假如我们不能克服它，无论有多好的计划，无论计划怎么切实，都准会落了空的。

新的时代，决不需要只有脑筋没有手脚的理论家，也不需要只有手足，没有脑筋的莽大汉。新的时代，要求有新的人，手脑并用的人，既是理论家又是行动家，既是行动家，又是理论家。

新的人，一定有足够的理论修养，可以辨明“糖衣的毒药”的理论的真面目；新的人，一定又是百折不挠的战士，能够毕生地为解放全人类的民主的四大自由而奋斗。

这样，我们在客观上有了建立新世界的充足的物质基础，在主观上又有了能真正为新世界的到来而苦斗的人，那末，困难还会不被克服？黑暗势力还会不被消灭？自由幸福的光明日子还会老滞留在人类的脑筋中吗？

一九四五年十二月于昆明校正

民主生活讲话

建立民主作风

中华民国已经有了三十五年的历史，民主本不应该到今天才来谈，然而就是在今天来谈，无论是在程度上范围上还是受着限制的。上海、南京、北平、广州等收复区，到现在还实行着不合理的审查制度；就是在重庆，我们能否畅所欲谈，也是大家周知的事。可见，直到现在，就是表面的民主，我们都没有得到。今天政府虽然承认了各政党的合法地位，但是否能真的实行，以及将来实行的程度如何，还需我们继续的争取。即使政府今天真的还政于民了，而我们能否运用，以及运用的程度和效果究竟怎样，也不是没有问题的。实在说来，民主不仅仅是谈谈就了的事，主要的是怎样从个人与一群人的生活上逐渐来实践的问题。因此，在今天我们来谈民主生活，不能说不是一个重要而切实的课题，。

在民国初年，我们曾有过国会、省议会、县议会等；在北伐成功以后，也曾有政府机关下的各种委员会和党部领导下的各种人民团体；直到现在，人们或多或少的获得了一部分开会的知识与经验，可是这仅是形式的，表面的。就拿历来若干次由于人民对国事及政治的不满而发生的各种运动的开会来说，实际上也只是为了讨论和解决问题，拿开会作为工具而已，并没有尽了推进民主的任务。直到现在，从我们的政治制度到我们的社会生活，并没有一点民主的气味，所以反映到表面上来的，上自政府下迄人民社团，也仅是徒具形式而已。

在抗战开始的时候，我们就主张要在抗战过程中建立民主制度的基础，要发挥人民组织的力量，借以打倒法西斯日本，建立富强民主的新中国。谁知道国民党在汉口时期自己通过的抗战建国纲领也没有能够实现，而政治反向更不民主的方向走，致使人民遭受更多不必要的损失。假如，华北晋察冀与太行山游击区要是像这样的话，不要说在敌人的扫荡围攻中获得存在为绝不可能之事，且一开始游击区就根本建立不起来，不要说还使它发展和扩大了。这是我亲眼看见的事实。

全世界是不能分割的，中国是全世界中的一部分；战后的世界已走上了民主的路，中国就不能单独的遗落在后边。中国在目前，虽然有些地区已开始走上了民主的道路，可是全国大部分地区还存在着腐败、贪污、专横、强暴，不但是军事政治如此，就连人们认为清高的教育界以及与政治无关的工商界，到现在都没有法子独善其身了。这里的根本原因，就在于没有民主。也就是说，是否能让教师学生们有学术研究的自由？这一切，都是我们走向民主路上的障碍，都有待我们的争取。因此，在今天要想完成我们的建国大业，就一定得继续以前没有完成的“为民主而斗争”。

我个人，站在民主教育工作者的岗位上很愿意为民主运动而努力。至于谈到民主的生活，当然，在个人生活、家庭生活、社会生活以及民主运动的经验与认识上，我是没有资格来说人家的。但我很愿意以此自勉自励，并愿意和朋友们共策共进。

无疑的，从我们出生以来一直到现在，在家庭也好，在学校也好，在社会中也好，无论是所受的教育以及所过的生活，都不是民主的。我们都不自觉的一方面压迫着人，一面又被人压迫着。到今天，大家都感到迫切的需要民主了，我们就应当向民主的道路上走，来过真正的民主生活。现在的民主国家，从年轻的苏联到衰老的大英帝国都是经过了几十年乃至几百年的培养和训练，才有了今天他们的民主生活方式。就拿我们的友邦美国来说，他们的民主生活，也莫不是从个人生活到社会生活不断地改善和进步，才有今天的形式的。从我们个人来说，我们是从不民主的道路上走来的，而今天要想过民主的生活，非先改变过去不民主的作风，建立起民主的作风来不可。作者，做事也；风者，风度也（从个人来说，从社会上来说）。从老年朋友到青年朋友，没有不了解的。至于所谓民主作风，从我们多少年来，无论是个人生活以至社会生活，都没有民主生活的内容与实际的经验；所以民主作风，也就无从谈起了。现在，为了体验、认识、纠正和充实我们的民主生活，因而建立民主作风的事就成了必要的先决条件了。

就拿民主生活中最初步的开会来说，在开会中怎样发言，怎样听取别人的意见，为什么少数服从多数，为什么少数服从多数并非压迫。站在少数方面的在会场中的态度应该怎样，在会场外对于执行决议的态度应当怎样，对于多数方面者的态度应当怎样；站在多数方面者在会场中的态度应当怎样，在会场外对于少数者的态度应该怎样，主席应当怎样做……这一切问题，我很愿意提出来和大家讨论、研究和学习。

以上，是些实际问题，至于文字上的，从最早的民权初步，以至抗战初期出版的开会的方法，其中所谈的也相当丰富，足见这些人并不是不理解这些问题，而是实际上做到这种地步却相当的困难。为了克服这些困难，所以就必须先建立民主作风。由于民主作风的确立，才能切实的体验、认识民主生活的意义和充实民主生活的内容。

因此，在《民主生活讲话》中，我们先提出“建立民主作风”这一个问题来同读者讨论。

民主集中的理论与实践

民主集中即民主集权。以一般的团体说起来，它具有三个要点：（一）一切执行机关都是由下而上地用选举的方法产生，同时每一下级机关必须受上级机关的指导或指挥。（二）在发表意见方面（在建议或提议或讨论时），尽量尊重个人的自由，使每一个人都能自由发表意见；但一经多数决议之后，就不管你同意不同意，都必须遵从决议，不能自由行动。（三）讨论与执行的机关合一，使其没有分立牵制的形式。代表会由大会产生，执行委员会由代表会产生，各级直接统属，讨论的是这一机关，执行的也是这一机关。讨论时有充分的发表机会，执行者有集中的权力，不但执行迅速，且也强而有力。团体组织，采用这种制度，能够把这个团体真正建立在整个团员身上，能够代表大家的利益和要求，同时又能够使执行机关有权力去执行一切，并能动员所有的群众去一致行动。这种制度的运用，如果偏重集权，就会陷入官僚主义；偏重民主，又会陷入自由主义，所以必须把它合理的有机的统一起来，而且是以民主为主导作用。这样，才是自觉性的最有力量的集权。由上而下的集权的指导，必须以由下而上的民主的组织和训练做基础。只有这样的指导，才能使群众自觉自动地起来接受指导，发挥出群众的高度的积极性和伟大的创造力。这里，我们就可看出，我们一个人在团体中的民主精神，应该是：（一）必须受上级的指导与指挥；（二）必须服从多数人通过的决议案；（三）必须遵守团体的纪律。所以民主集权，不仅是反专制，反独裁，同时它更是反个人主义，反自由主义，反浪漫主义，反无政府主义；同时可以矫正一般青年最容易犯的英雄主义，风头主义，清谈主义，独断专行，自夸自大，看不起群众，不接受人批评和建议等不良习惯，这是我们对民主集权应该有的最基本的认识。

但是，到现在还有人不了解民主或故意曲解民主，例如说民主和集权不相容而否定民主集权，或者有意把民主和统一或和领导对立起来，说民主破坏统一和领导，或者说中国民众的民主知识不够，不能实行民主等等。更有利用左的口号，说民主政治已经过时了。这些都是有意无意的破坏民主集中制。对于这些歪曲的言行，各方面都已有深刻的批评，我在这里不必多说。不过，我们要根本认清，我们要建立一个真正的民主中国，必须尽量发动人民来参加。要鼓励人民来参加，就必须接受人民的意见，就是说，要使各党派，各阶层，不分在朝在野，不分军民上下，都有发表意见和参加建国的机会。这样，才能集思广益，才可能代表大多数人的利益，发动大家来参加建国的工作。然而这是不是要采用民主集权呢？老实说，不采用民主集权，就是少数人的包办。我们现在不是怕人包办，而是没有人包办得了。

我们更要了解现在还要反对民主的只有两种人：第一种人是不深刻了解民主，而又为那些不正确的理论所淆惑，就如像认为民主会妨碍统一、妨碍集权、妨碍领导，民众知识不够，不能施行民主等等的人，甚至误把自由主义，无政府主义当作民主。这种人我们应该诚恳的说服解释，使他们能够彻底明了民主的真义以及运用的方法。第二种人，是官僚主义者，是贪官污吏，是法西斯残余分子。因为官僚主义者，尤其是贪官污吏，他们是害怕民主的，他们所做的事，根本违反大家的利益，如果有了民主，他们的恶行劣迹，便会立刻暴露无遗。法西斯残余分子是要破坏我们和平团结的民主战线的，是要阻碍我们民众起来参加建国工作的。有了民主，政府与人民，人民与军队，以至各党派，各阶层，都能相见以诚，都能意志集中，群情一致，这样，法西斯残余分子就根本失掉挑拨离间的机会，无法起作用了。所以法西斯残余分子是绝对反对民主的。像这类无耻的阴谋分子，我们应该无情地暴露他们的真面目，彻底扫除与肃清，这也是我们对民主集中制所应该清楚了解的。

所以我的结论是：

（一）如果是绝对“民主”，没有核心，没有领导；那种群众组织，就很容易被落后的主张所支配。

（二）如果是只有“集中”，不要民主，那就只看见命令传达，看不见群众的意见。那时候的领导，也变成了光杆的领导，没有真正的力量。

（三）要有了民主，那团体才能够被群众所信任，得到群众的支持和拥护。同时，那团体才有力量，“集中”才有基础。

（四）每一件工作，固然要从上而下地去领导；但是，最要紧的还是要从下而上地推动。

“民主”就在生活里

最近有许多男女青年朋友对于“民主”一词的纷沓复杂的解释，反弄得丈八和尚摸不着头脑。他们跑来问我，有的甚至把民主这字眼弄得像玄学一样的东西，因此我觉得关于民主的基本知识应首先弄个一清二楚，我们才能继续讨论其他具体问题。其实民主就在我们日常生活之中，我们是时时刻刻在亲近他或者拒绝他，生活在其中或者被斥在他的温暖之外。

人类一开始经营群的生活的时候，就是陶镕在原始的民主之中，而一部人类历史，简括的说就是为民主而斗争的历史。这在中国历史中最为显然，尤其是近百年史中，几乎无一件不是直接间接与民主有关。五四时代公开把“德先生”和“赛先生”提了出来，直至今天政治协商会议初步成功之后，“民主”小姐不是才被大家从深闺密锁中千呼万唤出来准备跟咱们中国人民结婚吗！

民主是什么？简单一句：人民大众共同意志的实现，就是民主。能够理解与实现人民大众意志的人，就是为万众所爱拥戴的人；能够本着人民大众的意志去做事的人，就是民主的战士；能以人民大众的意志为意志，而贯彻于全部生活行为之中。这种精神的不同方式的表现，就是民主作风。

但是民主并不是一成不变的，因为人民要求进步和平幸福的意志是日有进展的。民主的形式也并非只此一家，苏联有苏联的民主，欧美有欧美的民主，咱们中国也有咱们中国的民主。这一如英美人吃西餐，说 ABCD，咱们却在吃红苕，有的红苕都吃不到，而偏还非写这份害人的方块字不可。然而各式的民主，最后终必向民主看齐。到那时候，就是中山先生所理想的“世界大同”的日子。希特勒的办法，世界永远大同不了的。因为它不但不民主，简直连人味儿都没有了。

谁都知道，我们目前所得到的这一点民主，是全国上下进步人士人民大众用血用肉，用头颅争取来的，如果单单懂得民主的理论，即使可以在大学校里开民主讲座，也还是不顶用。民主之难能可贵在于民主理论与民主实践之间的关系的密切，没有实践即等于取消了民主。民主之与实践之不可分，不仅在政治、经济、文化、教育、军事等等大题目上，就是日常生活上的锁屑节目，那怕是一言一语，一举手，一投足都须时刻注意养成民主的习惯和民主的作风。

我们过去是生活在不民主的传统之中，惰性是有的，因此就最容易发生要求别人民主，自己不民主，表面上民主，骨子里不民主的情形。这是不消怕的，怕的是自己回避甚至掩饰自己这些阿Q式的癞痢头的毛病，而不去改正。我说不消怕，是因为一块很肮脏的布，一次总是洗不干净的，可是洗了一次，再洗一次，用肥皂不成，再用去污药水，结果总会干净起来。而我们人呢，自又不同，尤其是争取到手的民主政治环境就是去污去垢的大池子。不见收复区的老百姓吗？如今已比我们这“大后方”的知识分子还更会使用民主，享受民主呢。

目前在大的方面，我们要不断的争取全国性的更进一步的民主；在个人方面，我们首先必须养成民主习惯，民主作风，在家里如此，在团体里如此，在社会上如此，就是在教育方面也应如此。

譬如过去的教育方式，那些填鸭子式的，考试第一式的，注意“天才”式的，都是不民主的教育方式。这种教育的结果，大家已经看到了。我们要因人而施教育，在灌输普通基本科学知识而外，要注意到学者的特殊才能，而设法培植、发展、保育这种才能。如所周知，这种“人材教育”结出来的果是丰硕的，也只有这种民主的教育方式才能培植出建国人才。而不民主的教育方式，除了断丧人们的才能而外，只能制造一些奴才和狗才！

教育如是，其他各部门莫不如是，民主是一块试金石，是进步与退步，光明与黑暗，庄严与无耻的一块试金石。民主是人类进化的产物，也是人类进步的测量器，而我们却须时刻从自身做起。因为民主就在生活里。

会议中的民主

我已经说过民主就在生活里。每一个民主人士应该民主的支配生活，应该从生活中吸收民主的滋养。

就拿开会来说吧，会议本身就是要求民主集中的实现，主张独裁的人们是不喜欢开会的，因为起码他们就最讨厌多数人的意见。如果开个什么会，也不过做做形式。徒有开会之名，而具独裁之实。试看某些机关的开会，就是如此。但是能够开会算是满不错的。有的甚至连一个会的形式也没有，可是宣言发出来了，说是会议通过的，主张提出来了，说是与会人士举手赞成的。如今更进一步，许多特殊人物竟然从偷偷摸摸的强奸民意变成公开的劫夺会场了。

我已说过，会议本身，就是民主的产物。正因为一个人的意见容或有不周到的地方，容或有不正确的地方，为了集思广益起见，为了得到公平合理而有效的处理办法，为了意志集中，力量集中，于是会议这个民主的产儿就出世了。

一个会议，不管他是什么性质的，一定有一个或几个问题，而主持这个会场的人，现在我们通称做“主席”。

做一个主席，说来容易，可是离开了民主，就又难乎其难!

凡在一个会议之中，开始总不会大家是同一的意见，如果意见一致，也就不必开会了。有的人意见偏左，有的意见偏右，有的意见偏激，有的意见偏缓，主席这个人也许是双方面主张之一，也许还有他自己独特的见地，并不偏于那一方或属于那一方的。但是一当了主席，就不许他看到左而不看到右，就不许他看到有权有势的一面，而看不到没权没势的一面，他应该在主席的名分上抛开他一切的成见，做一个综合事实和论断的客观的领导人。

但是这并不是说做主席应该没有思想没有头脑。相反的，一个好主席应该是有着正确思想和头脑的人。我们不是说他没有党派或集团成见，而是说他必须具备着综合共同意见的能力，他应使这一个意见为与会全体或是大多数人的共同意见，而为全体或大多数人共同努力的目标！这是做主席不容易的地方。

为什么不容易呢？主观见解是每个人都有的，而且是不容易更改甚至或是修正的。而主观的成见，更为难于祛除。做一个会议的主席也一如做了一个国家元首差不多。高于一切的权势和地位是规定了的，在日常生活之中成见都尚难以祛除，何况做了一个有权势有地位的主席呢？这就是做主席之所以为难了！

既云开会，自然不是一个人。既云开会，就不会是对单一问题或多个问题大家同一意见。如是，就不必开会了。既然不是一个人，既然不是一个意见，为什么要开会呢？道理很简单。常言说的好，“双桥好走，独木难行”，又道是“独木不成林”！人是群的，是有社会性的，就从中国传统的家本位来说吧，单有老爷一个，只是光棍一条，不成其为家，还得有太太，少爷小姐，既然加上这些尊号又得有听差、丫头、老妈子，这算一个“阔气”的家。其实，一说到家，起码就得是两口子，反正不会是一个人，既做老爷，又当太太，再做儿子，又做女儿吧！从现在来讲，蒋主席即使三头六臂，一个人抗不了战，斯大林就是八臂哪吒也实行不了五年计划。即使加上托塔李天王来也还是白白的瞪眼，计划是计划，等于做梦。所以开会者，就是要容纳不同的意见，集思而广益。做主席的呢，就须设法使与会的人舍其个别之异，而趋于大家之同，是谓求大同存小异。能得到这个大同的，而又能鼓励，推动各异的趋之于大同的，就是好主席。政治协商会获得初步成功，就是这个道理。至于较场口事件，是暴徒们的暴行，与暴徒讲理，一如对牛弹琴，不能归入会议之类。而我与熟识与不相识的朋友们的被打，是由于暴徒们总不想大同，只想各异，就是，独裁其实。独裁者的前途，希特勒、墨索里尼和日本军阀已是前车之鉴。而大同之理想，却是国父中山先生的理想呢！

我们应该学习怎么做一个好主席。

参加会议应注意六点

——再谈会议中的民主

严格的讲一句：会议的本身就是民主集中。

只有民主而不集中，就会议不成，即使开了会，也得不到会议的结果。会场上一定是公说公有理，婆说婆有理，那一定是一家七八口，有的要吃面，有的要吃粥，结果无人做饭，大家都吃不成。

所以民主的产儿——会议，首先要一定有一个程序，尤其是在群众性的大会上，这个事先拟定的程序更是少不了的。这一个程序就是一副骨骼，没有骨骼，只有血肉，也是烂泥一滩，血肉模糊。但是这并不是说，这事先拟定的程序，不可更易，只要大家同意，全部推翻重来一套，也未尝不可。较场口开会，刘野樵吴人初等为什么大打出手，凶殴与会群众呢？理由就是他想更易大会原来的程序，甚至想篡夺大会，假大会之名，行反对政协之实。但是他明知他们的阴谋计划得不到与会人士的同意，所以就殴打主席团，殴散与会群众了。他们为什么要打人？原因就在这里！

对于不民主的人，他们认为民主就是他们的死敌！

至于参与一个会议的人，起码需要有民主集中的认识，在许多会议中，我曾经看到一个人一个人的滔滔不绝，在先还是说的本题，后来越扯越远，甚至上天下地，上下五千年，纵横五大洲了，别人才一示意，马上就更为愤慨激昂，主席才一表示，马上脱口而出：“我们要民主，这是我的自由”云云。

其实这是不民主的，他说话不仅忘了主题，而且忽略了别人发言的权力，这只能算是“自由”、“个主”而非民主，这种情形说明了在他的血液里只有“独裁”。

还有一些人在会议上，像是很能倾听别人的意见的，别人发言他不做声，轮到自己的时候，却把别人一概抹煞，不是用大帽子压别人，就是强拉活扯的打击别人而“自以为是”，甚至用一些情感的语句吓住别人，顶住别人。显而易见，这是不民主的另一手法，打击民主的别一手段。别人的意见一百个中有九十九个错，有一个对，那这个对，就得算是对；自己的意见有九十九个对，只有一个错，那个错，也得算是错。有理由的不怕别人批驳，没有理由的，靠强辞夺理总不能成功，就算是表面上压服了别人，骨子里人家还是不心服。

另外有一些人，像是讨厌开会，别人主张甲是甲，他点头称是，另外有人主张甲非甲是乙，他也不摇头反对，好像是什么都好，什么都不好，好与不好中间可以划等号。这是没有民主的训练和认识的结果。如果说是真没有意见，不见得，这种表现就是说明了他忽视了自己，无视一个正确的力量所谓墙头草，两边倒是也。这一种骑墙派是不懂民主，也不会民主的，因为奴隶劣根性还潜伏在他的身中。

在会议中，还有一部分人，以和事老的姿态出现，如果一边是红的，一边是白的，他就不说红的对或是白的对，而实行中庸之道调和成粉红色的。如果有的主张善有的主张恶，他就来一个既不善也不恶。表面上这好像很民主，可是大谬不然！

如果双方意见完全对立，会是很难开成的，甚至完全开不成，只要开得成会，就是说双方意见虽异，但总有相同之点。开会就是各舍其异，共择其同，和事老或能和事于一时，但是解决不了问题，因为这只是混合而不是从矛盾中求其统一。譬如说用和事老的办法解决国共问题，那该是共产党占的地方共产党搞去，国民党占的地方国民党继续其训政吧！但是实行前者，国民党答应吗？实行后者，后方的老百姓干吗？虽然国共两方面打了十八年，如今总算让人念阿弥陀佛了。这一个新的合作，乃是在中山先生的三民主义的最高原则之下，获得了的统一。

就是从小的地方说，有的人讲较场口血案是双方争夺主席，可是事实上刘野樵他们要参加大会，并且必须要做主席团，筹备会不是不答应，相反的是一一照办。可是这种调合的结果如何呢？是主席团被殴，与会人士被殴。你想民主与反民主如果在表面上调和一下，即使暂时同床而异梦，到了将来终有一天会撕破了脸皮的，较场口就是最显明的例子。这种和事老的态度，就是民主精神不够的表现。就是只看到了皮肉没有看到骨头的说明。

所以凡是每一个参与会议的都必须注意到：

一、牺牲主观，获得问题正确解决的客观。

二、要从问题的中心发展议论，而一切议论要归结于问题的中心。

三、随时接受别人的意见，随时修改自己的意见。

四、注意发言的表面，更须透视其发言的本质，注意问题的中心形式，更须把握问题的内容。

五、争吵不是办法，说理才见功夫。

六、顾全大体，为了大家不妨牺牲自己。

我想每一个参加会议的人，有了这六个注意，有了这种精神，就不愁会议不成功，就不愁会议没有结果，力量不能集中了。

《民主生活》第 3 期至第 8 期

挽“一二·一”烈士

要独裁，残杀学生之政府从来
没有好结果
反内战，代表人民的公意不久
一定会成功

李公朴挽“一二·一”烈士

你们的死，叫我格外不怕死！

——献给若飞、博古、邓发、希夷与黄齐生先生等烈士

你们的死，
超过了晴天霹雳，
震撼着每个爱好和平民主的人们的心灵！
我从来没有过这样的悲痛，
这几天来的脑子，似乎已经失去了作用！
像我这样渺小的人，
还有什么值得生存。

你们的死，使我没有什么话说，
只有格外叫我不怕死！

你们的死，叫我没有什么能说，
只有格外多做事，以便准备随时死！

你们的死，叫我没有什么可说，
只有增加我的责任与勇气，在未死之前要尽力打击法西斯蒂！

你们的死掀起了广大人民的愤怒与悲痛，我们将更坚强的
联合起来，把反动的顽固分子一起都向坟墓里送！

你们的死，叫全国受伤的，都不再呻吟，
你们为了挽救人民而牺牲，
中华民族永生之花已经开放在黑茶山上！

你们的死，只有格外叫我们要坚持政协决议与宪章原则，
若是做不到，宁死不屈辱！

你们的死，超过了晴天霹雳，
震撼着每个爱好和平、民主的人们的心灵！
我们将要更广大的团结起来，
在你们的红光照耀之下，
努力坚持，誓死争取三大协议百分之一百的实现。

三十五年四月十六日

《新华日报》1946 年 4 月 19 日

起床以后

二月十日到今天整整的十天了，今天算正式的离开床榻下来走走，心脏的跳动也还有些令人感到烦扰，但是我始终是清醒的，只感到时间过得太慢！十天的功夫已使我有十个月的感觉！

记得二月十日九时前，我就到了较场口，主席台的左右已经站满了人，我也不知道是谁请来的军乐队。这时刘野樵就来和我谈大会主席的问题，原来刘野樵他们早就到了，经过介绍后我才认识他们。我觉得这不是我个人所可决定的事情，就婉言对他讲，等主席团（成员）到齐之后，大家共同商量。刘野樵好像是急不可耐的样子，过了不久又跑来谈这个问题，我告诉他：我一个人是无权决定大会事项的。不久，章乃器先生来了，许多主席团的朋友也来了。刘野樵因为九号找过章乃器，就又跟章先生去谈，谈着谈着，刘野樵身旁就钻出来一个身着长衫歪戴礼帽的家伙，嘴里叫着："你是什么东西，那个委的你当主席？"说着一拳就打了上去，幸亏当场许多朋友拦住，这一幕丑剧的序幕，算是暂告结束。

在大会主席团同人正与刘野樵商量的时候，他们所领导的暴徒，已包围了主席台上下，于是马上强占了播音器，利用了我们绝不会跟他们打架的这个弱点，就听见有一个人高喊我们推代表百分之八十五，一致选刘野樵先生当主席。刘即宣布开会，举行"肃立、奏乐、唱党歌"等仪式。在仪式完毕后，这时正立在台口的施复亮先生，实在忍无可忍了，就大声向台下观众喊出："请大会总指挥李公朴先生讲话！"我才走上前去，刚准备有所说明时，就被暴徒们拦住，遂即包围痛打，从台上一直打到台下，后来我为青年们救出重围，才知道头被打破，血流不止，于是送进了市民医院。

自九一八以来，我尽我所有的力量，从事抗战与民主的教育工作，奔走于国内党派之间做团结工作。如今抗战胜利了，可是在我们庆祝这一胜利的大会的时候，反动分子，竟然如此无耻蛮横，我怀疑到孙哲生先生所说"和平革命"一辞中的"和平"两个字眼了！

中国是四千多年来封建力量盘据蕃殖的大窝巢，我从来都坚信中国革命是一个长期的艰苦的血肉斗争。其实一谈到革命是没有不流血的，要说有一个什么和平革命，我想不是在这革命之前流了许多血，就是以后还有明明暗暗的依然要流不少血，我流的血不过几百 CC，只是血海中的几滴而已，这算得了什么呢？为了民主的胜利，为了中国的前途，只要能够团结起更多的人来为民主中国而奋斗，死又何足惜！

我想了又想，为什么这一次的庆祝大会被暴徒破坏，给全国人民心上压上一块重重的铅石呢？为什么给堂堂国民党领导之下的国民政府，带来国际的羞辱呢？这有许多地方该怨我们吧！怨我们估计的太不够了。我们也曾想过，民主的敌人们，顶多也不过像沧白堂那样抛掷些石头块子吧，然而他们不但大打出手，而且迄今都还仗着他们的"特"权，"特"势，颠倒是非，混淆黑白，企图一手掩盖天下人耳目，还竟然倒打一拨地说我领导特务，育才学校的学生和受伤最重的劳动协会会员来打他们了。最为令人伤透脑筋的，是这些消息，却又多是当今政府一手包办的中央社的报道！

我是被打了，而且负伤流了血，但我与打手及指使者平日绝无恩怨可言，我只感到这些人以及他们的指使者，愚蠢无知与卑鄙的可怜相！我认为这是暴徒及其主使者所加于民族的耻辱，这是政府业已允诺的民主考验，可是一直到现在，政府像是还没有交卷！我想不会闹一个罢考吧，须知考试人，是全国的民众，是全世界进步的民主力量呵！

躺在床上这几天，我抚摩着伤痕，看到想到过去为民主而牺牲的一些朋友，一些学生，一些相识的青年血淋淋的影子，他们不断的展开在眼前呵！还想到那死于特务狱中的羊枣，还有那些除了廖承志而外的成千成万在劳役酷刑中被磨折着的民族的优秀生命的政治犯！

读了相识的和更多未见过面的朋友的慰劳信、电报，看到那还滴着泪水的慰劳品，看到或是听到那些纷至沓来的国内的国外的各地各界的声援，我感到了惭愧，除了今后益为奋勉而外，还有什么话好说呢？

我现在已离开床，能够在屋里走来走去了。

《民主生活》第8期

杂 文

海外的官瘾

我国在前清时代，政府对驻外领事向不注意，民国以来，因内争频仍与政费竭绌的关系，亦无暇顾问。政府连公使馆经费尚一欠若干月，小领事馆则更不必说，所以就是有官热的人，见此味同嚼蜡，应没有什么人想钻头觅缝去竞图谋了。但是仍有人情愿贴钱来做什么名誉领事，过他们海外的官瘾。美国方面除华盛顿京城设有我国的公使馆外，余则仅纽约与旧金山各设有总领事一人，其余华人众多之地，如芝加哥、西雅图、罗安琪等许多大城中，仅设有名誉领事一人。我国自己国内连年闹得一团糟，要想替海外侨胞谋什么幸福，本属梦想，政府既一时无力委派领事以护卫侨胞的利益，得些自告奋勇不必政府出钱的什么名誉领事，似乎聊胜于无，让政府揩揩油，原也未尝不是一件不幸中的幸事。但是便宜货有几件是好的？据生长此邦的华友说，这班名誉领事大多数还是用钱运动得来的，因为他们都是留居各该城中的大富商，袋袋里有了不少“麦卡麦卡”（编者，此为上海洋泾浜语，言人金钱富裕之谓），“既富”矣，又想“且贵”，借此过过他们的官瘾。说者如是云云，真相究竟如何，记者未亲加调查，未敢乱说，不过就闻见所及者言，这班号称“名誉领事”，在外边似乎对我国的“名誉”没有什么好处，而且恐怕无益而有害，因为他们均为中西学识毫无者流。去年记者到某城，不久即晤此处所谓名誉领事者，不独英文说不清楚，即很普通的交际态度也一点没有，简直是一个“名誉阿木林”！同时该处的那位日本领事却是谈笑温文，礼貌周到，连他的夫人也能陪着她的丈夫在交际场中周旋合度，受人欢迎，这真是令人看了气闷！我和诸君谈起这件事，绝不是有心恭维日本人，也不是说日本人一定都比我国人好，我所要注重的是要告诉诸位他们对于驻外领事知道慎于人选，给以政费，所以他们的侨民处处得到好处，我国则国内乱得不知所云，无暇顾及海外的国际体面，真令人痛心！彼时墨西哥中国公使李锦纶先生尚代表国府驻美京，记者曾致书李先生，询及国府革命外交对于此类领事有无处置办法，据李先生复信说，此间某城的名誉领事某君尚为伍廷芳老公使驻美京时所任命，此后驻美各城领事须待伍朝枢公使到任后酌量办理。近据新由国内来美的友人徐挹和君来信说，他今夏与清华学生同船来美，途经西雅图时，有该处我国名誉领事当着许多中美人士开会时演说，竟说美国是中国的娘，做儿子的对娘非服从不可云云，简直使我国人听了无以自容，而乃出自堂哉皇哉的本国外交官！（编者按，此事本刊第二期读者信箱里曾有较详的报告）吾人慨叹国内自顾不暇，恐怕只好纵任这类名誉领事安如泰山的过他们的官瘾，替祖国在海外增加些“名誉”！

十一月十五日自美发

《生活周刊》5卷5期，民国1929年12月29日

双料皮毛

近每觉数十年来吾国留学政策失败之主因，多半由于来学者对于本国文化历史未有相当之认识，而同时西方学术之背景亦非短时间之学校生活所能精通澈悉，结果虽挂上煊赫的衔头，往往在国内所得者不外一些皮毛，跑到国外所得者亦不外一些皮毛，仅成双料皮毛而已！我在此邦所就学的学校里有师生组织的一个哲学问题研究会，最近硬要拉我去讲什么孔子主义，我愈深刻的觉得在国内时对于本国文化历史应有相当的认识。我对于此问题既无深切的研究，本不想瞎讲什么，就对一位哲学老教授说："我知道你老先生对孔子主义是很有研究的，就请由你老先生讲几句罢！"他却谦让未遑的回答我说："我们外人所知道的是皮毛与大概而已，不过是看别人所著的书，间接又间接的得来的一点。你是身受过孔子主义的教化，从那充满孔子主义的社会里长成的。你所感觉的和懂得的当然比我们好得多了。"我听了很惭愧，只得硬着头皮把带来的一些中国书温习一些，再跑到图书馆里拿外人研究孔子的几种书参考一下，居然硬着头皮胡乱的发了一阵议论。人家听了到底能得着我的什么贡献，我只好说是莫名其妙！

出国留学者不见得人人对于本国的文化历史有相当的认识，而外国教育家却认为凡是中国的留学生对于中国的学问总有相当的基础，他们对实际情况异常隔膜。有一次此邦某大学有一位文学教授无意中和一位中国留学生谈起孔老的学说，那位同学却瞠目结舌，莫名其妙，于是那位教授竟少见多怪的跳了起来，说“这真奇怪！你们自己家中有这许多学问的宝藏却弃而不顾！”我以为这位同学也不能全任其咎，他们不过代国内办教育者受“过”而已。我深感出国留学者，尤其是研究社会科学的人，倘对于本国的文化历史及社会实际情形没有过相当的研究，那末对于国外所受的一些教育，甚至所研究的种种问题都是隔靴搔痒，食而不化，无一用处！

一九三〇·一·十寄自美国炮特伦城

中山先生给谁气死的

记者在日内瓦时偶遇蒋作宾先生，闲谈到中山先生在广东做大元帅的时候，因久攻惠州不下，与杨刘种种阳奉阴违不肯用命的情形。蒋先生当时是总参谋长，是亲眼看见那种情形的人。旧事重提，他很愤然的向记者说道："总理的病以那时期所种下的根为最重！"以中山先生的毅力与涵养功夫，满清时代的贪官污吏，不革命的士大夫，与愚昧不堪的民众，不会使他气出病来，而且格外增加他的责任心与自强不息的精神，而先生的病乃生在武昌起义之后的号称革命的同志手里！在以党为幌子的假同志，党可以不要，个人的气愤不可不泄；国可以不要，个人的权利不能放弃。这当然是使得中山先生最为痛心的焦点。

我国俗语有一句很平常却很足玩味的话，就是"物必自腐也而后虫生之"。故外敌不足畏，内敌最可畏，无论何种团体，不在盘根错节之足以为虑，其可虑全在本身之一盘散沙，无从努力。任何团体，其事业之成败往往在其自身而不在其身外之环境何若。团体小的时候，分子比较的整齐纯粹，团结力比较的巩固，故工作效率亦比较的优良。及至团体渐渐扩大，分子渐渐复杂，团结力亦渐渐随之松懈，甚至意见横生，自相摧残，徒使爱者痛心，敌人快意，这是任何团体失败之由来。

记者由此观察而默念我国的前途，以为什么帝国主义的压迫不足畏，最可畏者是我们自己先若一盘散沙，没有团结力来振兴内政，抵御外侮，予敌人以可乘之机，有如摧枯拉朽，无不随手而倒。简言之，中国人的命运全在中国人自己的手中，我们要继续中山先生的遗志，全在勿念先生反覆叮咛的“发扬民族的团结精神”“唤起民众共同奋斗”，能“发扬民族的团结精神”能卧薪尝胆的“共同奋斗”，以中国之宝藏，以中国人之智力，以中国之广土众民，绝对无永此衰弱的道理，但若仍旧好像一盘散沙，仍旧各私其所私，倾轧排挤，惟私利是图，则种瓜得瓜，种豆得豆，亦决难遽能脱离衰弱的道理。何去何从，何取何舍，此权不在压迫我们的所谓帝国主义者，实在我们全国国民自己掌握之中。

记者最近由美取道欧洲回国，环观各国现状，看见他们各有各的困难待决的问题。我国自己若能从此整顿政治，努力建设，内部充实，民生日裕，在彼各国自救之不暇，实无余力来和我们捣乱。但若自暴自弃，自己先把自己弄得奄奄一息，残喘仅属，则他人不必用力来压迫我们，随便一举手一投足，已足制我们的死命而有余。这无异于我们自己摧残自己，夫复何言！

十一·一·草于南海狂风大浪中

《生活周刊》5卷52期，1930年12月7日

严肃的沉默

六月二日天津大公报有一条短评，题为《不着一字》。全文照录如下：

古人说，不着一字，尽得风流，幼时读此，不能理会，现在才理会一点。

不着一字，有两解。不能着，也不必着。

凭文字理会的事，是些粗义，是些枝节。至于真的要点，不着一字，也自然可以理会得。

不见泰山顶上的秦皇没字碑有多么庄严！

中国报纸，快要做没字碑了，但我相信全国人一样可以了解。

练习纳闷，也是一种工夫，全国人都能常常纳闷，就等于个个了解。

世界上有这样过日子的人吗？请大家自问自己一下。

是的！这一个短评，现在也可以把它印在本刊的卷首，表示我们对于当前的实践不是瞎了眼看不见，并不是聋了耳听不到，手也并未变僵不能写字，心也并未结冰，可以一点跳动都没有。不！不！一千个不！

这是一种非常时刻的严肃的沉默。

这沉默是由全国人高度的愤怒与悲哀所凝成的。

“世界上有这样过日子的人吗？”

不！不！一千个不能！沉默只能当作调整自己的主力，在预备后复仇前一时的镇静，是带着冷的寒光注视着敌人的眼。沉默不能变为凄悒的低诉。虽然在外表上好像是可以比作“没字碑”，在这没字碑上明明是有字的，是雪耻！不然沉默下去只是颓唐、苟安、偷生，结果也就是变成与“无耻”没有差别了。

沉默以后要是怒吼，才是合逻辑的。沉默与怒吼之间，要有咬着牙关准备的精神才不是一时的感情的浮夸。准备是个人、团体、民族三方面的集中的行动，是同一目标的共同的努力。

我也请大家自问自思一下，我们这沉默的意义？沉默以后又怎样？

我们期待着怒吼！怒吼！中华民族的怒吼！

《读书生活》第4期

偶尔想到

偶翻天津《大公报》七月五日的史地周刊，看见了一篇论张季直先生的文章，做得颇不错，这位先生是早被人遗忘了，现在有人来论他确也是应该的。他总还是一个值得介绍的人物，尽管他的往事有些事情做得令人颇不满意，但他的一生总是经过坚苦奋斗的。读了这篇文章之后，使我深为感动！同时也使我觉得目前的环境比起张先生的当日来，真有点世纪末之感了。

张季直先生，他出身寒微，一生碰过许多钉子。幼年，要积其全家的劳力所得，才能供他一人读书，第一次受挫于州考，第二次受挫于所谓“冷籍”，第三次更在官绅户冷嘲热讽的境遇之中，费尽千辛万苦去创办实业。他虽然到处都在受挫折，却毫不灰心，毫不屈服于困难。终竟克服了一切的困难，奠定了他的事业的根基。

当然，我们并不是说，一个人只要能努力，就一定会有成就的。这也是要看人们对环境的认识和他所努力的方向如何来判断的。像唐·吉诃德式的英雄，就算他有一颗善良的救世之心，也不得不给时代的风车，将他扫荡了去。张季直先生中了状元之后，若果认识不清客观事实的需要，不改弦更张投身到实业界去发挥他那种积极的精神，结果一定不会有像他在实业界所得到的这种收获。因为个人的努力，虽是推进社会发展的有利因素，但决不是像天马行空那样的完全依靠个人的“天才”，而不受社会发展的法则所限制的。他的成功，正是说明中国当时社会还有一线向资本主义进军的希望，现在是连这样的希望也没有了。

张季直先生一生的事迹，说明了他个人的奋斗，认识和才能，同时也说明时代。不过张季直先生一生的伟大，到底也不得不受中国社会发展所限制。他的努力不得不是一种个人的孤独的。虽然做了一个实业家，创造了一点民族实业，可是他并没有将他的事业弄出一个健全的组织。什么都寄托在个人的努力上面，很容易发生所谓“人存政举，人亡政息”的危险。我们只要看张季直先生死了之后，他的事业就跟着消沉下去，就是一个很有力的明证。虽然这种消沉，还有其他的客观原因，例如近数年来帝国主义日愈残酷的对中国民族的摧毁，使中国的大小工业都逼上了破灭的道路。在这种情形之下，张先生的事业也不得不受到相当的打击。但主要的不能不说是由于自从张季直先生死后，他的事业就失掉了重心，承继的人，又缺少了像张季直先生那种奋斗精神，不知有所建树，得过且过，一任环境的支配。这种情形，实在给了我们一个非常大的教训，个人的努力，若没有组织来支持，个人一发生了变化，他的过去一切的努力，不但不能继续发展，并且还要走上破灭的道路。

前事不忘，后事之师。张先生的那种奋斗精神，现在提起来，虽然还能给我们一个很大的兴奋，但处在这样道高一尺魔高一丈的今日中国情势之下，要打破一切的难关，要挽救民族的危机，更不是这种个人的孤军奋斗所能生效，这种个人的努力，应该以有组织的集团的努力来代替。因为只有将个人的努力溶合于有组织的集团努力之中，才能使每一个人的努力成为克服当前困难的一种力量，也只有在有组织的集团的努力之中才能使个人的努力更有力量。

《读书生活》

办杂志人对于修改新出版法的意见

自从新出版法在立法院三读通过后，全国新闻界、出版界都惹起了严重的注意，沪、平、津各埠政界业向中政会提出请求，要求从事修改，缓日公布。至于出版界如书店及杂志发行人方面，对于新出版法亦同样表示惊惧，其痛苦甚或超过日报。只因近年来一般书店生意萧条，事实上现在有计划出书的书店几乎没有了；杂志方面在外表上看来虽然现出是特有的在繁荣，在骨子内实在完全是另一回事。杂志的寿命是由作家咬着牙关，空着肚子才能苟延的，基础既然不稳，更谈不上计划。所以在这两方面的人，对于该出版法，虽然觉得是自已的催命符，但因奄奄气息，连一点反抗之声也发不出了。

据报载，关于新出版法中政会已接受新闻界的请求，允予从事修正，并议定六项原则，交内政部重行制定，再送立法院复议。这消息，无论如何是可慰的。

不过，我们细察所谓六项原则至少对于我们从事杂志出版的人是还有些遗恨的。

第一，我们觉得修改的原则最大的缺项就是没有将核准全义取消。这一点对于杂志发行上关系非常重要，我们已经说过，目前杂志，大多是几个作家，为了热心文化，才竭力在那里撑持，所以才有今日的繁荣，如果要采用核准主义，许多热心文化的人，因为经济基础不固，也就懒于从事了。我们希望内政部在从事“重行制定”，立法院重行“复议”时，将这一遗漏纠正，使人民对于出版方面获得最低限度的发言的机会。

第二，“六原则”的第三项，“地方官厅扣押报纸之处分须先呈请中央核示”，如果这里指的报纸是不包括杂志说的话，那么，也还望连杂志一并列入。我们希望内政部，“重行制定”时，有具体的明确的规定，各地方官厅在没有获得中央核示前不得擅自扣押或禁卖一切出版物。

总之，重修改后之出版法，我们希望不要专着重取缔，致陷于摧残言论之嫌，应积极谋新闻杂志事业的提倡，对新闻杂志事业及人于以法律的保护，这才合于人民的公意。

我们亟盼内政部，尤其是立法院制法诸君不要违反人民的公意，驱逐公开的言论的存在，在重议时对报纸，杂志，书籍的出版应予以同一的注意。

《读书生活》第 2 卷

如何纪念国庆

本刊这一期出版的日子，正逢“双十节”，我们本不想说什么例行纪念的话，但觉得近来全国上下对于国庆纪念的忽略，有些错误的观念，不能不加以纠正。

国庆纪念日自从民元以后，无论朝野，因为内忧外患的压迫，庆祝情绪早就是一年不如一年了。而自民国二十年起又突然加上一个空前的“九一八”“一·二八”。热河及塘沽协定与最近的华北事件，接连不断的发生，于是光芒万丈的“双十节”，在这四年中是更黯然无光的过去了。现在到了这创国纪念的日子，人们非独无心庆祝，反徒增了多少伤感的意味；而政府方面亦在“国难期中”四字下，停止了一切唤起民众认识国庆日的意义，以及其他应有的鼓舞民众的纪念工作。在常情上说，这种悲伤的态度，是今日我们中国人所不能免的一种感触，但我们如冷静的想一想，假使因为国难的压迫，而即忽视了国庆的意义，却又不能说不是一个很大的错误了。

我们为什么要庆祝国庆？因为这是中国划时代转变的日子，是一切革新事业的开端。这种革新的开端是千百年来酝酿而成的种子的萌芽，是世界纷乱与革新的一个前奏。在这一次革命的前后，由于许多伟大勇敢的先烈的苦斗和许多光荣灿烂的史迹，才能使中华民族从君主制度束缚下解放出来。像这种划时代的转变和革新的开端，是没有纪念的价值吗？我们能为了外来压迫的加重而忽视国庆的意义吗？

严格的说，在这种困苦的时候，不但不能减少庆祝的价值，并且国难愈深，国庆愈可贵，国庆愈有可纪念的意义。

论到中国现在的局势，就大的方面来说，是与全世界的现状，有着连带的关系；就小的方面看，乃由于这个中华民国的产生，很像一个先天不足，后天失调的孩子，所以在这全世界纷乱骚扰中，所受的痛苦便较别人来得格外大了。有人说中国现在所遇到的艰难，是命中注定的“苦命”，或如“定命论者”的口气，说是自然的结果。但我们所要否认的就是我们很清楚的看出：辛亥革命成功以后，由于种种人为方面的错误所引起的许多丧权辱国的事实，这难道也可以说是命中注定的吗？我们看到一九一七年以后的苏联，和大战后的德意志，其命苦的程度，比起中国来，是有过之而无不及。但他们现在的情形是怎样呢？他们已经从苦命中奋斗出来了！所以我们应自觉过去种种缺点的暴露与危机的发生，以至弄到今日这样的局面，决不是什么命中注定，而是因为在辛亥革命以后，没有更大的力量，没有像别人那样苦干的精神，来继续这种革命后所奠定的开端的工作。

我们不怕国难的严重，我们只问有无牺牲赴难的决心。我们要纪念那些创造国庆的先觉者，我们更要时时刻刻想到他们那种牺牲的勇气，杀身成仁的精神。创造国庆的烈士们，如果感觉当时满清政府势力遍天下，自身革命势力是如何的薄弱，以为那时的腐败政治所给予民族的苦痛是命中注定的“苦命”的话，那么今天的“国庆”，至少要改变一个日子了。所以处于目前这样危急万分的局面下，我们应格外要追念一班创造国家的先烈们的精神，我们纪念双十节，我们更要想如何来创造一个新的国庆，打破这快要亡国的难关，这是我们在今天国庆纪念日人人应有的自觉与决心。

《读书生活》

新闻检查制度

十月廿八日，天津新闻检查所的职员五人，在奥租界被日人捕去，到廿九日的晚上才释放出来。一直到现在我们还听见日本便衣队及正式的宪兵依然继续不断的在天津捕去商会领袖等等的消息。对于这一类怪事，竟在所谓“敦睦邦交”下继续出现，真叫人不知作何感想才好。

是的，这明显的是一种民族的侮辱。但我们对于这种检查的制度也觉实有借此提出来一谈的必要。

中国现行的新闻检查，实在是一种畸形的制度，不仅是办报人，就是读者也常常感觉得太不合理。同样的一个消息，有时在上海南京能够刊出，而在汉口北平却被抽去。又有些时候在北平天津所登出的，到了上海南京又不许登载。再就中日问题来说，最近数年，时时刻刻都处于一种紧张的局势之下。一切消息，都是为全国民众所需要知道的，但是我们翻开中国报纸一看，这一类的消息，不但很少，就是有也只是一些不关痛痒的事情。最最令人奇怪的，有许多外报已经登载过的消息，中国报纸要想发表一二，竟不可能，反而日本报纸却已讨论得非常热闹。本来报纸方面为了营业的发达，才不惜费尽心力去探访新闻，而读者也想从报纸当中多知道一点真实的消息，但自从新闻检查成立之后，各地的报纸便有无“闻”可登之感，读者也有无“新”可知之叹。固然，我们也知道对于有关国防军事等消息，有时有秘密的必要，但这也有一定的限度，不然就是封锁新闻，愚民自欺，是一种使人民极端失望的政策。在今日民族生死关头实在是不应有的现象。

这种制度在对内已是怨声载道了。民众需要新闻教育，国家反来愚昧；新闻事业者欲传播真实消息，而检查员无常识的任加抽禁，人民虽敢怒而不敢言，但强邻却用武力来干涉了。我们在这屈辱后应该怎样呢？

我们深深觉得这制度没有存在的价值。这不是说政府对于检查制度，自己负责不了，而是这制度太违反今日的民意，及民族意识。我希望在五全大会讨论宪法的时候，能毅然废止这种不合法的制度，为宪法上“言论自由”多少增一点光彩。

本文付印后，看到六中全会已通过各组审查报告，关于保障人民言论、出版、集会、结社、居住、信仰之完全自由的提案，决依法切实保障，这当然是一件可喜的事。但我们知道过去政府对于保障人民言论，信仰等的自由，也曾有过很多的决议，但总是议而不行，等于废纸。我们希望这一次的决议，能够做到“切头施行”四个字。

《读书生活》第1期

捉与逃

在前年，我们就听见东北的朋友说，东北的青年，稍微进步一点的，不是被日本人捉去了，就是逃出了东北，要想不逃，不被捉，除开甘心作奴才外，是不可能的。语气中含有浓厚的亡国恨。大家当时听过也就只有默然了。

不想，这现象现在也发展到平津来。近一月来，传闻平津的学生、旅客、居民被日本宪兵警察逮捕的就有多起。不过因为这些人是小百姓，外间虽知道有这回事，但被捕的到底若干人，姓甚名谁，报上是从不批露的，一般人也把它作为偶然发生的事件看，并没有造成很大的恐怖。一直等到逮捕至商会委员年光尧，新闻检查员王一凡等五人、社会局主任李铭、前豫督署军需处长李锡庆等这类大人先生时，报纸上再不能不登出姓名来。这传闻一被证实，华北现在的局势严重到了如何程度，也就立刻可以想像得到。

平津现在也有许多人在逃了。

不过，这里逮捕的人与出逃的人，到不一定都是进步的青年，其中也带着几个官吏、商人。尤其在出逃的方面，大概也还是稍微有钱人占着多数。

同样，上海这几日来，因为日本水兵的无头公案，一时“谣言”蜂起，闸北虹口一带的居民也饱受了日本兵宪搜索、侵扰，那一带的住民也纷纷地往租界“逃”了。

这一切日本的暴行，中国报纸上现在虽然也认为“非法”了，外部也提出“严重抗议”，认为这种“擅捕我官民”是不合理的。但报纸上对于“逃”的斥责却明明比“捉”看得更严重。他们认为这是“自相惊扰”，是“怯懦”，是“不爱国”，是“轻信谣言，无知之尤”，却看不见我那位东北朋友谈到“逃”时那一股悲愤之情。

这大概是非常“爱国”的舆论罢！敌人的来侵，本来只听见有官军的撤逃，那里有老百姓出逃的理呢？

我们并不主张“逃”，小百姓在事实上也无处“逃”。闸北虹口逃入租界的人，也大半是中产阶级，就连东北逃入关来的人也算在内罢！那也都是稍微有几个钱的。东北劳苦的老百姓，进步的被杀了，或者走入了义勇军去。他们在为民族生存决斗。但同时我们也不能更不忍骂那些出“逃”的人。我们不能让他们等死。谁造成人民出逃的条件呢？为什么不保障人民生命的安全呢？这是谁人的责任呀！

真的舆论，不应专责人民畏死，应指示人民如何图生。我们不要逃，但同时要起来消灭人家的“捉”与“轰炸”，不然，我们要舆论做什么？

《读书生活》第3卷第2期

暗　杀

暗杀虽然比起决斗来有点不大光明，但如果杀的是个恶人，也常常能取得人的赞同的。在专制时代，人民受的压迫过深，人民在万分忿怒中，也常走入暗杀权贵的一途，杀人者不独不使人觉得可怕，反以英雄相待了。荆轲的故事能够流传得这样久，不是没缘故的。写十九世纪俄国虚无党暗杀沙皇的戏曲、小说，也就特别流传得远。辛亥革命中，民间最喜谈的是汪精卫谋刺摄政王，徐锡麟刺杀恩铭，熊成基谋刺载泽，温才生枪毙孚琦这些人，一时说成神话了。

其实暗杀几个坏人并不就是革命，革命是不能靠暗杀成功的。暗杀不过是表示最大压力下，一种无可奈何的绝望的反抗。

俄国革命的成功是成功于另一道路的。俄国虚无党远在一九〇五年的革命前就消灭了。

但暗杀的事，仍然在今日还是流行的。由于个人的恩怨而相杀，那几乎是属于个人的私事，不说它。就有政治意义的说，暗杀却是今日的一种政治的阴谋。

它所表现的意义是什么呢？

暗杀绝不是表示自己的权力，暗杀的计划者，不论有权无权，他都是属于没落和走入绝境的一种社会层，至少也是表示自己的权力的脆弱，否则，政治的斗争是可以在公开场面进行的。成功和失败则决定于群众的拥护或摒弃。

这不是姑息恶人，因为我们更重要的是根诛恶人存在的基础。

所以革命注意的是在制度的改变。

但一个已没落的社会层，在它完全绝望时，每每出以痛快一击，如苏联反革命党之暗杀基洛夫，就是一个好例子。同时，在权力者取这种手段去谋杀他的政敌，也还是说明了他的权力之脆弱。

这里却要注意，在被杀者如果是一个好人，如去岁史量才先生之被杀，大家很同情死者，这种意义很容易被人了解，觉得谋杀者出以这种卑劣手段，无异暴露了自己是处于何等绝望的境地，竟不能采公开的斗争了。但是，如果被杀者本是一个坏人呢，大家因为称快一时，这一意义就被蒙蔽，转而同情这一暗杀，由是，这一不光明的阴谋，反被人看做是诛奸唯一的正道，很容易把人引入歪路上去。

自然，杀去了一个恶人，也仍是对于恶的方面一个打击，恶人在某制度下，他是可以发挥个人的力量的，杀了他，也许可以减杀一点恶的为害，所以同情这一暗杀者似乎也不无理由，不过，那总是过于肤面的看法，不足取法的。因为真正恶的憎恶者不要忘了比杀了一个恶人更重大的使命。

《读书生活》第3卷第2期

是“学潮”吗？呸！

自从北平学生在国难第一线上现出民族反抗的雄姿后，全国学生大众已形成一种新的阵容来了。

但是，在舆论上，在有一些人们的脑子里，对于这次运动的认识明明还有的是不足，有的竟陷于谬误中，对于这次运动的性质还有指明的必要。

天津大公报十一日的“社评”，十二日的“短论”所表现的就可以作为认识不够和谬误的例子。

大公报的“社评”把这次运动的原因，归为是“两三年来学生埋头读书的反动”“教育界对于政府应付时局方针的不满”“受了埃及大学生反英运动的刺激”。我们虽然并不完全否认他们指出的与这运动有些关联，但他们并未认识这次运动的性质，不免是认识不足的。

十二日的短论；那就更达到谬误的结论了。

它把这次运动看做“学潮”，主张“学潮应速收束”。它说：“北平的学潮，似乎还没有完全收束下去，这不止于教育界本身不利而且可以成为北平严重的社会问题，因为北平是文化都城，不容长期纷扰。在今天北平情形之下，学生空言请愿或自行罢课，实非其时，非其地，所以我们终希望青年要自重自爱。”

这完全是谬论。

这次运动的性质是什么呢？

它决不是简单的“学潮”，决不是静久了，要动一下，决不仅是所谓教育界对政府应付时局的不满，如果这样看法，会把这运动的性质弄歪曲，意义缩小，范围缩小，另引导到破灭的前途去。

我们看见的是赤裸裸的民族斗争，在敌人新的进攻下，站在国难第一线上的知识者自发的民族反抗运动，我们不能因为这一运动的人，身上穿着的是学生装，就把这一运动的性质改变，认为是学生的私事。

为什么首先发现在学生间呢?

这是因为在北平这地方，学生是较有组织，易于组织，而且是对于民族危机感觉更敏的市民，他们自自然然走上前线，成为中坚分子了。

但这一运动决不会停止在这种狭小的范围的，它不过是广大的民族阵线之一分队，这次运动先把学生大众的阵容整齐了。同时，它自然还带着激发和加速整个民族阵线的强化的作用。

我们拥护这一运动，我们反对有人喊出“收束”；我们更要高声喊道，目前的学生运动“正是其时”“正是其地”，只有汉奸才会发出像大公报这样的言论。

《读书生活》第 3 卷第 4 期

教　训

教训的可贵处，就在它是发生在行动中，认识通过行的过程得到了高一级的认识，虽然它常常是只具一面性，但是比理论却具体。因此它比理论更可以打动人，因为理论是一种综合的东西，它是带着抽象性的，它本身是正确的指示了行为的必然性。但因客观现实的复杂性，每每在估量一种行动时，不免有时对客观看得不够，或错误，把客观或主观估量过小或过大。理论虽然包括了一切行中所得到的教训，但因它是高级认识，不容易被一般人所接受。教训则不然，它是认识发展中具体的经验，在行中不断的产生出的，它本身带着残酷的血的经历，容易打动人的情感。每一种行动，每一个参加者，并不都是先有了认识，才从事行动的，实则每一行动，除开大概的原则外，有深刻的认识的都只有领袖，大队的人马，他们的认识每每是参差不齐，但行动中的教训，却给与他们新的认识，这就是说，认识从实践方面得来的要比书本上多的缘故。

教训更可贵的地方，自然是在它能把过去的经验，武装自己，展开新的运动，所以它虽付过相当的代价，却是值得的。

譬如最近北平上海学生的请愿运动，据参加运动的人说，虽然目的并未达到什么，却得了不少的新教训。许多学生在这运动的开始时，纯粹是出于爱国热诚，以为他们的主张，立刻可以见诸实行的。在行中，他们碰到许多意想不到的事物了。

想不到，喜峯口外为民族吐过一口气的那口大刀，现在正用在残杀自己的兄弟身上，救火的水管，也变为扑灭爱国热情的利器了。上海到南京本来是只有四小时的行程的，他们走了四五天，还不能走到。学生自己动手开火车，接铁轨，用饼干盒子作水桶，打上两三吨水，放在锅炉内，这不都是奇事奇闻么？但都是许多学生亲自在这次请愿中备尝的。不仅如此，他们平生没有下跪过，这次也下过了。肚子从未一餐不吃饭的，这次也饿过四五天了。还吃过雪，睡过潮湿的草地、铁板，挨过打骂、恐吓、嘲笑，同时也得到千万人的同情。这一些谁也在当初想像不到的。经过这一次请愿后，他们清醒的说："我们不是没有收获，我们得到的教训是宝贵的，我们总算认清一切了。"

我希望这种教训，成为大家的教训。教训要付代价是不足惜的，但不宜滥费精力，教训并不是要每个人都亲身去受一次，是拿前人的经验作自己走路的指南或参考的，不然，教训还有什么价值呢？

《读书生活》第3卷第5期

我们的抗议

“卖国有赏，爱国有罪”，这已经不是纯粹讽刺的愤激语言了。北平当局，就公然承认有所谓爱国罪，有“爱国囚犯”等。你不信吗？有中法大学学生会的收条可证：

> 今收到：
>
> 爱国囚犯十二名，在军警严密保护之下，已从高牌店安然抵校。此致
>
> 公安局（西郊区署）
>
> 中法大学学生会

这还不过就北平当局的心理方面而说，在不知不觉中，他们露出了自己的狐狸尾巴了。至于就行为说，那近日犯了爱国罪的青年，受到残酷的惩罚的，那就不止于北平了。

在平津，学生受到皮鞭、木棍、水冲、屎掷、火烧、绑架、拘留等刑罚了。在 ×× 学生被军警化装的“锄奸团”暗杀，连尸首也灭迹的，传说有四五十人。此外，各地都有因演讲国难而被绑架，或利用汉奸而破坏各种民众组织，妨害救国领袖等事实。上海一共被捕的学生，据说也有三四十人了。

这就是在要求“保护爱国运动”“爱国自由”等声浪中，一种完全相反的事实。

新闻是被封锁了。

学生救亡的活动不准登载，或者歪曲事实登出。

学生和市民们被拘捕，遭伤害，甚至死亡不准公布。

舆论呢？最善良的人们，因为不明白事实的真相，也只能说几句空话，使你无法援救。

这现象是不能继续让它存在的，这种沉默苦闷的空气是不能不冲破的。

一切公正的人士，有良心的教育者，应该出来说话了。我们应该对于这种民族的自杀政策，向各地方负责者提出有效的抗议。

要做到真正的“爱国自由”“保护爱国运动”，不是辞句上的。

各种救国团体要迅速巩固自己的组织，加强自己的防卫，扩大情报网，扩大社会的对于被难战士的援救运动。

一切公正的人士，一切不想当亡国奴才的人，对于目前一切因爱国而被拘捕的战士，应用各种方式要求释放，和赔偿损失，并要求各地负责者担保以后永远没有同样的事实出现。

我们对全国因爱国而被拘捕、伤害的战士，表示万分敬意，并对爱国治罪的野蛮行为提出严重的抗议！

《读书生活》第 3 卷第 7 期

惊人的统计

国难一天天严重，但是严重到什么程度呢？很不容易具体的说出。严重两个字虽够严肃，但还过于抽象。中国近百年来，都在国难中，满清统治下，国难也不是不严重；民国以来到“九一八”止，比满清时代自然严重多；“九一八”到现在四年间，自然严重的程度更加深了。但在一般的说话，仍只用严重两字去形容，所以在一般人的脑里，对于国难仍只有一个朦胧的轮廓，只要国难不来到自己的门口，也就觉得这是百年以来听惯了的警告，并没有什么可怕的地方。主持国政的人，更利用了这朦胧的概念去掩饰自己的责任，自然更是于己大利。他们更不知羞耻的说：“中国弄到现在，我们没有责任，目前亡国惨祸，是祖宗丢下来的遗产，国难并不是我们上台才发生的呀！”

果然是真的么？

狗屁！如果把这朦胧的概念，用图画表出，用数字表出，那就不得不令人惊绝，使这些责任者无可逃避。

先请诸位打开本期所载的国难地图罢！旧账不必算它，只说“九一八”到今日这四年来，地图上改变的颜色有多广。你不吃惊么？

不！这还不够。请再听听王造时先生报告的国难统计罢！

国难地图上那一大块改变了颜色的土地有多大呢？

八百余万方里！比近百年来满清政府历次共失的国土，还超过一百五十万方里！

四年来每年失地平均约有两百万方里！

若拿丧失的这些土地和我们的省分比较（请各省的读者注意！），等于：

七个四川！

十二个广东！

十三个湖南！

十四个陕西！

十五个湖北！

十六个河南！

十七个山西！

十八个山东！

十九个安徽！

二十三个福建！

二十七个江苏！

二十八个浙江！

若拿丧失的土地和外国比较（请各国大众注意！），那就等于：

日英法德意奥匈比荷丹瑞士十一国本国面积之和！

换句话说，等于：

四个法国！

五个德国！

六个日本！

十个英国！

六十个瑞士！

七十个荷兰！

八十个比利时！

这是国难严重具体的说明，但是严重的程度就止此么？并不！因为这还不过仅就已失去的土地说，如果把汉奸的阴谋一概加进去，这一个统计数字，一张国难地图，还不能全面的表出国难严重的程度啊！

宣传国难的爱国同胞们！请注意具体的说明罢！请注意国难的发展罢！揭开朦胧的烟幕啊！使大众和国难的真实见面罢！

《读书生活》第 3 卷第 7 期

现在不是幻想阿猫阿狗的时代了

不上不下的这一个社会层，常常的多幻想。他们不满意黑暗，但他们也怕见太阳。他们对于银色的月光，总怀着过度的依恋。他们想把那动摇不静的心灵，寄托在这“月白清风”的夜里。

因为不满意黑暗，他们反对恶人；因为他们依恋的是微光，所以他们容易忘记人家的罪恶。他们对于政治上的人物的看法，就有两种眼光：对于台上唱不出好戏的人，他们要喝倒彩，对于走下台来的人呢，只要这角色会做出一个反台上人的鬼脸，他们立刻就同情他来，忘记了他以前在台上正是一个无能的丑角，作恶的魔鬼。

他们对于政治上，就是今日幻想这一位上台，明日又幻想那一位上台，幻想狗穿了礼服，就真的变成了人，象牙真的可以从狗口里长出来。

他们永远是这样可怜的在幻想中，死于幻想中。

至于那狡猾如狐狸的政客呢？

在台下是会装出和善的颜面，穿上民众的衣裳，说出讨好民众的话的，因为他有社会地位，台上人无可奈何他，他就越发撒野，招摇。他利用了这一部分不上不下的民众的善变的心理，去洗涤他过去的罪恶，用空头支票去作重新上台的资本。

许多落后的群众，就跟着喝彩，许多带着“血丝特利亚”的男女，就对他放出“希望”的眼光来。

等到他上台的日子近了，他的态度却渐渐朦胧，也变得不大发言了。

新闻记者追着他，他会装出病来，拒不见客。不得已时，他说出的话，就不容易听懂，他故意在民众希望他说的话以外兜圈子，他完全变了另一副面相，忘记了自己发出了无数的空头支票。

等到他在台上重新出现时，第一幕拿手好戏就是对持这空头支票来兑现的人，一出武生戏，这就算是支票的兑现。

然而，他却踏着万人的血肉枯骨上了台。

这是中国近二十年和“狸猫换太子”一般平凡的把戏，实在骗人骗的够受了。

时至今日，这种骗局也仍然在演，实在是我们这些不上不下的人的一种愚昧和落后。这种老调子，实在应该早结束了。

我们不要再幻想这样，幻想那样。自己要有理想，要用自己的手去实现理想，现在不是幻想阿猫阿狗的时候了。

《读书生活》第三卷第七期

侵略者的“艺术”

四年以来，我们的敌人的侵略的“艺术”是很值得我们这些小百姓注意的。

敌人用鹰的眼力，看出了中国社会在激急的分化，看出了有一大群快要垂亡的人们无路可走，看出了中国大众抗敌的决心与沉着的雄姿。他们在一面发抖，一面奸笑中，确定了“以华制华”的“艺术”。

这一艺术是在它最合经济原则，最可以欺世惑人。它把直接由自己动刀动枪的事缩小到最大限度。这些傻事，他一概交给他的代理人办去，他只须派几个少将拿着手枪侍候着亨利·溥仪先生，殷汝耕先生，什么将军们，叫他们勇敢的干去。自己呢？只躲在后面发号施令就得了。

这样做法，帝国在四年中，没有费吹灰之力就得了六个本国那样大的一块土地，并下了侵吞整个中国及进攻苏联，称霸世界的基础。

“以华制华”的运用也是很巧妙的。

在满洲，是现出了急情况的丑态，建立了“满洲国”，因为自己动手的地方太多，很惹起了世界的喧哗。

走进关来，作法就更艺术了。它改用了自治，并且是为的“防共”的。自己动手的地方确实比以前要少，顾忌要多一点。华北全部自治运动不成，也只好一步一步做，先让“殷汝耕先生”暂时偏安一隅，在那冷清清的文庙中，多坐几天水晶板凳；冀察呢，在外表上也仍忍了一个什么委员会，对于尚在徘徊的将军们，什么们呢？也只好用甘言劝驾，最好是脱离中枢，否则呢？就再成立一个阴阳怪气的冀察什么委员会也好。对全国，一面在暗中尽最大可能的利用矛盾去瓦解整体，同时对整体则提出了三个原则，明白要你自动的解除一切民族武器，一切尽由它来。

不管它的手法如何变换，它的骨子里是一致的，是动员一切中国反大众的力量，去灭消中国民族的反抗的力量，使中国民族的反抗成为不可能。

是的，我们对于当前它玩出的把戏的每一节目都是要注意的，并且还要注意它的发展。

就冀察政委会说罢！这一种组织的名实，以前固然也不能深究，但是到了现在，它的“实”的发展，已经要否定它的“名”了。我们即令把隐藏在暗中的一切不谈，单就近日见于电讯的，就有自行处理外交的决定，破坏整个的外交系统，发行冀察赈灾奖券，事实上收截了一切应解中枢的财政收入，也明明确立了另一个财政系统。何况在传说中，土肥原被聘为高等顾问，华北各重要机关都将聘用日本顾问的拟定呢？

这种亡人国家的阴谋是比敌人自己直接用刀用枪来更为可怕的，因为直接来屠杀中国人的，确实是中国人，一切侵略都在合法的名义下进行，中国一块一块的亡了，这一块一块地上的人民还不知道自己如何的变为人家的奴隶，这不是最可痛心的事么？

我们痛恨敌人，我们不要忽视了我们应有一个冷静的头脑 去研究敌人侵略的艺术啊！

《读书生活》第 3 卷第 8 期

春寒的话

春天到了，但天气还是这么的酷冷。春寒至零下三度，这大概是一种反常的现象罢！在这反常的气候中，我们听见有许多无衣无食的人冻死，有许多身体虚弱的人生病，还有许多人在他们的心绪上，总也不免染上一种说不出的阴郁之感罢！

我们的编辑部里近来大家的气氛也有些特别，心绪总现出沉重、烦乱，大家相对都不想说什么话，但，又明明不是没有话可说的。这是什么缘故呢？天气罢？也没人想去追问它，只是大家沉默着，沉默着，沉默着！

譬如我自己，近几日来，对于许多不相识的朋友的来信，就不想拆开来看，在往日读信是我生活中最愉快的一件事。现在也起变化了。我几乎没有那样的勇气，我怕朋友们带给我太多的不幸的消息，我要求冷静一点；所以只好燃着一枝烟卷，望着口里吐出的那一圈圈浓厚的雾，在云雾中乱想一些什么，混过写字间中一些时刻。

我对着七长八短的那一堆来信，我的眼睛集注在那五颜六色的邮票与字迹上，我心中向着这些来信的主人致了最敬的敬礼，接着我在无言中惭愧着，我觉得自己无力量，我不能满足大家的要求，我不能把大家要知道的说给大家听，我并不能为大家想像中的那样有用，甚至那样伟大。

我却一点没有要怪大家带给我一些不好的消息，我说过，我怕听得太多，但不怪，一点不怪！我知道，坏消息一定都是事实，世间上是没有人夸大自己倒霉的。既然世间上有这种事实，记录这些事实，理解这些现象，要求解决遭遇中的一切困难，都是百分之百的应该，我们无权拒绝人家。我们并不希望人家在死亡前一定要作出微笑，在屈辱前一定学“奴颜膝婢”，恰恰相反，我们看不惯那些丑态，我们欢喜的姿态是对强者敢于顽抗，是能够胜利也经得起失败，是有火般的热情，但不流入无用的伤感，是能怒吼，但也能咬着牙关沉默。总之，我们对于无数朋友现出的姿态是满意，是敬重的。

我们自己呢？

不是没有话可说，不是不愿意说。我们说过，我们也不是只希望别人，自己就可以消沉堕落，不！我们现在不过像无衣无食的人在严冷的春寒中一样，受了天候的支配，不得不冻得肌肉破裂，说话也感到几分吃力。

我们希望凡没有接到本刊及没有收到我们回信的朋友们，不要短气，不要怪我们，春寒总是要消逝的，和暖的阳光就在眼前。在严肃的日子中，我们就不能学习一点什么吗？不！努力罢！准备你的嗓子，发出更大的怒吼来！

《读书生活》第 3 卷第 9 期

分化与团结

有人骂中国人是一盘散沙，其实并不尽然。中国人是特别爱唱大团圆的。就连这骂人的先生也在内。过去五代同堂的大家庭，就是为了骨肉永久团聚在一起，虽然妯娌间在厨房里如何打做一团，做男子的是不敢轻易说出分家的。吃饭喜欢用的是圆桌，拜年的方式是团拜，夫妻间无论如何不合，也得同偕到老。在政治上呢？虽然骨子里是红脸对白脸，民国以来真的统一的时候就很少，但大家主张的是团结，虽然在事实上是各自为王了，但大家都不承认这事实，说，我们原来都是“精诚团结”的啊！

谁人敢谈分家呢？在大家庭提出分家是大不孝，妻对夫提出离婚就是在现在也还是遭人看不起的。至于政治上呢？如果在今日提出不同的意见，就有犯拆散民族力量之嫌，那还了得！

可是，事实上倒并不如此。所谓散沙与团结倒不能只看看这表面。我们固然反对散沙，却也不能赞成儿子屈伏在家长前，妻子俯伏在丈夫前，以及双方弄鬼的形式上的假团结。至于对于一种运动呢？我们主张不要分化，要团结一致，但我们对于分化与团结的了解却不只是形式的。

我们主张团结一切不想当亡国奴的人，造成一条民族的救亡阵线，但我们并不幻想殷汝耕之类的奴才也能够包含在内，他离开了我们，我们并不觉得于我们的团结有损。其次，在运动中，我们不幻想没有一个人退出或反动，因为运动开始时，参加的分子不免是非常复杂的，千万矛盾，在这大的目标下，统一起来了。但运动一经开展，本来是预备来作汉奸的人，登时他那兽面就暴露了，这就要起来肃奸；本来意志不坚定的人，也不免看见抗争的激烈，自己吃不消的要退出，或者在行动上，他的偏见不能牺牲，这一切都可发生分化的现象，并且这是必然的。

这分化是一件可悲的事么？它与团结是对立的么？

不！分化与团结，只有形式上的对立，在运动中，反是统一的。我们对于这种分化，不独不是可悲的事，而且是团结走进更高的一个阶段。分化与团结在运动中的对立，那是指目标相同的人因政策的错误，把力量分散，那是一种不可容恕的错误。不过，在最近学生救亡运动中，我们似乎还没有看见这样的现象，目前救亡运动弄得“啼笑皆非”的现象，却不在运动内部的分化，我们反对拆散民族力量的分化，我们也反对家长式的团结。我们主张在救亡的最高原则下团结，为了更进一步团结宁愿与汉奸们分化。

《读书生活》第3卷第9期

汉奸运动中的流氓无产者群

我们对于汉奸，虽然表示深恶痛绝，对于汉奸运动，虽然感觉万分惊惧，但我们不能不有冷静的头脑，去分析这一切可悲可恶的现象。

这种奸人运动，现在方在开展中，华北被这些奸徒弄得乌烟障气了，华南如闽南一带也快达到表面化的火候。来日方长，谁敢说，在目前的环境下，这种奸人运动不普遍到各地去呢?

是的，仅仅惊惧，痛恨是无用的，我们首先要认清的却是这一现象的本质。

这一种运动难道是偶然的么?什么人都会答道，不是的。它确有发生的社会基础。

我们细察目前奸人的组织，大致是由几个“失意的政客和当地的闻人”，作为团体的中心，以流氓无产者群作他们的羽翼，借着敌人的保护而成立公开的或秘密的团体。譬如最近闽南一带，据说这类团体就特别多，见于报章的就有“亚细亚大同盟”“中日亲善会”“郑成功事业显彰会”“勖社”“九九社”“厦鼓联欢社”“福建自治促进会”“福建自治军”等。总之，一切封建残余势力，都被敌人利用了，都动员起来，于是达到所谓“以华制华”的目的。

我们在这种运动中，认识了汉奸的社会基础是代表封建残余的腐烂社会层和迫于死亡线上的无业流氓。

这里特别值得注意的是流氓无产者群。这一种社会层，在今日的人数的多是可惊的。无疑的，现在被奸人利用的还是少数。这一会社层在辛亥革命中，还曾尽过进步作用。但现在这一社会层在替大汉奸作奴犬了，恰恰尽的是相反的作用。这是非常可惜的。因为这一社会层虽然不能单独的发挥什么作用，但并不像腐烂的社会层一样，一定要非走汉奸的道路不可。因为生活逼迫，知识的愚昧，盲目的服从封建的首脑，于是在不知不觉中就走到不是他们愿意走的道路上去了。

同时，我们知道，这一群人，如果被民族解放阵线方面取得了，他们也还能尽一些进步的作用的。

因此，我们对于当前的汉奸运动，并不觉得十分悲观，我们只要使大汉奸失去公开活动的机会，同时决意用说服去唤醒被利用的小汉奸，这一反民族的运动，就将马上在大众前解体，那时大汉奸作用就会等于零了。彻底的肃奸是当前最最重要的要求，但最彻底的肃奸就是要肃清一切残存的封建势力。

《读书生活》第3卷第10期

热闹中的寂寞

柏林的道上，这几天来总算是热闹够了。新闻纸对这次选举的宣传，确也尽了它的能事，一点不假，一切都入了“疯狂”状态，不由得不把你的平静的心扰乱。大概是因为太狂热罢！现在把戏收场，我们到反觉得有一点寂寞。

希特勒先生胜利了。赞成希特勒的有四千余万人，反对和弃权的不过百万人，在这次选举的量的对比中，希特勒先生是占了绝对的优势了。这不是这次热闹很有结果么？为什么我们还为他们感觉寂寞呢？

原因是这次选举不准敌党竞选，又不准人民不投票，有被选资格的人的名单早已印就，只准依照名单喝彩。你要异议，你不独是“一条牛”，你即令甘愿做牛，哼！你谨慎些！你要不要住在德国？要不要吃饭？你还没摸一摸你的脑袋！看它还在你的头上不？这样方逼得连那一个七十多岁病倒了的老人也不敢不去作了拥护希特勒的冤鬼，凑足这四千万票的热闹啊！这种没有竞争的选举热，好比戏子在台上胡闹，不准场子里的人批评，只准一味的喝彩一样，那不是很有些寂寞么？

这种把戏，实在玩得太拙劣了。这种胜利好比一个劣等学生，他在那一班取了第一名，人家以为他真的了不起，但一问起他那一班的人数来，原来只剩有他一个人，这有什么分别呢？

这种“胜利”在未选举以前就是可以计算的，因为如此，这种“胜利”也就特别脆弱。“没有面包给人民，就得给人民以光荣”。固然可以使许多善良的人民，一时抑住饥饿，用“光荣”去代面包，但是“光荣”只是一块勋章，除开做“领袖”们身上的装饰外，到底不能充饥肠的。何况这四千万选民中，大多数还不是为德意志的“光荣”而参加投票的，他们是畏惧枪刺啊！

但是，我们对于这百万的人弃权或反对的，倒不能因为它在这选举的对比上占劣势，就把它作不足道的估计。这里却充分暴露了国社党统治的弱点，人民对政府的真意。这一百万人是德意志人民中最勇敢，最觉悟的分子，他们表示了在无论如何的高压下，仍要表示德意志人民真正的公意。我想，在这次选举结果公布出来的时候，那些被迫投赞成票的人中，一定有不少的人要受“良心”的责问，对这一百万英勇的同胞表示最大的敬意罢！

我在这热烘烘选潮过去后，我为希特勒这一个剧团表示落没。“光荣”这张支票，如果无现可兑时，恐怕连这体虚的热潮也不能在柏林道上重现了罢！

《读书生活》第 3 卷第 11 期

无意义的标榜

希特勒演说："在全世界的政治家中，银行中没有一文存款，公司中没有一股股权的，恐怕只有我一个人。"

驻日大使许世英在东京安徽同乡会席上宣称："决不做丢人的事。"

这两个人的话，都是表白自己，乍看起来，好像是没有什么话可说了。在旧世界中，身为一国之尊，银行内竟没有一文存款，也不是公司的大股东，不能说不是很难得的。在今日中日的乌烟瘴气的外交氛围里，一个弱国的外交大员，要做到"决不做丢人的事"，自然已经是有骨干，不容易了。但是如果从另一方面看来，这些话就变为完全无意义的空标榜了。

因为他们所表白的是离开了他所处的社会地位，及所负的特殊使命，不过就一般常人的品性，所谓"小节"来作自己的行为的标准，这些标榜的话，即令以"君子之心夺人"，没有含什么粉饰自己的意味，那也一点不足取法。因为他们忘了自己更大的使命。

希特勒先生，是外人，我们不谈他，单就我们的许大使说罢！站在民众立场上，你即令做到"决不做丢人的事"，民众还是不能相谅的。民众要求你的是决定要做对得起人民的事，对得起民族的事，这才是许大使尽的职责，仅仅做到"不丢人"，守住这消极的道德，如果作严格的社会的批评，那明明还是失职的，在目前中国危极存亡的时候，我们怎能让我们的外交大员，仅以"束身自好"为满足呢？

以上不过是就这二件事而涉及到希特勒和许先生，实则我们倒无意批评人，而要批评的却是这类表白的话。因为这类“似是而非”的话，往往也能博得近眼的人的同情，因此，狡猾的政治家就利用了没有储蓄，不用私人，不讨姨太太，不坐黄包车，穿布衣布鞋，甚至不看梅兰芳，早起，打拳……这类芝麻大的“美德”，以表示“我居万人之上而生活竟清淡如此”，以为这必是圣贤方可办到，弄得愚者惊骇，智者肉麻，大众冷齿。这类大人物起居注，又恰恰是中国报纸素来会弄的，何况像许先生那样的话，真正是出于许先生口呢？

如果把社会的价值作为尺度去评量一个人物，那末，这些小节有时反不值一顾的。希特勒先生真的能为世界和平造一点福，他老先生就是在银行里存了千万，万万，作上十大公司的股东，那又有何妨呢？

《读书生活》第 3 卷第 11 期

人民才是原子弹

在抗战中间，人民说——
一面是庄严的工作！
一面是荒淫与无耻！
这是两条线！

在这中间，我到过陕北，我亲自见到一个新生的政党在怎样成长，我也亲眼见到，质朴的人民在抗日的神圣战争里怎样打掉几千年传统的束缚，“人无分老幼，无分南北”的教育自己，教育别人，打击敌伪，实行民主，如今全中国将近一万万人民走上了丰衣足食的大路。然而另外的地方我也亲眼看到“朱门酒肉臭，路有冻死骨”的现象；我也见到战士如囚犯，学校如牢狱的现象；甚至我还见到报纸上刊载过投敌者荣归，降敌者为将的消息！

抗战胜利，有“收复区”，也有“解放区”。我尚未到“收复区”复员，也还不会到“解放区”去参观，但是我听到见到蒋主席亲自颁下了四项诺言。停战协定发布，政协协议签字，整军方案完成；但是如今，广东打了，中原饿，东北更是箭已离弦，全国释放了两个政治犯，北平又已逮捕皖南事变尚未失去自由的钱俊瑞。至于其他“失足落水”，还不在话下。另外，一方面复员，一方面继续抽丁，巧立名目继续征粮，试问：民何以堪，民何以堪？

如今又是两条线！……

过去有人脚踏两只船，而今路子只有一条！不要民主就是反民主，可是反民主恐怕拿不到金元！

否则，一意孤行，前车有鉴！小心人民才是原子弹！而且是专门消灭法西斯蒂的原子弹！

《联合三日刊》创刊号

从世界看“一二·一”惨案

一

我曾经说过，昆明“一二·一”惨案，决不是一个地方，与一部分学生的事件，也决不是一二个负责人处理失当的事件。

它是什么事件呢？

它不仅是中国的事件，同时是与整个世界的反民主力量有着难解难分底关系的。

为要说明这一点，我们得把过去国际间法西斯力量与反法西斯力量的斗争和今天国际间民主力量和反民主力量的矛盾，及其反映在中国的民主力量和反民主力量间的关系，加以分析。

前天我在胜利大厦看到英美大使馆所放映的可译做《团结的力量》的一个影片。这个片子是从英美加联军在诺曼第半岛登陆开辟第二战场一直到美苏军会师易北河的一幅英勇壮烈的实地报导。当这部片子一开映，首先出现在银幕上的，便是艾森豪威尔的一篇开场白。他说：如果没有英美苏底政治上的团结，那么便不能赢得军事上的胜利。因为希特勒的政治阴谋，是那样千方百计地企图拆散英美苏的联盟。从艾森豪威尔将军这几句简单的开场白，我们便可以回想到当一九四〇年德国侵犯波兰的前夜，英法没有接受苏联所提出的保障欧洲和平的办法，而使英法苏谈判终于失败。这就是希特勒破坏反法西斯团结的成功。德国在一九四一年进攻苏联之前，大家总还记得纳粹副首领赫斯突然光临英国，就是想把英国从国际反法西斯力量中拖出来，使英国做德国进攻苏联的侧翼。这就说明了反法西斯集团在与法西斯集团斗争中，是有着多少暗礁。而那些暗礁又随时会撞破那只反法西斯的巨船。

但不管怎样，以希特勒德国为首的法西斯，千方百计破坏和分裂国际反法西斯团结的阴谋，终于没有成功，却被苏联强大的人民力量和邱吉尔特别是罗斯福对英美的贤明领导所粉碎了。

我们再可以回想一下，当抗战初起的时候，尽管当前的大敌是日本帝国主义，而那时国内反人民反民主的力量在短时期的雌伏后，便不断地想结束我们的神圣战争，重行打起他们反共的旗帜。他们始终不愿也不准发动民众，组织民众，真正来一个人民战争。相反的，越来越处处压制人民站起来，处处打击人民的抗敌力量。

反人民的力量就是这样一脉相承地紧跟在人民的背后，一直到今天。

二

胜利了，全世界都狂欢过胜利了。但是我们如果放开眼睛再看一看这个大千世界，便不能不更加提高我们的警惕。

很显然的，在西方，希特勒虽然死了，戈林等辈虽然正受着审判，而德国英美军占领区，或则有不少纳粹武装力量，或则纳粹余孽还明目张胆地在活跃。在东方，近卫虽然死了，东条之流虽然正坐在大森战犯囚牢里，等候审判，而麦克阿瑟元帅的“宽大”，实际就保存着一个原封不动的日本法西斯体系。

不论在西方或在方东，法西斯的残余力量还不小。法西斯的思想，还潜伏在这个角落，那个角落，还若隐若现的在这儿那儿闪光。你看，在伊朗，在土耳其，在希腊，在印度，在阿根廷与西班牙，在一切可以滋生法西斯细菌的土地上，那些法西斯游魂，还公然在得意洋洋地在舞动着。

为什么会这样子呢？是谁使得它这样子呢？我们倒要把我们的眼睛再看看这个大千世界。

首先，要看看美国。

美国今天最要紧的事情，是要把它的战时生产转为平时生产，而当它一扭转身子，大批工人失业的黑影就紧跟着它。于是它为了使这个已在转变或正在转变的平时生产，能够找到它的安定条件，便四出抓取新的市场，和巩固扩大已得的市场。在这些市场上要站得牢，要能够不仅可以销出商品，还可以源源不断的获得原料，他们便把一些部队派去做岗哨。

美国的孤立派看到普遍全世界的人民力量是那样的成长起来，雄壮起来，自己便也害怕起来。一方面撕破喉咙大嚷原子弹了不得，要“手执钢鞭将你打”。一方面把经济的要求，配合了军事的要求，把自己的触须伸到太平洋上、大西洋上的各个弱小民族的土地上，伸到伊朗，伸到华北，还想伸到东北，挟着经济上的制霸形势，挟着庞大的军事力量，想从此支配世界，一家天下了。

美国想一家天下，无落日的英国，始终就没有忘记他的那一份殖民地大家当。它在大西洋宪章上签了字，它曾经陪唱过民族自决。而今天它的做法呢，早把那一套诺言撕得干干净净了。

在整个英国殖民地上，还没有见开出自由的花朵。从苏伊士运河到香港，从香港到澳洲到非洲，米字旗仍旧迎风招展。而什么西欧集团呀，更闹得响声传遍了欧洲大陆。

她不仅要巩固她的殖民地，加强在那些殖民地上的枷锁，还抖擞精神跑到荷属印度尼西亚再用血洗一次手！站在亚塞尔拜然的像边，想摸一回夜螺蛳。

胜利后的英美就是那样。胜利后的中国又怎样呢？

在政治上，不承认在八年抗战中，人民所建立起来的民主政权，坚持要用十年前的一党包办的国民大会代表，来召开国民大会，玩一套还政于“民”而实则是还政于党的把戏。在军事上，则在受降的面幕下，一面靠着美军，一面靠着敌伪军去消灭在八年抗战中成长起来的人民武装力量。一再违背宣布过的用政治方法解决国内问题的诺言，想凭借美军、敌伪军来完成武力统一的迷梦。武力是不是能统一呢？袁世凯、吴佩孚等“英雄”惨败的业绩，早已昭昭在人耳目的为我们解答了这个问题了。

屠杀人民的人还嫌用美机扫射人民不够彻底，正天天想借几颗原子弹来华北大陆上“牛刀小试”一番。而一些无耻的论客则唯恐天上不乱，大声喊叫“第三次世界大战刻在形成中”，手摇鹅毛扇，装腔作势念念有词的说：“战迟则胜少而祸大，战速则胜多而祸小”

这一切，说明了什么呢？说明了全世界反法西斯的人民在狂欢胜利之后，冷眼一看，原来法西斯的暗影，依旧鬼影憧憧地在某些角落徘徊着、活动着。

三

法西斯的暗影徘徊在世界上。这样，谁能说“一二·一”只是一个地方事件与一部分学生的事件，它正是围绕在目前这种国际形势下，这种魔掌到处伸舞的局面下，必然会出现的民主与反民主的一个血的场面。

今天，明明白白摆在我们面前的是：除掉已有人民政权的地方，到处都是一块黑压压的世界，到处都没有得到真正的自由。

表面上图书审查制度废除了，代之而起的却是书摊被没收，被虐打，被恐吓，被钉梢。新闻检查取消了，而独占的新闻通讯，却可以一手遮天，硬派出一个不知何许人也的姜凯来给别人栽瓜。人民可以集会结社自由了，而十一月二十四日昆明党政军当局就下命令不准开会；当其既开也，便用机枪迫击炮示威，恐吓，镇压。有人还大肆咆哮的说："学生有开会的自由，我就有开枪的自由"。

人民应该有身体自由了，而这些"自由"的人身，却在马路上被抓，被打，被杀；在学校里被手榴弹打死；打不死，受了重伤的，还在送医院的中途，加上几刺刀，请你毕命。

这些就是今天中国的真象，也就是"一二·一"惨案所以发生的原因。而这些原因，如果我们只把它当作一个地方事件去看，是很危险的，只把它当作中国的事件看，也是很危险的。在昆明发生的"一二·一"惨案，在本质上与印度尼西亚人民反抗英军的英勇战斗，同一性质的。而它的出现，毫无疑问，也正是在全世界民主与反民主的斗争中的一个必然的结果。这种结果的前途，近百年来人类的历史，已经为我们写照得很清楚了。反人民的人，一定会在人民的面前倒下去；用武力压迫人民的人，一定为人民自己的力量所推倒。人民的事业是有绝对的前途的，是一定会胜利的。

从国际到国内问题的相互关系是很明显的，我们要把握住它总的方向与发展，从而来看个别的事件，要有了这种正确的认识，才可以加强我们主观上行动的坚定性。所以我们中国青年不仅要争取人民的自由，不仅要争取民主，求得民主的胜利，我们还得与全世界被压迫的人，手携着手肩并着肩的去争取全世界人民的自由，争取全世界人民的民主，求得全世界的民主的胜利。

一九四五・一二・一六・深夜・重庆

《知识青年》1 卷 5 期

从冬天战到春天

我们处在这寒冷的日子，一方面要应付目前的冰雪与恐怖，一方面要想到和暖的春天即将来临。

当前的中国情势确是非常严重，忧时之士都为之愤慨不安。而另一方面，许多人因为耐不住长期艰苦的日子，看到前面还有一大段艰苦的路程，于是失掉了奋斗的勇气，精神上的痛苦加上物质上的痛苦，使他们表现出挣扎不下去的样子。这种悲观失望的情绪，比当前严重的形势更严重。

诗人们把今天这一段艰苦的过程比做冬天，这实在是非常恰当的譬喻。空气是十分地寒冷，冰雪掩盖着大地，在严冬无情的统治下，一切生物都失掉了生机；人们也只好像田鼠一样地躲藏起来，恐怕冻掉了鼻子，冻掉了耳朵，甚至冻僵了他的脉搏，事实上也的确有些人一不小心，竟然被无情的冰雪掩盖了他活跃的生命。

在冬天，一切生物，觅食照例是非常艰难的。今天大后方的人民觅食求生的困难，也说明了我们是处在一个严寒的冬天。

但是我却记起了另外一个诗人的譬喻。英国的诗人雪莱就有过这样的名言："冬天来了，春天还会远吗？"我们必须知道，一切的时间都是过程。用李白的话来说，就是："光阴者，百代之过客。"因为春天的一切是冬天孕育成功的，而严冬却是达到和暖的春天的一个必经的阶段。所以我们处在这寒冷的日子，一方面要应付目前的冰雪与冰怖，一方面就要想到和暖的春天即将到来。

我们最好把眼光看得远些，看到中国战场以外的战场，欧洲和太平洋都打得很好。在盟军和苏联红军两面夹击之下，在美国优势的海空军压力之下，希特勒和日本法西斯也在过冬天了。他们也在感到恐怖不安了。今天冬天，欧洲大陆上正在进行着一个大决战，这战争将首先决定希特勒的命运。眼看春回大地的时候，希特勒一定倒台，而日寇也同时将成为待决之囚了。我认为这预言有充分事实做根据，那和暖的春天离我们并不太远。

全世界的春天，也决定中国的春天。当民主在欧洲大陆上获得胜利的时候，也必然要在亚洲大陆上获得胜利。而且，这次战争的目的在于彻底消灭法西斯的思想，我们要争取民主与自由的彻底的胜利。民主，对于敌人是冰雪，对于我们是太阳。我们一定可以看到，当大地回春，太阳高照，冰雪消融的时候，一切明目张胆的法西斯，或者躲躲闪闪的暗藏着的法西斯魅魑魍魉，都要在阳光下显出原形，都要被扫除于我们的国家和我们的世界之外。

不过，在春天还没有到来之前，我们却先要学着过冬天。今天许多知识分子苦闷烦躁的表现，都由于他们还没有学会怎样过冬天。我以为，第一要顶得住。我们正在进行着一种对于严冬的战争，必须先要保存自己，才能战败敌人。如果在敌人的威力之下低头，便无法进行这个战争。因此，我们便应该保护自己而且锻炼自己。一个在冰雪下面赤身露体地暴露自己的人，免不了遭受冰雪的迫害。我们需要穿适度的衣服，随时当心冻掉了鼻子和耳朵。但却不是躲藏，而是在风雷中迈步前进，在风雪中锻炼自己战士一般的体魄。

在冬天，孩子们御寒的方法，是集体的运动和游戏。很多小宝贝在一块堆雪人，掷雪球，打雪仗，兴高采烈，毫不感到周围的寒冷。

我看这很值得我们学习和参考。我们应该集体过冬天，在冬天过集体生活，作集体的斗争。一个人躲在房子里，只会感到环境的阴森和恐怖。那怕是围炉取暖吧，许多人在一块谈谈笑笑，自然比一个人独拨寒灰好。

既然冬天是走向春天的必经的桥梁，苦闷、恐怖、悲观、失望又有什么用？春天一定会来的，但春天不会自己来，要我们一步一步地走近它，而且是一步一步地在浴着冰雪的战斗中走近它。

我们决不放弃东北

胡适博士一再冒充代表中国“国民”的公意，在那里告“日本国民”了。我们这些“中国国民”对于胡博士的谰言就能让它在国际间扰乱世人的听闻么？

不！我们“国民”应该起来辩正。

以前的骗案不管它，就拿最近他在上海大公报“星期论文”中发表的“调整中日关系的先决条件”一文来说罢。胡博士在“巧言令色”中，公然默认放弃东北四省，这是何等荒谬无耻的事，这是我们这些“国民”的意见么？

胡博士为了要接受三原则，口里却反对三原则，说“三原则是增进中日仇恨的条件，不是调整中日关系的先决条件”，但一考察他开出的“先决条件”来，却又除说了一些梦话外，刚刚自己承认了三原则的第二项，对于“满洲国”事实的存在是“加以尊重”了的。

本来我们对于一个殖民地的实用主义者怀抱这种政治观是不足怪异的，但这种政治观一旦成为逢迎侵略者，为屈辱辩护的理论，却就不能不加以痛击了。何况胡博士还以为这些无赖的谬说，还是“中国国民”的意见，或者还在希望全国“国民”同受这种“实用主义的训练”呢？

不用说，胡博士这种幻想，是会有一部分人唱和的。大公报在登载博士的论文第二日的社论上就响应了，同样主张把东北问题作为

“悬案”，要求敌人不再侵略。

这种幻想，即退一万步承认它是没有什么作用的，也不能让它存在。因为这完全与事实隔离太远，敌人的侵略如果能够限制在东北四省，这四省早归他有了，就应该专心去经营它，不再破关内犯了。事实所表示的，是他还要求整个的华北、华中、华南，要求的是整个的中国，这些要求，到今日止，不仅是野心，已经一步一步实现了。到处的傀儡运动，用“走私”破坏中国关税，增加中国驻军，大批联合军舰访问中国，建立经济的侵略线，凡此一切都是他进行独占中国整体的事实，可惜这一切都不被一个实用主义者看见，还在那里幻想“调整”什么，“开辟”什么“新时代”。是的，“新时代”的开辟，是用不着博士费心的，现在已由敌人的手在制造了，那就是“王道乐土”下的“大××帝国”的“新中国”。

可惜得很，博士曾替侵略者打清了算盘，不见得能博得侵略者欢颜罢，因为在侵略者眼内，恐怕还是殷汝耕先生的主张更动听些！“王道乐土”之下，所谓“自由思想”也是不能见容的。哀哉我们的博士！

至于中国大众呢？我们要大声的向世界大众说，我们决不想在敌人的枪刺下，幻想“调整”什么，我们决不放弃东北四省！

《读书生活》第3卷第12期

通　讯

革命的摇篮——延安

延安是一个抗日的实验区，一切都在试验中进行工作，既无什么神秘的，了不得的好处，也没有像有些人说的那些莫名其妙的坏处。

毛泽东

抵延安是去年十一月二十四日，正是日本强盗的轰炸机数次光顾后的延安，城内的房屋，炸坏了很多，断墙碎瓦，到处都是。看起来相当凄凉。他们的人口已经疏散，各机关办公的时间，亦有一些变更，学生上课，也不在那些暴露的空场了。被炸后的延安，表面上似乎是静了一些，可是在实际上仍旧在紧张地学习，活泼地工作着，就是大小商店，除了地点和时间略有变更外，也是照常营业。

我在延安，因为大雪的阻碍，停留了整整一个月的时间，而能有较长的机会参观了“抗大”“鲁艺”“边中附小”各种民众组织以及军政机关，一般说来，我认为延安是一个生气勃勃充满了实验精神的一个试验区域。诚如毛泽东先生在第一次见面时说的话一样：“延安是一个抗日的实验区，一切都在试验中进行工作，既无什么神秘的，了不得的好处，也没有像有些人说的那样莫名其妙的坏处。”

要真正了解延安，单是在欢迎会上，晚会上，街头墙报，标语上是不够的，应该从各民众团体、学生集团中去细察，应该深入地从它的进步中与趋向上去研究，去比较。否则只住上三天五天，走马看花地看了一下，抓住一些个别的、零碎的现象，就认定了延安的全部，这种只看片段，不看全面，或是拿一面来代替全面的观察法，是完全不对的。以这种看法来说好，也只是皮毛，说坏也不会公道。

现在仅就我个人观感所及，将印象最深的几件事，分民众组织、地方政治、司法管理、抗战教育四项简单地写在下面。民众组织有男女自卫军、少先队、农救会、商救会、妇救会、青救会、文协会等组织。由于边区政府对民众言论、结社、集会、出版等，只要不妨碍抗日的原则下，都有充分活动的自由。因此在他们的工作上表现得非常的活跃，并且都能合乎实际的需要，能解决实际的问题，而不是一个空架了。例如自卫军的组织，战时的主要任务是后方运输与交通联络。这次延安的托儿所，从延安搬到数十里外的乡村，抬送住宿，沿途都有自卫军的帮助，节省了许多人力和物力。在平时是放哨，检查来往行人的路条。我从膚施到安塞，沿途碰到了好些自卫军来查问路条。他们虽然是“牛腿子”，而态度却很自然、也很和蔼，他们的政治常识相当好，都能讲一些“打日本，救中国”“不打日本，活不成”的道理给你听。“帝国主义”，“法西斯蒂”等名词，也都能顺口有条有理的讲上一大套，俨然像一个政治工作人员。如果你行迹可疑，没有路条，不管你什么大人物，是会把你带到村公所去的。延安第一次被炸时，城中有个卖纸烟的商人，白天恐飞机来炸，所以连夜搬东西到其他地方去，他带了许多钱和纸烟，却忘记带路条，给自卫军拦住了，认为他可疑，把他带到村公所，后来经延安的商会证明，才把他放走。这也可见他们警觉性的高了。每个自卫军是随时都执行着这些任务的，但并不妨碍他们的生产。女自卫军也同样执行着这些任务，你不要小觑她是个“辣椒足”，乡村中的“土豹子”模样，她们也会出操，查路条，开小组会，讨论国家大事，在大会上也能像煞有介事的做主席，出来讲话。少先队和儿童团也经常帮助抗战军人家属挑水、拾粪、拔草、耕田。过去这里没有禁绝抽大烟时，他们还执行查烟的任务，因为小孩子比较方便到老百姓的家中检查，所得的效果比成人还大。他们都很活泼，口中不断地唱着最新的救亡歌曲。

由老百姓组成的民众剧团，完全由老百姓自己担任演员，用陕北的土话演给老百姓看。表演形式有秦腔、小调、活报。因为老百姓看得懂，听得明白，发生的效力很大。那天正是延安轰炸后一天的晚上，文协会负责人柯仲平先生领我和塞克先生一同去看。他们演的是《防空活报》。它把敌人残酷的轰炸情形，及防空的应有常识，表现得很生动。他们能很快的反映各种实际的情形，来教育民众，提高民众的智识水平。这在民众教育上，起着很大的作用。塞克先生看完后很满意的告诉我："这是真的民众剧团，这是真正民众要看的戏，它能和民众的需要，民众的生活联系在一起，它能很快的反映现实情况，来教育民众。"

这里的娱乐是被当做一种教育的工具了。地方政治边区的村长、乡长、县长，都是由民众根据彻底的民主原则，采取真正的民主选举方式组成的。边区虽然文化落后，知识水平低，但由于平时有群众团体的组织开展活动，他们对于选举自己的村长等，都是经过很认真的考虑去选举的，"被人拖着鼻子跑"的被动现象是很少的。

现在边区的选举县长，一般的说来，文化程度并不高，普遍的都能看文件，写报告罢了。但他对于处理地方工作的负责和热诚，执行法令的普通知识是能胜任的，因为他是从老百姓的生活中成长的，他能"和群众打成一片"，和民众密切的联系在一起。民众和县长的关系很平凡，老百姓可以直接到县长的房中去，拍拍县长的肩膀，很亲热的谈话，解决地方上的各种问题。县长如遇到不是他权限可能管理的事，他也能尽可能的帮助解决。这些事情在形式上似乎是"随便"，在传统的观念上，似乎是不庄重，但从中山先生的地方自治，培养民众自治能力的意义上说来，还是正确的。尤其在抗战过程中，公事烦杂的今日，一个从实际民众生活锻炼出来的县长，他能知道民众的实际生活状况，能解决民众的实际问题。这样的县长正是目前需要的。我觉得也只有这样，才配称一个“新民之官”。

“实事求是”是边区工作的特点，它一切都按照当时民众的需要解决当前的困难来进行工作。

论到缺点方面，边区民选的县长，因过去限于文化程度，训练的短促，以及物质文化生活的限制，在对于执行命令，筹划各种事务上，比较缺乏灵活性，机动性。尤其对于文化教育的设施等方面，推动得不够积极。此外在基层行政管理技术上不够，如公文、卷宗的处置，以至于生产、人口等的统计，那当然做得更不够。这种由于实际环境的限制所造成的困难，可说是边区行政的一般现象。因此在事务上所表现的弱点，如果在经济上有办法，是可以逐步克服的。至于民选县长方面的缺点，可谓是实行“民主政治”过程中难于避免的现象。我们要训练人民参加政治工作，就一定要给他实习的机会。人民在实习他过去没有做过的事，开始做事时，错误是难免的。这情形，好像一个才从学校毕业到社会做事的青年学生一样，在开始做工作时所表现的“书生味”，缺乏试验的现象，是一样难免的。而政治工作则尤难例外，要克服这缺点，除了让人民从实习中来训练自己，改正自己的错误外，在政治学上还没有发现比这更科学的办法。所以我对于边区现行的地方政治，一般的说来是好的。当然我们并不否认现有的缺点，但不必为它过于担心。

或者有人要感到边区地方政治太简陋或草率，但是我们要知道，陕北的人民生活程度，经济状况，是不可以同江苏、浙江或富庶的四川相比的，尤其在训练民众来管理自己的事的时候，只有根据民众生活的实际环境来进行工作，而不是可以凭愿望超越现实所能做好的。建设工作过去八路军还没有来的时候，边区人民的生活停滞于：自给自足的原始状态中，对于改善生产，建设事业，可以说没有人注意。后来，八路军来了，外面来边区的人也一天比一天的多，各种供给需要也就跟着多起来。因此边区政府对于生产建设的事，无时无刻不在积极推进中。

边区的农业，在过去，因为田多人少，地荒，没有人管，今年种这处，明年又种另一地方，对于垦植的技术是不讲究的。老百姓过去种田是不用肥料的，对于田内的野草也不注意去拔掉。边区政府对于这些事，尽了许多的教育工作，教育老百姓在田上加粪、拔草，提高他们生产技术，发动军队来帮助春耕、秋收，帮助开荒。在前年开垦荒田有二十几万亩，去年又增加了三十几万亩。因为技术上的改善，在生产率上，也增加了很多。近来外面难民到边区的很多，也一样分土地给他们耕种。现在他们仍很欢迎难民去开垦。

他们对于种植森林，也很努力。前年种了三十余万株，去年又种了六十余万株。

过去因为内战的关系，牛、马、骡、驴损失了很多，现在边区竭力帮助人民畜牧，最近增加的数字也是相当庞大的。合作社在边区很发达，总共有一百五十余处。都是由民众三角、五角，集股创立的。现在有十万多的股员，八万余元的股金。它能经常供给民众日常用品，帮助运输，出卖农产品。民众对合作社都很满意。对于抗战家属买东西，订有优待办法。此外还有生产合作社，如鞋子合作社，每天产鞋千余双。纺织、烧磁等的生产合作社也很多。边区对于合作事业很重视，专门设有训练合作人员的训练班，以适应各合作社的需要，加强改善合作事业。

边区的手工业。他们现在有小规模的机器制造厂，制造各种零星的物件。纸、土布、袜、毛衣、毛巾等日常用品，都可自己制造。此外有煤矿，都是人工开采。在 ×× 有两个油井厂，可以做汽油和洋烛。每日产四百多斤的油，因为没有大批的机器，出产量很少，仅能供自己应用。皮革在边区是很多的，出产皮衣、皮帽、皮手套，将来还预备制造皮包、皮带等的物品。

由边区政府负责修理的公路，是由洛川到绥德的一段，约有五百华里。在政治动员下，发动了自卫军、八路军及一部分的民众，两个月内修成。因为在政治的号召下，修路的人，只供给吃宿。

边区政府对奉命在某地方扩大修筑飞机场。当我从延安到安塞去的路上，遇见了许多的自卫军到那里去。他们自己带了粮食，带了修理的工具，来做工作的。边区政府每天只发给他们四角钱，按照边区的生活程度，也只够一天的生活费。但是来出差的自卫军，从不因此开小差，或是设法逃避“公役”，因为他们每个人都知道修理飞机场与自己的关系。

边区政府对于建设事业正在尽力的进行，相当好的解决了许多物质上的困难。但是由于人力、物力的有限，不能使他发挥应有的力量。这是一件很可惜的事。司法管理边区的高等法院，本来是在延安的，因为防空的关系，迁移在城外的一个村子里。

高等法院的武装力量最薄弱，门前只有一个岗警，法院的院长姓雷，广东人，眼睛大大的，说话非常和蔼。法官，推事，书记穿的都是灰布军衣，很活泼，有说有笑，看不出一点法官式的特殊冷酷，无情的面孔。

院长和犯人住的地方是一样，都住在窑洞内，都有享受日光的权利。法堂就在法官的窑洞内，里面布置简单朴素，吃饭、睡觉、审判案件都在这个“办公室”内。如果不加说明，没有方法认出这是“法堂”，尤其不像个“衙门”。

当我走进“法堂”时，里面正在审判一个从河南假造护照到边区来欺骗捐钱的一件案子。房子内只有三个人，一个推事，一个记录员，另外就是被告，没有什么“法警”，三个人都坐着。推事、记录员，过去都是学法律的，刚从抗大毕业的学生，很和气的在问被告沿途经过情形，一问一答很随便，好像在闲谈似的。

没有森严，没有恐怖，一切都平凡，一切都是人对待人的样子。

在边区内没有律师，诉讼的手续很简单，可以直接到法院去，没有任何形式的束缚。虽然它是一个高等法院，实际上许多案件，它也解决的，因为他们觉得“司法”的任务，主要的是为人民解决纠纷，惩戒违法者。为了适合人民的要求，不能过于重形式，否则会增加人民的麻烦。所以在不违反“法”的原则下，力求简便。词状没有一定的格式规定，只要你把原因写得明白，就可以，不识字不会写词状的也可以到法院口头伸诉，同样发生效力。因此在边区老太婆老头儿都可到法院去诉讼，感不到“告状”麻烦之苦。实际上，边区民刑案件是很少发见的。

我到犯人住的窑洞去参观，正遇他们在开会，十几个人围在一起谈得很热烈，好似很有兴味。犯人的生活是有组织的，他们不怕犯人有组织，相反的，更帮助犯人组织各种研究组。如军事、政治、经济及识字组。他们经常讨论国内外的时事问题。犯人也是有文化娱乐的，他们写墙报、演戏、开晚会，有时民众开的娱乐晚会他们也去参加。犯人和群众好像是一样的。在面孔上也看不出“囚徒”的模样来。

边区在民事诉讼方面，如争利夺产的纠纷，很少发生。至于口角或涉及刑事上的问题，也多由村、区内的各种团体，用组织的力量，说服解决。只有少数在村、区或县的初审不能解决的案件，才送到高等法院来发落。关于比较大的刑事案件，个人告发的很少，都由团体仔细询问后才送到法院来的。因此诬告的事也就可以避免了。这是由于民众组织严密，有集体生活的缘故。

在“抗战高于一切，一切服从抗战”的原则下，边区的法律除部分适应抗战的需要，和边区的实际环境外，一切都以中央所颁布的各种法律为根据。同时他们对司法的实施上，也正在研究和试验。我希望他们把试验所得来的成绩，发挥出来，以充实现有的司法制度。

重大案件的未决犯，在行动上是没有自由的，并且也还有用脚镣的。这一点有人还以为是个诟病，但我觉得一个案情未清的重大罪犯，要加以行动上的限制，在目前尚未可厚非。

边区的法律，罪犯的生活，都能合乎教育原则，都能站在教育的基础上来进行。诚如我在参观意见簿上看到的一段话：“这里不是法院，是个学校，留在这里的不是罪犯，是学生。到了期满后，即是学校的毕业，别处的学校，好像监狱，教员好像法官，学生好像囚犯。这里的监狱像学校，法官像教师，囚犯像学生。”这几句话颇能深刻的说出边区法院的最大优点，也可以说这是合乎司法管理最主要的原则。边区文化边区的教育，可说是完全实施“抗战教育”的。有普通的和特殊的两种，普通的有边区中学，边区小学，他们的课程大部分以适合战时的需要为原则，课程内容和现实是配合的，如国文、算术、自然、化学等课，都和抗战有关。特殊的有抗大、陕公、鲁艺，都是在抗日民族统一战线的原则下，吸收各阶层努力救亡的青年的学校。此外还有党校、马列学院，这为训练党员与干部而设立的，课程主要的是马列主义研究、世界政治、中日问题、政治经济学、哲学等。

陕北公学在延安有一个高级研究班。另外在栒邑（三水）还有一个分校，它的课程注重一般的救亡理论，与抗战建国的基本知识，与其他学校比较偏重于民运工作的训练。所以他们都是受了短期训练分发到前方或后方去做各种救亡工作的。如果要继续学习还可到抗大或鲁艺去。

抗大的训练，分军事队和政治队，军事队比较注重军事，政治的课程比较少一点。毕业的学生，大部分到军队中去做军事工作。政治队毕业的学生到军队中做政治工作或到敌区做民运工作。现在抗大大部搬到敌人的后方去开办，在晋东南、晋西北都设有分校，在延安的抗大学生，反而少了。另外和他性质相同的有随营学校，不过不在延安。

鲁迅艺术学院，现在分音乐、美术、戏剧、文学四系，集中在这里的学生和教员，对于艺术都有相当的研究。因为去年才创始，基础比较薄弱，但是中国目前还没有这样一个抗战艺术的学校，鲁艺对于抗战艺术的发扬，具有很大贡献的。现在不论前方和后方，都需要大批艺术干部的时候，鲁艺是会发生很大的作用，造就更多的艺术人材。

这些学校，每天的上课时间只有三、四小时，其余大部分时间为自修的时间。他们每天都要开讨论会，研究所学习的课程和其他各种问题。我看见过他们的集体学习，也参加过他们的座谈会，他们经常三五成群，很活泼，很紧张的在争论问题。我看了他们孜孜不倦的学习精神，真令人钦佩和羡慕。

我曾到边中、边小去参观过一次。因为躲避飞机，上课大部在山沟里，八、九岁的小孩子，在山上跑上跑下，好像很不费力似的。这样练习下去，将来打起游击来，他们爬山当然不成问题。

学生们很活泼，很可爱。这里的小孩子，多半是阵亡将士的遗族，与前后方军政工作人员的子弟。

在晚上我参加了中学部的讨论会，所讨论的是自然科学和哲学的关系，都能很热烈的发表意见，最后他们还对先生讲课方法上提供了一些意见，要求讲课时多举例子（仪器缺乏的缘故）。从他们的谈话中，也就可以知道教员和学生的关系密切了。

小学生也有他们的生活检讨会。虽然年纪小，可是他们开起会来，很有秩序，做主席的简直态度雍容，大似“胸有成竹”的样子，所以也都能充分发挥互相帮助、集体批评、自动学习的作风。尤其大的孩子，无论读书爬山，穿衣，吃饭，各方面都要帮助小的儿童，每一个小弟弟，小妹妹都有一个哥哥或姐姐，这是很有趣而且有意义的。他们在检讨会中也能不客气的互相批评。如果先生对于学生在处理上有不对的地方，小孩们也要先生“检讨”的。甚至他们还晓得什么事应由自己解决，什么事应交行政处理。初去的人不能不有点惊奇。

识字组、冬学、夜校、半日学校，现在都在普遍的发展。全边区的小学，现在已经有三百多所，比起以前增加了二十余倍，夜校则每村都建立起来了。

边区由于文化的低落，交通的不便，村与村的距离太远，假如你要苛求，现在的文化程度不高，自然是不合实际的。现在边区的大众文化，慢慢地可以提高到全国一般的水平。

边区的教育，由于教员缺乏，经济上的困难，使他不能发挥充分的力量。例如因教员少，使得教员和学生不能经常的在一起讨论问题，学生自修也缺乏人指导。同时由于物力的不足，不能印发大批的讲义，或讲授提纲。这些使学生学习的进度有相当影响，如果在人力、物力上能增强时，可以立刻改善。

此外学生的娱乐晚会，学生与学生的联系，毕业学生与学校的联系，课程时间的决定，在布置上，在配备上，比较缺乏周密的计划。这缺点学校当局已感到，我想今后必能很快的纠正过来。

边区在发扬战时教育，增强国防力量，造就大批抗战的干部，支持长期抗战方面所贡献的力量，是我们不可否认的。

边区的司法、行政、教育、民运的实施方法，的确可供全国采择的地方很多，我们为着增强抗战力量，为着奠定新中国的基础，我们应当注意这一个实验区的工作。我们应当设法取其优点推广到其他地方去。抗战和建国是不可分离的，我们一面抗战，一面也就是建国。一切工作都要为了加强抗战力量，也就是奠定了建国的基础。我们的一切工作，都要针对着这一原则去进行。

不能否认的，边区和中央的关系，由于过去内战时遗留下来的某些问题到今天还没有解决，因而发生了许多不必要的纠葛，有的甚至借此来制造“摩擦”。这对于团结抗战都是有害的，都是要减少抗战力量的。我希望，我也相信，在抗战建国的原则下，在认真执行孙中山先生三大政策、三民主义，真正做到，坚持团结，反对分裂，坚持抗战，反对投降，坚持进步，反对倒退的政治基础上，今后一定能得到圆满的解决。

延安的优点很多，然而延安是不是没有缺点呢，还是有的。如由于专门人材的缺乏，行政管理、行政技术尚表现得不够。集体的工作很好。个别的工作稍差，临时的工作，有时妨碍了经常的工作等。这些都是因客观条件的不够，物质困难所造成的。但他们能经常的自我检讨，只要在人力物力上能做到的，他们很快的就改正。因此他们常常希望别人指出缺点，提出改善的意见。我离开延安时，一定要我批评他的缺点，所以我到宜川后还写过一封“意见”信给他们。他们并不掩饰自己的缺点，相反的，他们随时都在掘发缺点。他们提出要在改正缺点中求进步。也正因为这样，所以他们的缺点，不但不能阻碍他们进步，相反的，还成为他们的借鉴。

延安是一个实验区，是一个革命的实验区。有人说：它是革命的圣地，的确，从四面八方来到延安的青年男女，真像朝圣一样，“顶礼膜拜”，这是象征着一种人类的希望，人民的愿望，是谁也阻止不了的。但作为我来说，与其说它是革命的圣地，还不如说它是革命的摇篮。因为许多中华民族的优秀子孙，都在这里得到孕育、成长，然后又到四面八方去发展壮大。它在历史上的巨大影响，是至为深远的。当然，它是现实存在的。既然是现实的存在，就不能把它说得很神秘。但也不是可以被一些有成见的人用污蔑不实之辞所能损害的。

一九三九 · 一 · 十二 · 于吉县

两渡黄河

在一个雪后初晴的早晨，离开延安向晋西进发。

沿途许多抗大的学生，由庆阳回来，开到敌人后方去。阳光照在一片白雪的大地上，格外鲜明，更显得那一群青年活泼天真。车走他们侧面飞驰过去，认识的彼此还打着招呼。

到洛川第二天即往宜川，过牛武镇，一些稀疏的枯树，映衬在很厚的白雪里。数十里无人烟，仅仅偶尔看到一个哨兵。流水也被厚冰凝结了，没有一点声息。举目四望，不禁有“一片荒凉”之感！

宜川到桑柏，是九十里，不通汽车，我们跨驴前进，山峰小道，冰冻奇滑，夜行二十里，几大有“行不得也”之叹。

无论前方战局怎样紧张，我们仍要过河一观究竟。路过壶口（黄河名胜之一），伫视其汹涌澎湃的激流，大水汇在一个石闸里，波涛滚滚地泻下来，浪花四溅，远远望去，仿佛一团烟雾。距离数十步，河水凝结成一座拱桥似的。水由冰桥下面穿过去，直到圪针滩为止（约五里长），一段静静地冰河，又才恢复它活泼的姿态，好像象征着中国抗日的怒潮，任何力量也阻止不了似的。

死也似的吉县村，家家门户紧闭，鸡犬俱无，远远的炮声，隐约可闻，战时景象异常凄凉。我们到那里，饮食俱无，同时吉县情况，亦已混乱，终于不得不“向后转”。

淡淡的月光，照着那四周黑黑的山头，壶口激流的怒吼声，好似更大了。高高地山尖上，无数堆的野火，山腰里手电光时隐时现的闪烁着。在迈步前进中，突闻一声“什么人？站住！”打破了静夜沉寂的空气。相隔不到十小时的光景，一切都呈现着异样，早晨这里，还有不断的行人，现在全被一种好似即刻就有大恐怖到来的景象所笼罩，保卫国土的弟兄们，站在那冰天雪地的哨岗上，引起我们无限的敬意！

回到桑柏，天已破晓，一个小小的村庄，挤满了成千以上的人，不但吃成问题，就是水也成问题，幸好那里有刘绍庭处长，主持得力，所以很快地也就把人马疏散，恢复了常态。他并且还保证河防将士物质上的供给。

敌机不断的空袭，为了要明了河防的详细情形，乃请同担任该河防之一的郎团长，前往参观，蜿蜒曲折的交通壕，沟通了重重叠叠的单人掩体，顺着山脉，布成无数的防线，炮兵阵地伪装得天衣无缝，自动火器的枪口准对着敌人，弟兄们精神饱满，每个人都含着胜利的微笑。

晋西战局，不十天就告好转，于一月十五日乃再渡黄河，两岸稀疏地一些炮弹窟，留下敌人残暴的痕迹。

步行两天，到吉县，沿途人去屋空，荒凉万状，尤其吉县城内和附近各村，已成一片焦土。

因为军政机关恢复很快，所以民众也源源回家，惟以庐舍为墟，财物均被日寇付之一炬，老弱妇女，仅于残垣断壁中收拾余灰，劫后惨象，凄凉满目！

敌人侵入吉县是十二月三十一日，是夜月色昏暗，寒风甚烈，山中积雪及胫，路陡奇滑，人马缓行其间，偶一不慎，即有坠入万丈深沟的危险。许多军事长官，纷电劝以暂行西渡，然均被拒绝，其坚苦卓绝之精神，实足以振奋群心。以后虽处于四面包围之中，仍运筹帷幄，从容以电话指挥，并于暇时与各军政人员研究怎样建立游击根据地，与训练新军计划等问题。此次能于短时间内，粉碎敌人三股九路围攻，当亦不是僻然的事。

在那里与山西许多高级军政将领面晤，融融一堂，有时还天真活泼地笑谈一阵，尤其是楚参谋长，大谈其“××宫里过新年”，并说现在是“沐浴贵妃池，豪饮玉堂春”，扯古论今，无不为之绝倒。

吉县城附近之井圪塔村，此次发生二十八烈士的悲壮惨剧。我们于“一·二八”参加他们追悼会之后，前往实地一视，断崖绝壁的山窑，亦被日寇搜劫屠杀，残衣遍地，血迹斑斑，不禁黯然！

县长燕尧松嘱为碑文以表扬二十八烈士之悲壮事迹，兹录之于后，以见此惨剧之经过与其给予吾人之教训又是怎样的深刻！

“没有斗争，便是灭亡”，所以人类生命的存亡，当以能否斗争而决定，不能斗争虽生犹死，为整个民族生命的存续而奋斗致死的，则虽死犹生。

“民国念八年一月一日，日寇再犯吉境，到处烧杀掳掠，县西南六里外，井圪塔村，有一异常荫蔽而又险竣的山窑，亦同遭浩劫。初则尽其财物搜括以去，继续率众前往，再图掳掠，居民不甘受敌欺辱，遂竭其土块锅碗，据险抵抗，坚持达三日之久，毙敌六人，伤敌无算。第四日敌寇竟续增百余人，猛烈攻击，终以赤手空拳，土块俱尽，致被攻入，三十二人，除四幼童因窑内黑暗，被其母尸压伏晕厥得幸免外，皆惨遭杀戮，血肉满山窑，其中妇女三人曾强被掳出，然以不求苟免，沿途反抗终于被戕，尸坠山沟，冲发握拳，状尤悲惨！此种流尽最后一滴血，而奋斗到底的精神，实足以使顽夫立懦夫强，增添了中华民族解放史上最光荣的一页！”

“二十八位民族烈士是英勇壮烈的牺牲了，然而留下给我们的教训却愈益深刻，因为这次惨剧的发生，一则是汉奸引路的结果，再则是民众武装缺乏，和民众组织的不够，致演成了此手无寸铁孤军苦战，血肉横飞的惨烈悲剧，当时若仅能有一长矛，亦足杀死更多的日寇汉奸，以取得更大的代价。今后当局与民众，应更加警惕，接受此次血的教训，加强民众的武装自卫工作，充分发挥民众集体力量，保证抗战最后胜利，则诸烈士之死，就有造于民族的永生了。”

这次来晋西，适逢战局紧张，虽耽延了一些时日，绕了一些圈子，然因此使我得有机会到黄河两岸各处参观，搜集山西一年来在抗战中生长起来的许多军政设施与民众组织的各种进步材料，更增加了抗战必胜的信心，而给予我们以更有力的保证。

抗战第三年二月二十日于吉县

我们的工作在晋西北

抗战建国教学团这次到前方敌后各地工作，自六月十五日到现在快四个月了。我们第一个工作阶段是在晋西北；第二阶段，现在正在开始，我们正向敌后深入。

兴县各界抗战艺术研究班

从陕西过河以后便到达晋西北。就是在这儿的兴县，“七七”抗战建国纪念期中三天的“版画展览会”作为我们工作的开始。在七七纪念中，到处活跃着我们的同志，在宣传工作上，在每天不同的会场里，在晚会的前台和后台。就在这一个工作过程中，我们认识了兴县各界民众；各机关、各驻军也都逐渐的对我们有了清楚的认识。这是我们在兴县倍受招待，长时间被邀请工作的一个基础。

兴县是黄河岸边的一个山城，是晋西北军政民运中心，晋西北最高军事指挥官驻地。省府办事处和牺盟总部会办事处以及晋西北的青联、妇联和农联也都在这里。在行政方面一贯的和民运工作紧密的配合在一起。在统一战线的巩固和扩大上，兴县赢得了模范县的荣誉。一直到岚县失守，兴县吃紧的时候，我们的工作才告结束。

因为这里迫切需要艺术干部，在各团体的建议下，我们首先开办了“兴县各界抗战艺术研究班”。

这一个研究班包括所有兴县各机关、团体和驻军的艺术干部、文化娱乐工作干部、政治干部和军事干部。虽然是研究班，但是因为都有着固定的工作，更为了对艺术各部门能有一个系统的了解，所以在每天下午抽出两小时来由本团的同志们作报告。“报告”这一名词，并不怎样恰当，但又不能算是讲授。其内容包括文学、戏剧、美术、音乐各方面，开设的课程有“抗战文艺理论”“墙报旧形式和小形式”“通讯和报告文学”“剧作法”“表演术”“舞台装置和化装”、“美术理论”“漫画和木刻的作法”“标语写法”“识谱”“练声和指挥”等十一门。研究班的同志们差不多都有着艺术工作的经验和相当的艺术修养，因此，在这短短的时期内，只好采取近于讲座制的方法，每天由本团同志作一个报告。

可以称为“报告”的另一个原因，便是每门课程的提纲都可以说是一个“集体创作”，也是我们工作上的一个特点。在每 次讲授之前，主讲的同志，先把研究提纲拟出来，经过所有对这门课程有研究或是有兴趣的同志讨论修改之后，再行付印，或是讨论之后，再为拟定。这也是我们“教学做用合一”原则的实施。

既是研究班，当然除了作“报告”之外，还须要研究。每天的上午，研究班的同志可以随时抽出时间来到我们住的地方，作个别讨论的工作。

研究班有一个特点，也是“教学做用合一”的原则实施。报告过后，第二天马上出研究班的墙报，张贴出“街头墙报”。讲过美术之后，研究班的画报亦就在街头巷尾出现了。作戏剧的讲授之后，我们又进行了兴县各界联合剧团的组织工作，排演了罗烽的三幕剧《国旗飘扬》。同时成立了“漫画研究会”。

这儿还要提出一点来的，便是这一次担任音乐方面课程的是晋西北青年救国联合会的一位同志，正是由于这种合作，他才能把他的音乐艺术知识贡献出来，打破了“远来和尚念经”的不正确的观念。也正是因为这种合作，才能使我们这次工作得到了更好的成绩，弥补了不少的缺憾。同时这一个合作，使我们的几位同志，下定了研究音乐的决心。

工作在青军团

“山西民族革命青年军官教导团”，是抗战后山西军事教育最高学府，有三个大队，共八百余人。除炮兵中队在洛川外，全部驻扎在兴县。当我们到达兴县后，便给了我们盛情的招待，让我们住在一个尚未招来新生的队部里。幸而有这一座清静的尼庵，才能展开研究班的研究工作，才能使我们开办了临时的“流动图书馆”，在兴县撒播下文化的种子。

当兴县各界艺术研究班成立的时候，青军团的同学们要求参加的就有五百余人，因讲课时间及教育方面的关系，该团的负责长官未曾允诺，仅只是官长参加了研究班。研究班结束之后，该团教育长刘墉之先生认为每一位军事干部，亦有研究艺术的必要。因此，特别请我们单在青军团单开一班。当然，他会得到我们满意的答复。

青军团的同学们大多是民大民中的学生，文化水平相当整齐，因此在课程方面，我们决不能原盘托出，又因青军团是军事干部教育机关，在课程的规定和内容方面一定要能引起他们的兴趣，适合他们的要求，因此，取消了文化方面的“小形式和旧形式”，增加了“文艺思潮”。在戏剧方面合并了“表演术”“舞台装置和化装”，取消了“剧作法”，添上了“戏剧运动”。音乐方面把“识谱”“练声”和

“指挥”并在一起。其他科目，虽无何变动，但是差不多也都换上了新的内容。

为了使他们了解政治工作的重要和政治工作的方法，增加了“军队政治工作”。一个军事干部的政治认识是很重要的，遂决定由我讲一次“抗战建国过程中应有的政治认识”。

我们知道这几门课程决不能包括文学、美术、音乐和戏剧的全部。在青军团同学方面，更有对艺术各部门特别爱好的同志。于是每队限制人数，自动报名参加研究工作。当文学课程讲完之后，第二天清早出操的时间，五时至七时，文学组的各队同学们便到我们住的地方来讨论工作。这种工作，我们的同志是全体参加的。或者由一位同志作个别问题的报告，或分开小组讨论，或是轮流解答同学所提出的问题。参加的同学负责搜集未能参加的同学的意见和问题，并在本团小组会作报告。当另一门课程讲完的时候，这门课程的研究工作停止，换为另一门的研究。戏剧方面，除上述内容外，便利用这个时间排戏。可惜我们没有看到他们的演出。

晋西北本来就不是我们工作的目的地，这一个工作结束后，我们就打算离开兴县。忽得青军团政治工作人员的邀请，并且拨一队由我们训练，只得留上一星期。

进队后的第一步工作，便是认识该队的各级官长和学生干部，征询他们对过去政治工作的意见，更借以明了他们对政治工作的认识。第二步便召开全体干部会议，重新规定作息时间。为了加强小组会，提高学习情绪，深入学习，决定了建立“导生教学制”。当晚又召集民革室所有负责同志，报告过去工作上的困难，经过讨论指示后，责其每股负责同志，拟定一周工作新计划。以后便是工作正式的开始。

第二天星期一，便在文庙召开了“工二队民革室全体大会”的晚会，到会的各队的官长和各队同学代表，当场决议全体民革室负责同志不再改选。经过这一次的晚会，使全体同学了解民革室活动的意义，提高了他们工作的情绪。次日各分队的墙报竞赛式的贴出来了。各种学术研究会，征求报名了。整个工二队前后内外，焕然一新；整个的民革室，全体工二队活跃起来了。

在最后的一天，发动了一个军事大演习。“战斗”前，行军间，“战斗”间，“战斗”后的政治工作，也全部配备，同时演习。随着夜晚一个盛大的总结晚会，工二队的全部工作结束了。

在政治工作的全盘实施上，我们听到各队许多官长讲：像这样的政治工作，我们不但不反对，而且绝对拥护。我们告诉这些同志们，“反对的并不是政治工作，当你明白了后，永远不会反对政治工作，所反对的只是某些政治工作人员的作风和态度。”我们就这样结束了工二队的工作。

别了兴县

当我们参加了兴县自卫队的检阅归来，整理行装，准备出发的时候，传来了日寇占领岚县的消息。马上把一个毫无战区景象的兴县卷入战时状态。在这个时候，我们立刻画了不少反战宣传画，印写了不少日文小型标语、传单，张贴在兴县。我们又参加了空舍清野的检查工作，许多同志在静寂的街巷中，在冷落的村庄里，见到了我们都希奇的问：“你们没有走吗？”“同志们，记住，我们永远是和你们一样的站立在抗日最前线上！”这是我们的回答。当敌人退出岚县的消息证实后，我们才又束装，踏上征途——向在兴县西北角上一百二十里的岢岚前进。

山西行政第二区军政民艺术干部训练队

岢岚四周环山带水，为晋西北主要食品小麦生产最多的区域，是晋西北较为富庶的一个大县。过去“山西民族革命战地总动员委员会”总会即在此地。山西行政第二区的专员公署现设于此，也是牺盟中心区所在地。这亦像其他各区一样，有一个民革中学。驻军有骑一军的一部，续范亭氏暂编第一师和山西工人武装自卫队。我们这次来岢岚是为了趁机休息几天。又因我是一个挂名的“战动总会”的常务委员兼宣传部长。结束后的战动总会宣传部还在这里完成他们未完成的工作——编印六十余万言的工作总结报告《战地总动员》。这一工作我参加 -些意见，算是尽了我这“挂名”宣传部长一点责任，此次特地赶来看看。同时还为了看一下此地统一战线的工作情形，因此，没有计划作什么工作。但是二区军政民各方面也同样感到艺术干部的缺乏，希望能够加强旧的干部，培植一些新的干部。当我们来到之后，暂一师、工卫队政治部、专员公署和牺盟中心区共同邀请我们办理一个山西行政第二区军政民艺术干部训练班。

这是一件重要的工作，更是我们一个新的学习机会，于是接受了这个要求，在城内西寺开始筹备。日寇好像专和我们为难似的，九月一日进占了五寨，一天几遍的飞机到岢岚疯狂的轰炸。就是在我们队址，也落了一颗炸弹，像是对我们警告一样。但没有丝毫影响我们的工作。艺训队乃在距城四十里的西豺峪村，继续开办了。

艺训队和抗战艺术研究班是不同的。虽然受训的同样都是工作中的干部，但是艺训队，却是脱离工作二十天的完整训练。这里面包括暂一师、工卫队和中心区的各级干部。团体参加的有工卫队和专员公署的联合剧团和中心区所属的流动宣传团，年龄有大至四十五岁小至十二三岁的。在文化程度上讲，一般的水准都是很低。但是他们都是在实际工作中，在和敌人的战斗中，成长起来的干部，都有宝贵的工作经验。这是我们决不能忽视的。

为了适应这些客观条件，我们仅只规定了一天三个小时的讲课，其余的时间，全作为自修和民族革命室的活动。

在这儿我们特别注意到工作上对一个艺术干部的要求。因此，在讲课的时候，不分门系的全体参加。小同志另行教育。在课外则充分的作发展集体研究工作，在我们的民革室学术研究活动下，每一位同学都自动的参加了各种研究会组织。民革室的活动，帮助了我们教育计划的完成。更为了帮助个别的同学，于是提拔文化水准较高的同学担任导生，实行我所提倡的导生教学制。

在艺训队教育工作的最大特点，便是“教、学、作、用”的统一，和实践机会教育的实施。一门课程讲授，以最大的努力，使其通俗明白。在内容方面，以能在实际工作上运用为原则。我们并不轻忽理论的阐扬，却更注意到理论在工作中的实践，每日下午民革室的各种研究会的活动便是上午讲课的实践。我们一共按期出刊了六期内容丰富的墙报，五期内容充实的《抗战画报》。并开了四次晚会，还有一次盛大的公演。这一些便是在这种原则下实施教育计划的结果。开学后一个星期，便是血的“九一八”纪念，于是马上把一周的学习和工作确定为以完成“九一八”纪念工作为中心。“九一八”那天全体出动，在西豺峪画满了大幅的壁画，在三十里方圆的要道处贴满了街头诗歌、小型传单和抗战画报。《纪念专刊》的墙报和画报，吸引了不少的群众。到处充满了艺训队的同志们的歌声，和慷慨激昂的讲演。街头剧、杂技、化装宣传、舞蹈等宣传活动，轰动了附近的民众。下午在纪念大会后，公演了王震之氏的《一心堂》及《血祭九一八》。一天的活动，作为一个星期学习工作的总检阅。这一周，使我们和同学都得了莫大的收获。同时这也是我们建立优良的艺术工作者的作风和统一艺术工作者的步调的一个初步尝试。因为紧张努力和有勇于改正错误的精神，虽然有些小地方稍欠计划性。却也得到了初步的成功。

还有一个特点要提出的，便是政治训练一贯的实施。我们抱着坚决信念，只在把握住坚定的政治方向，有着正确的政治认识，才能完成一个抗战艺术工作者的任务，走上伟大的艺术家成功之路。所以，除了在生活工作与学习上经常的注意到外，又经常把握时间，作政治报告，组织政治讨论会。在开学的当天下午便由我作了一个简明扼要的国内外政治情势分析，给同学以把握国内外政治情势方法上的指示。在授课的最后一天，又由我作了一次关于政治认识的讲话，坚定同学们的政治方向，提供出当前每个青年应有的政治认识。

在管理方面虽然同学们来自不同的工作环境，而且还要回到原来工作的地方去，各有各自的特殊性和个别的作风，但是我们采取了“民主集中制”。而民主精神的发扬，民主充分正确的运用，亦就形成了艺训队的一个优良作风。

踏上新的征途

短短的四个月，就这样在工作中过去了。在我们的队伍中间，没有一个所谓“艺术家”，更不敢以“艺术家”自居。为了前方工作上的迫切需要，我们用了最大的努力，群策群力的帮助奠定了晋西北艺术教育的一个基础。我们就这样踏上新的征途，通过日寇严密的封锁线，深入敌人后方向着抗日根据地晋察冀边区进发。

不断的在战斗中

参加晋察冀军区成立二周年纪念大会回来不久，日寇的“冬季扫荡”就一天一天的逼紧了来，太行山的子弟兵，和这儿所有的人们，也早已开始了“反扫荡”的工作。在冀西几个县里，在河北与山西交界的地方，天天有我们的军队，自卫队，“青抗先”，所有这儿的老乡们，不断的困扰敌人，打击敌人。十一月二十二日，五路敌人突然的袭击阜平，企图摧毁我方政权，把我们的政府机关、民运团体这一批使敌人感觉到比某路军还难对付的人们来一个“肃清”。当然这已早是敌人的，“壮图”，何况在阜平附近，现在又有包容万余干部的好几个学校呢。

确如敌酋桑木师团长所说，我们的组织是为日本人所不能理解的顽强而机妙的组织。他说我们的老乡们会随便用一个眼色，或打一个手势，就传递了消息，而且传递的速度，比电报、电话还要“快速”。早在去年易县大龙华战役中缴获日寇的文件上，就如此的记载着。

在这一天的下午，刚刚结束了一个学校开学的大会，当晚我们就开始了夜行军。我们一团十几个同志都非常兴奋。

“尝一尝游击生活吧！”快乐的彼此鼓励着。

并不是我们故意的给敌人开玩笑，走出离阜平城来到四十里路外的城南庄，相距不到五里地，咕咚，咕咚的响开了炮，敌人便在屁股后面追上来了。在落着雪霰的黑夜里，我们带着初试新衣的欢跃心情和抗战建国学院的全体师生，走向一个山沟里去。

一直走到天亮，浑身湿漉漉的，才走到早已分配好了的一个七八户人家的山村。我们和抗院院部的同志，就在这儿暂时宿营。夜行军是令人疲乏的，何况又是在雪夜里走的崎岖、坎坷、险峻的山路。在一位同志的指引下，我们攒进老乡的屋子，倒头就睡了。

睡得很舒服，虽然连一床毯子都没有盖。

“李先生，快走来吧，你听炮响呢！”一位同志推着我。当我睁开疲倦的眼睛，坐起来之后，哒哒哒的机枪声都听见了，我马上走出去，到院部打听消息。

这并不值得惊惶，是由灵寿县出来的敌人在山那头放炮，也许是进攻陈庄，可是陈庄还得绕过一座大山，有好几十里路，放哨的自卫队还没有来报告消息，山头上站岗的老乡说就是远远的看到炮弹在山坡上开花，不知道咕咚，咕咚的打那儿。我嘱咐同志们放下心去，趁着机会大家团坐在火炕上，开了一个行军布置的会。还没有开完，晚饭就做好了，虽然没有莱，饼咬在嘴里砂子磨着牙，“出呀，出呀”的响着，一斤一张的大饼，很快的、香甜的吃下去了。

又开始行军，往昨夜来的路上走回去，同志们嘴里都念着：

“又是夜行军！”

大约在夜里一点钟的时候，便在“上白岔”这一个村子附近住了下来。人们欣慰着，睡一个好觉，便可以白天行军了。

睡得还是很舒服，虽只是把大衣盖在身上。

“起来，起来！”

从熟睡中被喊醒了，屋里拥满了雄赳赳的——但也都带了疲倦眼皮的武装同志。

“嘿，起来，快起来让我们休息一下！”

这似乎不大讲理，同是一样的行军，为什么我们要起来把睡觉的地方让给他们呢？于是双方吵了起来，越吵越厉害。我坐起身来，招呼我们的同志们不要吵。

另一位武装同志看到了我，走到炕沿边客气的对我讲，说他们是从离这儿百八十里路连夜赶来的，因为有特殊任务，所以必须得想法子让他们先休息一下，恢复疲劳。因为说话太急了些，于是打搅我们的睡眠，表示歉意。

于是我们又开始行军，向着另外一个方向的山沟里钻进去。

几个同志抱怨着：

“夜行军，又得夜行军，像是命中注定，只要咱们行军，就得夜行军。”

“五百号请到前面！”

长蛇似的队伍里一处一个的传到我的耳朵里，我把马勒到队伍一旁，从林丛中，穿到前面。

“呵，李先生，我们已经被武装汉奸包围了，刚才商量了一下，还是往前走，冲过去！”队长有力的轻声说着：“据老百姓报告，他们人数不多，我们想他们不敢怎样，李先生，你的意见如何？”

我记起了不久以前冲过同蒲封锁线的经验被训，同意了他们的意见。武装汉奸在这里，敌人一定在后面，后退了真危险。

“不许掉队落伍，急行军冲过前面的山口！”

长蛇似的队伍里又一个一个的传下来。

一面前进，一面布置，就像没有那么一回事似的，汉奸看到我们声势浩大，队伍整齐，以为是正规部队，没有敢动弹，偷偷的撤了开去，我们平安的冲过了那一个山口，但是下面的行程，却是一段要命的道路，高峻的一座大山又竖立在前面，让人看不到天色，就像是被堆在一间囚房里似的，山路上不是冰，就是雪，人们扑扑跌跌的爬行着，好容易爬到了山头，隐隐的听到原来方向，哒哒哒的响起机关枪来，同志们再也不顾下山时的光滑难行了，连滑带滚的，一会就跑下了山，我们耽心着，就心着刚才搅醒我们睡觉的弟兄们，就心着我们埋在那个村子里的东西。

天明，我们到了马□，这是一个不小的村子，这距离我们的目的地不远了，每个人假寐着休息了一会，接到了一个报告：

“敌寇千余，企图截击我政府与学校等机关，由阜平绕小路袭击上白岔等村，幸我百二十师预为布置，着第一营连夜兼程由□□出发，扼守该地，该营正在布置，敌寇随亦到达，当即展开血战，敌几溃不成军，我□营亦伤亡惨重，现双方均增援对峙中。”

同志们看了这一个报告，都有些愕然，互相庆幸的望着。

“幸而完成了那一半夜行军，假如一百二十师不叫起我们来，恐怕现在已经作了俘虏了！”

人们都沉浸在昨晚夜行军的回忆中的时候，隐然的又听见哒哒哒的机关枪声响了起来，一位同志慌慌张张的跑了进来。

“李先生，有一位八字胡的、身材魁梧的军官招呼你。”

我走出房门外一看，原来就是一百二十师的贺师长。

“啊，李先生辛苦了！”

“那里，要不是你们，恐怕早作了俘虏，刚才我们还谈着。”

我看到他焦枯的嘴唇，晓得他已经很口渴了，把袋里仅有的两个梨子送给他吃。

他一边吃，一边说着。

“李先生，放心罢，这点敌人，不在一百二十师眼里，请你告诉他们，遇到宋主任的时候，替我转达一下，希望他设法在这几天里，给动员万把双鞋子，爬山，鞋都坏了，同志们赤着脚板在雪地里走呢。”

在机关枪大作声中，我们告别了，从那时起一直到今天，我们还没有听到机关枪声，也没有再尝一下游击生活，当然也没有夜行军。

在雪的太行山里

太行山的子弟兵，这一回又完全胜利了，敌人这次的“扫荡”又被子弟兵和老乡们扫荡了。于是我就二度的又顺着这条崎岖、坎坷，险峻的山路，走了回来。

当你走到南北高洪口的时候，你就会看到两座蝉联的大大的山村已被敌人烧得精光，只剩下一堵一堵烤焦了的土墙，峙立在道路的两旁，向你诉说着日寇的残暴。当你随便问到一个老乡的时候，他一定会眉飞色舞的告诉你：

“就是在那儿，河滩上的树林子里，一千来个鬼子兵，还有他妈的二百来驼子，咱们的军队就在这村后的石山上，那真是干，劈劈拍拍二尺来深的雪，从山上一直冲下来，打的鬼子抱着脑袋乱叫。同志，你要知道那儿冻了冰呀。”他指着对面高峻绝崖下宽宽的河床说：“他们又穿着大皮鞋，一下子跌下来，一下子滚过去，起来跑两步就又滑倒了，就像不倒翁。咱的房子虽然烧了，怕什么？八路军是真干，人家还拼着命呀。”

就是这么的干，就是在这样冷的冬天，在铺满二尺深雪的太行山里，粉碎了敌人这次愚蠢的“扫荡”。

一座后方医院

这里已经是河北阜平县境了，□□村是太行腰里的一个不小的村庄（在山沟里，六七十户人家的村子就算是了不得的大了）从抗战开始那天起，直到现在，敌人连这个村边都没有沾过。

晋察冀军区，第□军分区的后方医院，就住在这个村子里。这是一个不小的医院，和村子差不多大，只要你走进老乡的家里，你就会看到一间屋子，或是两间屋子，挂着缀着红十字的蓝布门帘。这并不是为了蓝的颜色耐脏，而是为了防空的缘故。我还要重复一句，这儿并不是野战医院，而是后方医院。这一次敌人就曾到过附近的村子里，但是你也不必为我们的伤病员担心。这儿的一切都是游击生活，那时候，我们的伤病员早就在老乡们的担架上，或是扶持下搬到别的几个村子里去了。当然距离敌人也不会太远，假如敌人真的来了的话，他们彼此之间，就不再是同志了，老乡会对伤病员同志们说：

“老二，你别难过呀？谁叫你不在家里呆着，要出去看太君们呢？太君又不认得你，当你是八路军的便衣，就打伤你了，这也是你得罪了神了，回来我给你在土地面前烧柱香罢。……啊，太君看你来了，……

”那时医生也不再是医生，而是带着点心来看亲戚的老乡了，点心包里却是药棉、绷带、药、山刀子和剪子。

请你放心，过路的敌人，有时连村子都不进的，他怕八路军跟他游击。

这一座医院的医务主任是一个青年，他曾领我们到手术室去参观，两张长方桌拼在一起，铺的平平的，罩上油布就是手术床，就是在这上面把被敌人伤害的战士们的手，战士们的腿锯了下来，就是在这上面，战士咬着牙，坚决的说：

“留着麻药给重伤的同志们用，你就这样的挖罢！”

于是子弹就挖出来了。

他还领我到“蒸馏间”去参观。这真可以说是天下少有的蒸馏间了，说是在一个老乡家的过道里盘起了两个灶，用两只大水桶烧水。他告诉我：一条绷带，就是靠了这，要用上四五次。他听了我的称赞，谦虚的笑了笑，诚挚的告诉我：

“该感谢白求恩大夫呢！这一位工作严肃，艰苦奋斗的国际友人，他来到边区之后，为了减少战士的痛苦，便于治疗，发明了战场医疗法。受伤之后，就在火线上马上指挥医务工作同志给受伤的同志绑扎。这儿每一个战士都不怕受伤，他们说有白求恩大夫就不怕！他对这儿的帮助太大了，同时也就是他领导的呵！”

当我把白大夫，这位加拿大的医学博士，因给伤兵开刀，中毒而死的消息告诉他时，他沉痛极了。

“呵，他死了？……”他低下头来。

我也和他一样的感到难过，低下头来怀念起这位曾参加西班牙反法西斯蒂战争，现在为了中华民族的解放牺牲在他工作岗位上的伟大的国际友人。

我们随后走进一间一间的病房。我诚挚的慰问着他们。对于我这样的一个远客的慰问，他们的眼里给了我一个回答：

“谢谢你，长胡子的老同志，伤好了马上上前线。敌人究竟会完全在我们的手里死去的！”

我们走进了一个位于巷尾的院子里，医务主任告诉我：这儿是最近高洪口一役受伤的战士们，我怀着一种崇敬的心情走了进去。

“呀，李先生……我不给你敬礼了？”炕上一个孩子的声音送到我的耳朵里来。

“就这样的作了一个并不小的战士！”

时间并不远，就是在一个月之前的光景，我通过了封锁线踏到边区的境界不久，第□军分区的□司令员，凑巧一个机会，派一个连送我到边区政府。

在爬山的时候，马是不方便骑的。在爬过一座山，牵了马下山的时候，一个小同志跑上来喊着：

“李先生，我来替你牵马。”

并不让你有一个推辞的余地，马缰绳从我手中拉了过去。

这是一个结实的孩子，红红的圆圆的面孔，他的个子和枪差不多高矮，牵着马，走起路来，怪神气的。

我们边走边谈着。他姓刘，河北省蠡县人。家里虽然不富，可也还不穷。他告诉我，他喜欢斗蟋蟀。

“嘿，蛐蛐儿种类可多呢，可就是咬架的叫蛐蛐儿，‘猴头儿’逮住了就要摔死。要是找着‘棺材盖’，就算是他娘的晦气，那天你就不要再逮了。你若一定要逮，逮住的不是嗅嘴，就一定是败家伙。有一种蛐蛐儿，叫起来丁零零，丁零零的好听，就像摇铃 儿一样，那叫金钟儿。还有一种带翅膀的大家伙，叫油葫芦，是听叫儿的，不咬架。李先生，你养过蛐蛐儿没有？”

他的稚气，天真，确是令人喜欢，他还告诉了我怎么样养百灵鸟，如何教麻雀玩把戏，他说他最喜欢打围。

“嘿，一到这个时候，就是打围的时候了。我们村里的财主就催‘把式’喂鹰，喂鹰可不容易呀，喂鹰讲究‘熬鹰’，就是说让它一宵不睡觉，好第二天抓兔子。还得‘甩轴’呢，就是把一团细麻裹在肉里给他吃，吃到肚子里，肉消化完了，它也就要吐了，于是把肚子里的油，就都用麻，那就是轴给勾出来了，第二天它见了兔子就红眼，就非抓不可。”他回头望了望他们班长，又说下去，“李先生，原先我就讨厌山西老西儿，可是现在不然了，俺们这个班长就是老西儿，可真能干，打枪打的好，鬼子只要别让他看见，看见了一枪就准，他待我好极了，我刚来的时候，送给我草鞋，送给我褥子，送给我手套，都是他自己织的新的，他总是照顾我，还教我认字儿。对了，他政治好，呱呱叫，就是一样不好，叫我小刘。李先生，我并不小哇，你看我比枪还高！”

他抖了一下掮着枪的肩膀，好似要把枪摆下来真的比一下，我抚摩着他的头问他这么小，怎么能打仗？

“嘿，小。我才不小呢，都十六岁了，我刚来的时候，他们就不叫我作战士，我告诉他们，不叫我背枪打日本，我就不干！我背的这杆枪就是跟他们斗争出来的呢！不能打仗？天天找鬼子，不能打仗能成？你问问我们班长看，我还打死过一个鬼子呢，早就够本了！”

“你冲过锋吗？”我逗着玩的问着他。

“冲——过。”眨了眨眼睛，冲着我笑了：“可是就只冲过一半儿。”

我问他为什么冲了一半。他告诉我，因为冲到一半，就没劲儿了，所以说冲了一半。可是他郑重的告诉我他并没有退回来，他蹲在地上，抱着枪，看同志们杀鬼子。他说：八路军冲锋，永远不能退后的，那是顶丢人的事，是要被人家斗争的。

“李先生，骑上马去罢，前面十里地，都没有山。”

我跨上了马，他跟在马后，继续的谈着。

“李先生，不当兵是不行的，鬼子来了，就烧你一个精光，逮蛐蛐儿养不可以了，更别想喂鹰抓兔子了。他娘的，鬼子把咱们的人当兔子抓，那哪儿成？于是我就当了八路军，他们说我小，小就小，我就这样当了一个不小的战士！”

我回过头来，看他更神气的挺着胸膛，昂然的随在我的马后走着。

“就是他，打死了联队长！”

我想起来了，喊我的就是小刘，就是冲锋一半的小家伙。我问他伤在什么地方？他说就是在大腿上，被子弹钻了一个眼儿，不要紧，再在炕上躺一个月，就可以归队了。这是医务主任告诉他的。

炕上一共躺着六个人，都是那次护送我的兄弟，我一一的慰问他们。一个锯掉左胳臂四方脸的同志告诉我，他好了还能打仗的，放枪用右手不用左手，他可以把枪夹在胳膊下面，一只手放。他请求我见了他们司令员代他请求一下，他还要归队，他不能算残废，脚和别人一样能跑路，右手还照常能投手榴弹炸鬼子。

“没有了胳膊，不算残废？”我心里这样想，口中漫应着他。

“呵，李先生，敬礼。”一个用绷带吊着右手的人走进来向我立正。

“喂，李先生，你说我们班长能干不能干？就是他，打死了一个联队长！”

班长还是那样有礼貌，还是一个月前那样的沉着。他首先告诉我送我的他们那个连，在高洪口战役中，因为担任正面攻击，只剩下十几个同志，其他的不是阵亡，就是挂了彩。在这座医院里就住着他们十几个，在这一次战役中敌人死了三百多。

十二月三日，敌人多路进攻阜平，都扑了空。敌人怕又像前次陈庄战斗似的给他来一个歼灭，于是赶紧分头撤退，这一股约千余人是撤回五台的。三日，我们打了他一下，四日，敌人赶到南高洪口宿营。高洪口距离五台县城，仅只五十来里路，敌人就大胆的驻下了。他那里晓得我们的部队已经把他的归路截断，在村子背后的山坡上埋伏起来了。早晨五点钟的时候，敌人开始烧房子，随着就在村外的河滩上集合，他们把重武器放在前面，一部分先走了。剩下五六百人，还有驼子，正在他们密集讲话的时候，我们就集中火力，开了火，敌人猝不及防，马上乱起来。随着，我们就由山上冲了下来。敌人是相当的顽固，死不缴枪，喊话也不听，于是展开白刃战，可是我们的刺刀真泄气，有的扎不死人，刀倒弯了。

当战斗就要结束的时候，班长回过头来一看，他们连副喊着“捉活的，捉活的！”在和一个敌人军官搏斗着，班长赶紧跑过去把敌人的耳朵削去了。班长正要去从背后去拖那个鬼子，鬼子也晓得了扭过身来就砍。

“我那时已经躲不及，刀已削到手面上，可巧身旁是一个坡口，扭身一坐，把他的指挥刀，刚好坐在屁股下面。我心里想：算了，送他回老家罢！枪口就差不多戳着他的脖子打了一下，后来才知道他是一个联队长！”

“我那时正在替连副着急，不知那儿来的一粒流弹就从腿肚子上过去啦！”小刘补充了一句。

当我把他们的连副请来，同他们几个轻伤起床的同志拍了一张照之后，屋子里有人喊着：

“李先生，别忘了，给我在司令员那儿说一下。”

回到原来住的地方已是十二日了，招待所的同志热烈的招呼着。“李先生真在纪念大会前赶回来了，辛苦呀！”

晋察冀的救灾斗争

一个空前未有的灾荒

在一九三九年，一个空前未有的灾荒降落在晋察冀站起来的人们的头上。把“空前”和“未有”加在这一个灾荒的顶巅，丝毫没有一点夸张，也并没有强调晋察冀这一个地区的特点，说他是处在一个最艰苦的境遇之中。晋察冀是处在敌寇所盘踞的四条铁路干线包围之内，在相持阶段到来的今天，日寇更加紧其对敌后残酷的进攻和“扫荡”，就是在平常的日子，这已是一个空前的灾难呵！

不必搬出详细的统计表册来指出这次的灾情，这里的地里环境是可以说明的。在晋察冀根据地上是盘绕着太行和恒山山脉，穿流着沙河、唐河、拒马河和滹沱河。这四条大河就在山沟里和沙川里滚流着。远在去年的五月，已经有了旱象，但是谁也没想到——就是想到在缺乏科学技术的这里又有什么办法？何况这儿战斗就是日常生活项目之一的地区呢！在雨季来了之后，一连不断的下了一个月的雨，就在这样淫雨连绵的时候还有着一次有名的战斗。在易州一带地方连续进行了二十余日的“雨季战斗”。二十余日，数千健儿没有穿过干的衣服。就是那个时候的前后，山洪爆发了。山洪就像是一条毒龙把山岭上多年的积土都剥蚀下来，于是山上的砂砾和石块冲下平川，堆满了田壤，也冲走了房屋和猪羊。也就是在这个时候，野兽成性的敌人毒辣的把河北内河的入海口堵塞起来，又造成了冀中空前的水灾。在冀西，譬如阜平，十分之八的田地就是沙河的河床，结果完全变成了白沙地。灵寿县水地被冲的就有一〇二〇五亩，旱地被冲的就有一〇三七八亩，坡地被冲的就有七〇二〇亩。在易县涞源一带，只要是山地，可以说是触目皆是白沙，更不幸的是赶着种上的晚谷，由于淫雨连绵的缘故，都生满了虫子，没有一点收成。在曲阳县一带，更遭受了雹灾，平西各地，晚谷和秋棒子虽然种上了，但是由于敌寇的进攻，漫山遍野长满了蒿草。当我们向老乡们卖马草的时候，老乡对我们讲：

“谷草是没有，茅草满山坡，尽管马吃。”

但是人却不能吃草，于是树叶树皮，喂猪的糠麸，牲口都不吃的山药梗和山药叶，以及用作燃料的玉蜀黍核儿都作了人们的食料。糠在上月的市价已到一元一斗，这已可算是上等的食品，至于棒子和小米，那是招待亲友才用的。我在冀西这一区域走过了百来个村庄，六七十岁的老年人告诉我：

“唉，一辈子也没有碰到过这样的灾难呵！”

敌寇就是灾难的制造者，当然不会放松这个机会，组织了不少次数或大或小的进攻，扰乱我们的播种和秋收，焚烧我们的食粮。一直到今天还是这样的干着，但是每一次都被晋察冀的人民和部队粉碎。在坚壁清野工作的积极进行下，日寇未能抢去我们一粒粮食，但是我们却搬不走房屋庐舍，于是日寇到处焚烧我们的房屋。在这里，我要特别的指出，今天敌人更是有计划的进行着兽性的活动。敌寇有着专门烧房子的部队，他的战斗部队掩护着这一群野兽喷汽油和点烧。在曲阳县郎家庄还曾经发生过这样一件事情：敌人烧房子的时候，一个没有来得及远走的老人看到他几代传留下的房屋喷出熊熊的火焰，他忘掉了一切危险，从他隐蔽的地方冲了出来向日寇哀求；残暴的敌人，毫无人性的把这个老人用柴草捆满一身，然后洒上汽油点燃起来。在日寇的狞笑中，这一个老人满地乱滚着，凄惨的嘶叫着，烧死在他的房屋前。

在唐县的一个村子里，敌寇在烧着房子之后掩避起来，派出几个人跑向山头大喊“救火！”老乡们当是鬼子已经撤走了，赶紧跑了回来救火，结果全被日寇惨杀了！像这样惨痛的故事，在这一带地方很多。根据不完全的统计，在定县、唐县、曲阳、阜平，易县及涞源六个县份中，被烧的村庄有三百三十二个，四千七百余家，六万五千余间房层，被屠杀的民众二百余人。这是一笔要用血来偿还的血债。

敌人加重了边区的灾难，但是在基本上说他们是完全失败了，他们这样残酷的烧杀更激动起人民抗日的热情，使人民更认清了日寇的面孔。边区的人民今后是不畏惧一切灾难，更不会在日寇面前屈膝、低头——他们要讨还这一笔一笔的血债。

谨严的站立在工作的岗位上

这是一个事实，这一个空前未有的灾荒，和日寇所强加给人们的灾难，更使晋察冀的人们坚强起来。当然在饥饿的时候，人们会联想起民国六年大水灾的情形，那一次的水灾比起今天来还算略小，但是由于饥饿而死亡的人却有着一个不小的数目。这一个可怕的印象驱使着部分的人们，发生了逃荒的念头。经过政权机关和民运团体积极的解释与说服之后，使人们逐渐的安下心来，也有少数无知的老乡们跑到晋察冀的外面去，跑到敌人占领的区域里去。

时间并不怎么长久，就是在春耕开始之前，这少数的人们却又携妻牵子的回到了晋察冀，回到他们生长的故乡。他们都认识了自己的错误，告诉他们的邻里：

“就是死，我也死在边区！他妈妈的，白面二十三块钱一袋，大米一百三十块一包！要买还得干什么登记，登了记买他妈几天还买不着的杂粮，也比咱们这儿贵的多呀！”

有的说：

“咱们是人呀！日本鬼子把咱当成畜类……”说着说着气得跳了起来。

于是青年的人安慰着他们的父母责怪着他们的妻儿。真的，这一次逃出的人，并不是青年小伙子，而是老头儿和老太婆们及部分的妇女。青年人告诉他们说，政府现在每人每天发六两小米，虽然不会饱肚子，但是已经不至饿死，自己还可以想一点办法。待几天树芽儿长出来就更没有什么问题了。年轻人还告诉他们说，某某村驻扎的子弟兵省下杂粮一千斤，某某村的子弟兵节省下八百斤玉米，某某机关的工作人员，从他们几块钱的津贴中，一共捐了一千二百元，现在已在各村发放了。

“这是咱们的政府呀！现在有一个救灾委员会，就专门办这个事儿。是政府，军队和咱们老百姓大家组织的！”

在救灾委员会的领导下，在军政民全体一致的努力下，晋察冀的救灾运动如火如荼的开展起来。这在政府机关并不是像一个慈善家一样，对老百姓施一点慈悲，晋察冀的民运团体就是民众自己的组织，子弟兵就是老乡们的父兄子弟和戚友。政府更不是需要民众的时候才找民众，而他本身就是代表民众的，执行民意的机关，救灾就是他们的正式工作项目之一。现在政府机关已经集中了一万五千余担粮食，预备办理平粜，他们是允许群众不付钱借粮的，但是他们更发动有钱有粮的人家自动的捐助，充分的发扬民众互助互爱的精神，克服农民落后的保守的自私的不良心理。在救灾工作的进行中更开展了二十九年度民主政治建立的工作，掀起了民主运动的热潮。老乡们认识到只有自己的政府才是可靠的，因此在区村选举上今年已有几县获得了更健全，更优良的成绩。在这一个工作的推动下，增强了晋察冀人民的战斗力，他们不但要和敌人斗争，而且还要和自然斗争！

房子虽然被敌人烧了，军区子弟兵到处帮助老乡们修理。在一个月前还是一片瓦砾的村庄，现在又逐渐修整起来了。

在这一个空前未有的灾难面前，晋察冀的军、政、民，无论那个人都更加谨严的站在他们各自的工作岗位上！

伟大的号召和伟大的行动

救灾工作的积极做法。晋察冀的军政首长，发出了准备春耕进行春耕的号召。于是，军政民联合的春耕委员会很快的组织起来了，各县和各区的春耕委员会也很快的建立起来了，最后各村的春耕委员会也都组织成功了。在灾荒下的春耕问题首先便是整理田园的工作，于是在子弟兵的积极援助下，很快的把田里冲积了一二尺厚的沙起出来了，把山坡上的梯田用石块垒好了。接着便是解决种子问题，于是各县开始了种子借贷，银行举行了春耕放款。为了解决农具问题，各地先后成立了农具合作社，有的地方还进行了耕牛的统制，部队和机关也都把牲口借给老百姓耕地。有的地方在妇救会的领导之下，成立了各种各样的妇女生产合作社，如打烧饼，制豆腐，做鞋，缝袜……形成了春耕运动中的别动队。政权机关和部队，每周抽出一天的时间给“抗属”抬粪、耕地，帮助抗属春耕。最富有兴味的是在春耕运动当中，文化娱乐工作和社会教育也随之开展起来。在平山、唐县普遍的组织了农民剧团。有部队的地方更有了集体春耕的办法，人们一面工作着，一面唱着救亡歌曲，或是学着新的歌子，在集体休息的时候，就进行文化娱乐工作，或是进行识字教育或政治教育。民运团体的工作同志们，他们一面积极的参加群众的春耕，一面也就在春耕的参加过程中，展开了他们应有的工作。

敌人是要破坏我们的春耕的，所谓“春季扫荡”，早已在我们预料之中，果然在最近五台的敌人进攻晋东北了，平津张垣一带的敌人进攻平西了，平汉线上的日寇开始向冀中区扫荡了。在我们的充分准备下，五台的敌人首先被我们击退，平西的“扫荡”，最近已被我们胜利的粉碎，现在冀中初步胜利的消息亦已传来。为了完成“春耕”，军区的子弟兵和各地人民武装自卫队也早在积极的去据点附近扰乱敌人，牵制敌人，消灭敌人。

去年的灾荒，不是一个一般的灾荒，被水冲毁的田地，有许多不是老百姓有力量修复的，群众的食粮也不是今年的春耕中可保证的。但是部队给养的保证却是一个更重要的问题。于是在一切自力更生的原则下，为了保证部队的给养，也就是为了坚持华北抗战，从民众的切身问题上讲也就是为改善人民生活，苏解人民在荒灾中，日寇残酷烧杀抢掠中的疲困。边府宋劭文主任、军区聂荣臻司令员共同发出了又一个伟大的号召：号召全边区的人民和士兵举行一个生产运动。在这一个伟大的号召里的具体项目之一就是所有边区的部队务须自己生产四个月的食粮，保证四个月所有的给养。在这一个伟大的号召下，所有边区的子弟兵，有的把每月仅有的一元津贴，或是两个月三个月的全部津贴捐助出来，自行购买农具。你今天随便走到那一个地区，只要有了子弟兵驻扎的地方，在过去长满荆棘的山坡，或是光秃秃的山头，都布满了绿衣战士。他们在那儿胼手胝足的，在各个部分的首长领导之下，在与自然作斗争，在开荒。你随便走到那一个驻有部队的村庄，随便一片广场，或是一个庭院，都开成了一畦一畦的菜圃。子弟兵们说：

“我们能消灭敌人，就能克服一切困难！”

于是老百姓没法修复的土地，部队租过来，修整好了。老百姓没法开辟的荒山，现在也把黄黄的土坡翻转来了。这一个另型的和自然和敌人的经济斗争，是今天边区子弟兵的一个崭新的战斗任务。

为了保证生产运动的胜利成功，子弟兵更是不断的在敌人附近活动起来。最近固安车站上的一百五十桶煤油被我们夺了过来。我最近在一个地方吃着了香喷喷的大米饭，同志们告诉我，这也是最近从敌人手里夺来的。

一个伟大的号召，现在已经形成了一个伟大的行动，这一个伟大的行动已经使晋察冀更加巩固起来，将使华北的敌寇日益接近灭亡！

春风预播着胜利的号角

这次去平西的途中，所经过的地方，大部分都遭受到严重的水灾和日寇的焚烧，可以说是满目荒凉遍地疮痍。我们在平西逗留了约有一个月的光景，当原路返回来时，每个村庄都变了样子，有了生气，换上了春装。

易县刘家台村，我们过去的时候，远远的就可以看到断垣残壁竖立在街头的两旁，但是回来的时候不然了，绿柳在村边掩映，瓦砾已经扫除了，一部分房屋已重新修起来了，田塍上堆满了挖出来的白沙。一队队的妇女，在一位四十岁左右年纪的妇女的督促下，一担担的把粪抬往地里去。她走到村口看到了我们，她一方面督促着妇女们快快的抬上去，一方面向我们索要路条，嘴里说着：

“没有路条是不能过去的！”

原来几个外村的妇女因为没有路条，已被那位抱着木刀站岗的小姑娘看守起来了。走到烧得更惨的郎家庄亦是一样，人们都在田里忙着春耕，村子成了男女和儿童的天下。我们走过的时候，他们正在空坪上一队一队的操练，村口上，两个小孩子把守着，假如你忘记带路条，那里没有丝毫通融的余地，天真的纯洁的孩子们却严肃的站立在工作的岗位上，尽他的职责。我们的一个同志，单人走在前面就被扣留了，直到我们后面走上来拿出路条之后才又放行。我们走过唐县的时候，亲眼看到他们一起查到二十几个由敌区跑来，路条不大对头的商贩。

为了响应春耕运动的伟大号召，在四月四日，所有边区的儿童，他们宣誓绝不让这儿有一片荒芜的土地

在紫荆关附近的金波村，过去的时候是一个无人的荒村，现在也是一个活的村庄了。

这是一个灵活的有机体，就像是一部灵活的机器一样，只要马达一动，或大或小的机轮便都灵活的转动起来。在春风里，胜利的种子已撒遍了晋察冀的原野。

二十九年四月五日于曲阳某村

民主政治抚育下的五台

一、一个畸形的社会

“学会五台话，就把洋刀挂。”凡是到过山西的人，大概都晓得这一句俗谚。在这里，出生了不少的山西军政要人，他们也把外面的文明带到这一个封锁在山峦里面的地方。在东冶镇、河边村都有坦平的马路，耀目的电灯，近代化的工厂。布门限市、蓝家庄等地有着金碧辉煌的旧式建筑，也有着水泥钢骨的立体式的洋房。但是除掉这几个地方，要走到其他的村庄，你就踏入了另一个世界，起码要倒回去一百年。

无数的佃农，花费着一生的劳力，换得饥饿和无告。妇女们的脚缠得比金莲还小，用大姆足尖扭着走路。她们的一生是受着买卖婚姻的决定。愚昧和迷信笼罩着农村。秘密教门，形成劳苦农民的麻醉休息场所。儿童们是在穷困贫苦与无知中挣扎。教育的福分永远不会光临到他们的头上，念几本《三字经》、《百家姓》《千字文》、已是分外的事。老头子临死的时候还在念着：“人心不古，世风日下，不是年头儿了！”

五台是一个奇特的地方，下面是每一个五台人都熟悉的逻辑：

五台县长解决不了的事，四区区长能够解决，四区区长不能解决的事，河边村的村长能够解决。

但是今天不然了。

二、抗战改变了五台

五台是晋东北的一个县，是晋察冀区的一环。这儿现在有了自卫队，小脚妇女也脱掉木底高跟在操场上操练。老太婆领了小孩子也会在村口站岗放哨，查验路条了。租减了，息也减了。农会，工会、青救会、妇救会、儿童团，还有牺盟会把人们组织起来。自卫队、青抗先、把人民武装起来。这儿的人们已经晓得什么是抗战，为什么要抗战。他们已经晓得了为什么要组织，如何组织，他们也晓得了县政府是老百姓自己的县政府，县政府都是做些什么事。今天他们更了解妥协就是投降，投降就是死路，就是奴隶的和平！他们还会告诉你：“我们一定要打到底，把日本鬼子赶到鸭绿江边。”

什么马路，什么电灯，什么洋房，过去只是听到说，现在更无须提起，洋房都变成了敌人的营房，落后的乡村中的都市文明也都给敌人享受了。老乡们的房舍，虽然破，虽然烂，却也遭到了同样的命运，他们的儿女和有钱人家一样的也遭受到鬼子的蹂躏，都是一样的遭受到鬼子的屠杀，遭受着民族的灾难！

老乡们还会告诉你这样的话：

“咱们要活着就得干，和日本鬼子拼！”

五台的人民再也不是过去那副即使见了一个中国兵都吓得不敢说话的奴隶像了。

三、“我们要上学”

五台的人民大众已不再是奴隶，也不愿再作奴隶，更不要作敌人的奴隶！他们已经认识了自己，但是他们更需要认识这个社会，他们还要认识一切，他们需要教育。今天你随便走到那一个村子，只要是有十户以上的人家都可以看到在一所庙里，或是一间空闲的屋子里，挤满了衣衫褴褛的小孩子——新中国的主人，他们在认字，在读书，在听着教员讲抗日的道理，讲区村民选，讲政府的法令，讲《抗敌报》《救国报》的社论。

晚饭后，你在一间每村皆有的“民族革命室”中，会看到男的、女的、老的、少的，一排一排的坐在那儿——他们是在识字，或是听时事报告，或是在学着唱救亡歌曲。

“我们要上学！”于是学校成立了，五台县三百多个村子，成立了二百二十一处小学校，去冬成立冬学一百余处，在这一期扫除文盲运动中，有五千人都认识了二百以上的字。

四、出家与入世

谁都知道五台山是中国佛教圣地之一。五台山有着许多的寺院，一个庙里的大锅就可以下三四石米，煮四五百个人的饭，那里有青教，有黄教；有和尚，有喇嘛；有汉人有满人，有蒙古人，有西藏人，还有回教徒。五台山脚下有一个镇叫“台怀”，很是繁华，有许多的京广货店，一个大城市里有的东西，这儿都有，过去还有妓院，妓女都是穿高跟鞋的摩登娘儿们，有北平的，有苏州的，有本地的，还有蒙古的，没有道行的和尚和喇嘛，或是千里而来的信徒们，时常和女人参参禅，也是为了修行。

现在，这被敌人占了，口外的香客早就不来了，蒙古各王府的王爷们也不来摆佛事了。北平、天津、南京、上海……的信士子弟们也不来上“布施”了，和尚穷了，喇嘛也穷了，但是来了不少不怕穷的日本“和尚”。咱们的和尚和日本和尚谈不来佛经，讲不得佛理，佛是戒严的，但是今天没有了一个和尚，明天伤了一个喇嘛，佛宝“飞”了，佛衣借走了！飞了的当然不会再飞回来，借去的和飞去的也差不多，佛经上永不曾记载过这个道理。

敌人还未到这地方之前，这里的和尚和喇嘛，已经是咱们的同志，在庙门口，在一个庙到另一个庙的路口上站岗放哨，还有和尚服务队。他们虽是出家人，却没有忘掉是中国人，在佛经上记载着中国是泱泱大国，顶敬重佛教的，更不该让日本人亡中国。

五台山的和尚在抗战的浪潮中，也站在他应站立的岗位上了。现在敌人占领了五台山，和尚们还是照常的缴纳公粮，暗自来到我们的县政府谈问题，来边区政府开会。

在这一次边委会成立二周年纪念大会上，一个由五台山来的喇嘛代表告诉我：

“唉！我临走的时候，他们让我问一问，几时才能抗战胜利，几时才能把日本赶走？”他们都焦心得很！

他问我这个俗人。

“李先生，我们一定会胜利的，可是你看几时才胜利呢？我们再也忍不下去了，没法可活呀！”

一个深通佛经的和尚代表告诉我：

“只有抗战胜利后，才能念经，摆佛事呵！我们虽然是出家人，我佛说：‘我不入地狱，谁入地狱？’为国牺牲，也是我们和尚的责任呵，我是老了，我就让我的一个徒弟当了兵！”

大会闭幕后，他们两个兴奋而满意的，谨慎的回到敌人占领的五台山去了！

五台再也不是过去的五台！抗战收复了五台！民主抚育了五台，抚育了五台的人民！

没有汉奸的定襄

山西定襄在后方的人们的记忆里，也许是一个生疏的县份，但是在这一带地方很少人不知道定襄。定襄虽然是一个全属游击区的县份，却有着完整的政权，坚强的民运工作，尤其是定襄的老百姓受着人们的敬重。敌人曾经这样说："支那的工作人员比支那军队还可怕！"而定襄的工作人员是这里首先吓怕了敌人的一批没有枪？没有炮的中华民族的优秀儿女。

定襄靠近同蒲铁路，可以说是太原城的一个外围据点。定襄共有七个区，除了第四区是山地而外，余都是平原，因此敌人在这里驻扎重兵是当然的事了。所以除了四区之外，所有各区都有敌人一个据点，而崞县、圻州和五台据点上的敌人，也都能控制着定襄，这里的村庄随时可以由游击区变成敌占区。敌人经常的在夜间从据点出来，包围一个村庄，天明的时候，便开枪进村，搜捕我们的工作人员。有一次，定襄牺盟会的秘书被敌人包围在一个村子里，结果在一家被逮住了，敌人问他是不是工作人员，他还没有说话，那家的一位女人就马上接过去说他是娃家舅舅，昨天刚从家里来这村看她的。敌人看不出什么破绽，扬长而去了。一个伪军走在最后，回过头来说："好一个娃家舅舅，谁不认得他是牺盟会的秘书！"说完亦迳自走了，这也是一个有良心的中国人呵！在定襄人民大众的掩护下，敌人搜捕我方工作人员的计划，一次一次的失败了。有一次敌人在一个村子里捉住了胡县长，当时就有许多老百姓证明说不是胡县长，他们说县长的胡子比这个人还要长，脸色还要黑，于是敌人释放了胡县长。

敌人搜捕我方工作人员的毒计，一一被我们的同志和定襄的民众粉碎，于是敌人疯狂起来了，惨杀我们工作同志的家属戚友，焚烧我们工作同志的房屋庐舍，任意的惨害我们的同胞。但是敌人所得到的却是我们广大民众更大的仇恨和反抗的烈火。于是卑鄙龌龊，阴狠毒辣的敌人，便冒充我方部队中或政权方面的工作人员到各村召集开会。在这种下流无耻的阴谋下，却也丧失了不少我们敬爱的同志，但是由于这些同志的牺牲，我们的工作方式就更加精巧，我们的组织就更加严密，在我们的圈子里，就要他没有一个汉奸。

定襄的敌人是不再会听信定襄的汉奸。汉奸来到村子里探消息来了，本来附近没有驻扎着我们的部队，但是我们的老乡会告诉他有，而且会告诉他那村住几百，那村有多少炮，那村…于是吓得敌人不敢出来了。当我们的部队真的来到的时候，汉奸所得到的消息是“连一个兵毛儿都没有”，或是“有着不多的几个人”，于是敌人浩浩荡荡而来，但是回去的时候却是剩下不多的人带着他们同伴的手指，头颅，或四肢的一部分狼狈而逃。汉奸们就这样被打死不少。敌人一变成瞎子，我们就成了千手千眼佛，无微不察，无幽而不烛了。

定襄民众的除奸工作，确是可称道的，只要你心眼一活动，要尝尝汉奸的滋味，过不几天，夜里就会有人在门口喊你：

“二哥在家吗？”

于是你就去开门了，这也就成为你一生中的最后一个动作，而你的汉奸证据，也就放在你的尸身上。没有愿意自己儿子当汉奸的爸爸，更没有愿意爸爸当汉奸的儿子，老婆虽然亲热，却也不愿有一个汉奸丈夫，这就是大义灭亲的道理，定襄亲爱的老乡们就都明白这个道理！

定襄的老百姓是不愿自己一生有一滴血含有叛卖祖宗的毒素，因此也不愿他的“邻人”有一滴血含有出卖儿孙的毒素，他们永远把别人的耻辱，当作自己的耻辱，因此他们是天下最大的罪人的“解脱者”，他们不让抗日的营垒里，在他们里面，有一丝妥协投降的气氛，他们“超渡”了他们身边的每一个民族罪人，早早的赐给他应得的报酬——死！

因此定襄的老百姓都认清了死的价值，他们愿意光荣的死在敌人的枪下，不愿意丑恶的死在“邻人”的刀下！

有一次，敌人为了征丁征粮抓去十七个村长。

打、骂，用尽了刑法，还是没有达到目的，结果敌人只得释放他们，到现在还是在村公所里支应敌人，在秘密的村公所里干我们的工作！到了死的时候，他们永不会怕死，面对着死神，结果他们得到了生，而且将得到永生！

就是由于政民关系的良好，由于民众运动的开展，由于民生的实施而民众认识提高，民族观念加强，于是定襄人里面可以说没有汉奸。虽然在游击区中，时时在敌人暴力的压迫之下，民众还是照常把田赋捐税缴到我们的区公所，送到我们的县政府，公粮也是迅速完成。虽然在游击环境中，区级代表会经常按期开会，这是定襄县的民主之花。

由于民众政治思想基础良好，当去年我们的县政府在南窪村开扩大干部会议的时候，连逢敌人进攻，于是跑在山头上，高唱救亡歌曲，继续开干部大会，讨论如何打击敌人的方案。

最可宝贵的就是在这样危险的游击环境中，定襄县的工作同志创造出在平原的游击区的一套完整而坚韧的工作方式。这一套工作方式将把我们的根据地，由山地扩展到平原，一直把敌人困死在城围子里，把敌人驱逐到鸭绿江边。

从华北带来的几个故事

在华北各地走了一年多，怀着无限留念的心情回到后方来。那儿的人们和英雄的事迹，无时无刻不在我的脑子里回旋。下面几个故事有的是我亲身经历的，有的是那些永远不会被人遗忘的青年朋友热情而质朴的告诉给我的。看到或者听到这些故事也许有人惊奇罢，假如是这样的话，却更使我回忆起一年来所经过的一幅一幅的伟大画面。青年、学生、教师、广大的农民，所有华北的人民，在抗战第一年里就开始和残暴的敌人转战流血、牺牲，艰苦奋斗，把祖国的土地一块一块的从日寇的血口里夺了回来。人们都站立起来了，说着他们所要说的话，干着他们所要干的事，有钱的和没钱的，有地的和没地的，谁也不再苦眉愁脸，而是坚决勇敢的，手拉手的筑起了血肉的民族长城，一日一日的健步向着建立三民主义新中国的途径迈进，这是那里来的力量呢？这是神话里的英雄的创造吗？

中山先生在离开我们的那一刹那，他还曾谆谆的嘱咐着："必须唤起民众！……"这就是唤起来的民众力量！无数的从泥土里生长起来的英雄们的创造，这里还仅只是随手拾来的几个平常的故事。

炮兵“司令”

我久仰平山县炮兵司令的威名，听说平山城里日本鬼子的特务头子们，宣抚班长，宪兵司令曾经开下这样的支票：“谁要捉住这个坏蛋’，就赏谁一千元！”

我有了一个机会，亲身到平山抗日县政府去。一天早上在村外正和平山县人民武装自卫队的总队长谈着平山县人民武装工作的时候，对面走来了一个人，他像所有河北的农民一样，有着健壮的身躯，一副勇敢质朴的面孔，只是两只手更粗糙些，最特别的是他的肩头，扛着一段空心的树干，外面打着三道铁箍。

“喂，炮兵司令同志，来让我给你介绍一位先生。”

刚介绍完毕，我还没有说一句话，炮兵司令耸了耸肩，一双结实的手抓紧他肩头的大炮便开口说：

“我要马上到回舍附近去！”

说完这句话，哈了哈腰就不快也不慢的去了。

“他有多少人？”

“一个人！”

“一个人？”我惊异了。

“是的，一个人，就是他自己！”队长诚恳而肯定的答复我。“但是最近就要变成无数人了！……”

下面所说的就是总队长告诉我的关于炮兵司令的一切。

炮兵司令就是平山县人，原来是一个木匠，家住在城外，做工的时候多是在城里，日本鬼子来了，他就回到家里。鬼子第一次踏进他的村庄，就烧掉了他那仅有的三间草房，老婆生生被鬼子奸死了，惟一的儿子被鬼子穿在刺刀上。

他从小在家里就学会了做土炮。他不能再在家里安生，他变成了无家的人，于是就带了一把板斧，一把刨子逃了出来，在离家的那一个夜里，加工弄好一座土炮。天还没亮他就把大炮安放在鬼子回城的路上，他躲到大路旁边的高粱地里，等到看见尘土了，他就用香火点着了火药燃子，鬼子走近了，炮也响了，一下子就送了八个鬼子回东京，受伤的有十个。这是他第一次的胜利，也就是他战斗的开始。

他就这样的干到现在，一共已打死了百来个鬼子，伤的还不计其数。平常他总是在敌区游来游去，由这村走到那村，老乡们也都渐渐的知道了他的声名，于是走到那里，那里的老乡就争着请他吃饭，给他找碎铁，找火药。炮做好了，他就又跑到驻有敌人的附近去，探听敌人的动静，一听见敌人要出来了，他就扛了他的大炮到路上去寻觅那最好的炮台。现在平山敌占区那家窗户向那个方向开，那座坟地有几棵柏树他都知道了。敌人就从来没有捉住过他。起先日本鬼子被他的大炮轰了几次，一死就是十来个，说手榴弹不是手榴弹，什么东西打的也不知道，也不曾见过一次人影，把敌人弄得疑神疑鬼莫名其妙。后来有一次，敌人在路旁边搜索着前进，恰遇燃子又发生了毛病，没有燃着，敌人才虏住了他那土造大炮，才晓得弄来闹去的是那么一个木匠，于是悬赏捉他，但是炮兵司令是平山老乡们的炮司令，他们绝不让打日本鬼子的司令叫日本鬼子捉去的！

“还是去年，我调了现在的工作之后，才委了他一个‘炮兵司令’。只要他带着这个命令，无论走到那村，村公所就要无条件的管他饭，只要他捺上一个手印，我们就可核销这笔开支，村里还要尽可能的给他方便，比如供给消息呀，供给废铁火药呀…现在我已经计划每一个中队添三门炮，就让他监造。他是不爱多说话的，只要一听见那里鬼子又活动了，他就连饭也不吃的赶了去，近几天鬼子不是又增兵了吗？让我们等待我们的炮兵司令的胜利消息罢！”

最后，队长又告诉我：

“他还有一个不大好的特点，那村招待他好，他就多往那一带的敌占区去打鬼子！

会飞的将军和会飞的兵

在北平、天津、保定之间那块最让鬼子头痛，最使日本“皇军”感到威胁的平原上，随时随地都是驰骋着我们英雄的健儿，他们随时随地的在威胁着华北敌伪汇集的中心北平、天津和保定，那便是最有名的土生土长的“土豹子”队伍——冀中子弟兵团的一支骠骑。司令员便是华北日寇闻名丧胆的朱占奎，也是一位十足的“土豹子”将军，抗战前就是那个地方的一个自耕农，但是伟大的抗战给我们从泥土里挖掘出来这位英雄。

那一个地区太重要了。我们英雄的队伍不仅随时随地的威胁平津，而且随时随地的切断平汉、北宁和津保公路。那是华北日寇的大动脉，日寇数度的集中数万的兵力和机械化部队对这一地区作最残酷的大规模的“扫荡”，但是他所获得的除了失败之外，便是更加把我们的英雄的队伍锻炼得像钢铁一般的坚强，日益壮大了。

在河北老乡的嘴巴上传说着这样神话般的故事。

“有一次鬼子进攻了，几十架飞机在天空里嗡嗡着，地上爬着百多辆坦克车，跟他妈夏天的臭虫一样，好几百日本鬼子分进合击，把朱司令和他的队伍给包围了。等到包围好了一打！嘿，一个人影儿都没有了，朱司令飞了，他的兵也飞了！鬼子垂头丧气无法可施，正要杀老百姓泄气，忽然告警说任邱城失了。你猜怎么着，原来是朱司令和他的兵飞到了任邱城，一下子就把城给攻下来了，守城的鬼子兵都给朱司令杀光了，汉奸们也都吃了卫生丸，运出了几百辆大车的洋米和白面。哈哈，朱司令会飞，他的兵也会飞！”

虽然这里面有许多地方是近于快意的玩笑的说法，但是大部分还都是事实，有些地方却有着出入，这一段话是把两个战斗给很自然的蝉联到一起。

有一次鬼子来的太多了，遍地都成了穿黄呢子大衣的鬼子兵。我们的队伍实在站不住脚了，便撤出这个地区，集中力量乘虚一举攻下了任邱城，等到日寇增兵来援的时候，朱司令就又带了他的队伍回来了。敌人的“扫荡”失败了！

另外一次也是同样的一个大举围攻，朱司令事先就把几个主力团运动到外线去了。但是敌人来势既凶且速，剩下一小部分出不去了。等到日寇进到合击点时，所有的我们那些英雄便把武装埋藏起来，换上老百姓的装束，敌人进村了，一个兵也看不见了。敌人是很狡诈的，于是集合起全村的人，让小孩子们去认他们自己的家里人，于是叔叔、伯伯、舅舅、表哥的，所有的战士们就没有剩下一个，全被小孩子们认去了。鬼计多端的日寇也莫名其妙，毫无办法，等到敌人撤退的时候，这些健儿们又神妙莫测的穿着全副武装攒出来，来了一个内外夹攻，杀得鬼 子望风而逃。从此以后“皇军"只要一听见“朱占奎”三个字，就把大和魂吓瘫了。他们对我们的老百姓这样的讲：

“朱占奎，大大的可怕！”

全民抗战是不能少一个民众的，坚持敌后抗战发展平原游击战争，如果没有民众，便只有死路。

“他是我的丈夫！”

我不知道道学先生，正人君子们看了这段故事有何感想。山西定襄县全县都可说是敌占区，但也可名符其实的说全是我们的。就是在敌人占据的据点之内，我们的法令和各种工作都是和在根据地内同样进行。

在那里所有的工作同志们都是乔装成老百姓，或明或暗的毫不间断的进行他们的工作。至于办公，他们是采取化整为零，化零为整的办法。白天集合在某一个村子里，靠着群众的掩护进行着工作。公办完了，约定第二天的集合地点，然后各自分散到四处的村庄里去。敌人在实际的教训里，深刻的知道，就是白天知道了办公的地点前去包围也是找不到的，由于群众的掩护，说不定偷鸡不着失把米，被四处来的莫名其妙的队伍打个落花流水。这些“没有枪的工作人员比有枪的抗日军还要厉害。”（敌人语）他是必要得之而后甘心的。于是敌人用尽种种欺骗的惨酷的方法。这里有一个便是在夜间人不知，鬼不觉的，包围一个他判断住有我们工作人员的村庄，一直等到拂晓，才进村挨户搜索，方法总算是聪明的方法，他以为这样一来，我们就逃脱不了他的魔爪。我们亲爱的“傻”百姓和我们的工作人员团结在一起，就是世界上最聪明最勇敢的人；在我们的抗日人民大众面前，“皇军”只不过是孩子手里的玩具而已。

就是有这么一次，定襄县的一个区长住在一个村子里的区公所内，天一亮他就已经感觉到了不对，等到起身了就听见鬼子打门，他赶紧跳过墙去，邻家只有一个女人在家，他就要求她能够救他。这位女英雄一看是抗日区长，就胸有成竹的慨然应允了，让他睡到床上去不要作声。

敌人威风凛凛的进来了，问她床上躺的什么人，她说是她的丈夫。敌人一再的威胁着要床上的人起来，虽然她告诉敌人，她丈夫害了很重的伤寒病也不中用。她只好遵令了。于是她坦然的走到床前，就像是一位最好的太太扶侍她的丈夫一样的坐在他身旁，抚摩着他的头，摇晃着叫他起来，但是手却暗暗的用力，不叫他动。

“醒醒罢，醒醒罢，太君看你来了……”

敌人看不出一丝破绽，认为是一对恩爱的夫妻。又怕传染上伤寒，就猥亵的调笑着走了，那一夜挨冻的收获只是抢得两只猪，三只鸡。

现在这位区长还在那里健康的工作着。

一位在敌区工作不久的青年这样告诉我：

“群众是太可爱，太可敬了！原先我真不敢去敌占区工作，可是去了之后，死也愿意死在那里，就是我们的父母也不曾像群众那样的爱护我们。”

一条巴尾

这只不过是随手拈来的三个故事而已。但就只是这三个故事，已可使我们了解到被埋藏在泥土里的群众的力量是如何的强大，如何的伟大！故事里那些英雄的人物并不只是华北的特产，而是中华民族伟大的表现，只要坚决、忠实而勇敢的执行总理遗教，我们无数的男女英雄潜力是都会被发挥出来的。

华北敌后——晋察冀

序

模范的抗日根据地。模范的抗日民主，抗日民族统一战线的晋察冀边区，象征着中华民族解放的胜利，象征着新中国光明灿烂的前景。它的名字深深地铭刻在人们心头的深处，激荡着每一个爱国者，每一个有志气的中国人，特别是鼓舞着年轻一代的斗志。就是国际上亦对它赋予无限的关怀与荣誉。

随着英勇的抗战进入到敌我相持阶段，晋察冀也胜利地走上正规化的途径，日形巩固与扩大，形成了一个新中国的锥型但是全国却正遭逢到空前的困难与危险，全国是正处在生与死、胜与败的紧急关头。无论军、政、民运、经济、外交各方面的工作，一切迫及眉睫的问题，再不容许有一丝的忽略，一刻的牵延，而须随即加以英明果断的处理与解决。国际法西斯主义都已飞舞起他们的血爪，日寇更是孤注一掷作最后的挣扎。这是最紧要的关头，不容我们再有一忽松懈，不容我们再自相磨擦。

在抗战之前，我们就呼呼全国上下精诚团结，共御外侮。果然在团结抗日的旗帜之下展开了全面的英勇抗战，洗刷掉百年来的民族耻辱，提高了我们的国际地位。随即我们又诚恳地要求加强团结，坚持抗战。全世界爱好和平的人士和对我国最忠诚的朋友亦时以此相勉，赋以无限的重视与关怀。

在团结抗战的鲜明旗帜下，神圣的民族解放战争已经进行了整整的三年。在这三年中反对团结，反对抗战的人们如汪精卫卖国贼之流已有一部分脱离了抗战营垒投向敌人的怀抱，干着那出卖祖宗儿孙，天下最为无耻的勾当。抗战三年了，尤其是到了今天，全国的人士都已清楚的认识到：只有团结，才能抗战只有民主，才能团结。因此，团结、抗战和民主是不可分割的一个问题的几个方面。谁要否定任何一个方面，就必然要堕落成为中华民族的败类。这是历史发展的规律所决定了的。

在包孕着空前严重危机的今天，使我们痛苦万分地回忆到过去消耗无限国力的分裂惨剧，使我们痛地想起了过去以及现在国际法西斯主义和日寇的血腥欺骗勾当。但是我们坚决相信没有那一个抗日的人士是愿意重复过去的剧，听从一些暗藏的汉奸敌探的摆布，甘受敌人的欺骗；而把国家民族的命运安置在日寇的屠刀之下，任凭敌人的宰割。尤其是看到了敌后抗战的坚持与开展，看到了晋察冀边区的巩固与扩大，一步步的胜利和成功，就越发的坚定了抗战必胜、建国必成的信心，也就越发的感到了全国加紧团结，共同进步的无比重要。

晋察边区之所以有光辉灿烂的今天，并不是一个谜，也不是一个奇迹，而是在团结的旗帜之下坚持抗战到底可以预期的结果。就是因为边区的各党各派、各阶层、各抗日人士精诚团结，力求进步，所以在今天形成为一个新中国的雏型，具体地说明了争取最后胜利，以及建国成功的方法和步骤。无疑的，深处敌后的晋察冀边区各方面的条件和力量是远不如其他地方，尤其是我们的大后方来的优越完备。但是在这一个最困难，也最危险的敌后，却形成了全国抗战模范的抗日根据地，模范的抗日民主，抗日民族统一战线区。

过去惨痛的经验教训是值得时常回忆与警惕的。当此日寇一意力求即行解决“中国事件”，国际法西斯主义者把全世界投掷在战争的火坑中，国内汉奸敌探大肆活动的紧急关头，这些活生生的胜利与成功的经验更是值得全国研究与效法。我并没有什么奢想，就只愿这一本边区动态，团结与进步的现实记录供给所有朋友们参考与研究，重提起悲观失望的朋友们的勇气，满足所有人们对边区能有一个深刻认识的要求。我希望边区的一切现实能够更清晰明确的促起全国的注意与努力。只要是在进步中加强团结巩固团结，失败是日寇帝国主义的，胜利的旗帜将永远掌握在我们的手中！

晋察冀边区是欢迎人们前去参观的，他们还热烈的企望全国人士随时给予他们以指示和帮助，他们关怀全国的团结与进步比关怀他们自己还要深切。他们诚挚地讲，出生入死，备历艰险都不曾感到任何的不幸与痛苦，但是却沉痛的表示，对各地的不幸的磨擦不能不感到莫大的痛心！

我写这本书的目的就是希望把边区所有干部和一千二百万人民的诚挚愿望转达给全国人民。也希望将来如有机会再到边区的时候，能够欢欣的告诉他们全国团结与进步的可喜景象。我们的要求就是：坚持团结抗战，反对分裂投降；坚持民主进步，反对独裁倒退！晋察冀边区就是这样做了，我们全国各地都应该这样做。这就是胜利！

一九四〇年八月一日

一、华北是我们的

（一）不可征服的中华民族

神圣的民族解放的抗日战争从开始到现在，整整三个年头了。在这伟大的三年中间，先后粉碎了日本法西斯蒂恶魔“速战速决”“速结速和”灭亡中国的狂妄迷梦。而我们古老的、半殖民地、半封建的中国，不仅英勇的挺立起来，在山峦绵亘的华北，在河流纵横的江南，在日本法西斯蒂魔足所踏到的地区，先后取得大大小小的胜利；就是在政治上、经济上，以及在文化教育上都洗刷掉不少腐朽的泥污。使有着光荣历史的中华民族摆脱开百年来帝国主义所加于民族命运上的奴隶的枷锁，冲洗掉反动势力所一手造成的民族耻辱，使中华民族在团结抗战的旗帜下，获得了新生的营养，启发了被埋藏在农村，在地下的伟大的民众力量而峙立在亚洲莽原，挺立在国际的战斗场合，赢得了各个弱小民族，全世界被压迫的人民，所有的进步人士和进步国家的同情和帮助、激励和赞扬。而日本法西斯蒂却赌着全国人民的命运泥足于深不可拔的中国池沼之中。在这三十六阅月中间，日本法西斯蒂所获得的是经济恐慌，兵源缺乏，国内危机的加深，和国际地位的低落，遭受到全世界人民的唾弃，使得他不得不把久矣夫神交的汪逆精卫汉奸班子搬到南京，来一曲送终哀乐的预备演奏。

“中国事件什么时候才能结束呢”？日本资产阶级都向法西斯蒂军阀提出了绝望的呼声。

三十六个月的正义的自卫的民族革命对抗日本法西斯蒂非正义的侵略战争，说明了日寇是一天天的走向坟墓，我们是向着独立、自由、幸福的大道上挺进。谁也应该知道这不是一套简单的戏法，更不是天曹助我的一个偶然。今天抗战胜利基础的奠定是和华北敌后抗战有着血肉关联。首先平型关一战提高了全国军民胜利的信心，扫荡了四处弥漫的恐日病现象，而客观现实更说明了坚持华北敌后抗战使我国抗战在战略上占了一个优势的地位，它不仅配合了徐州会战，武汉会战，直接间接的配合了全国每个重要的战役，而且粉碎了日本法西斯蒂无耻的政治阴谋，粉碎了日本法西斯蒂的以战养战的狡计，粉碎了日本法西斯蒂在国际上荒谬无耻的宣传。在敌后，华北峙立着，千百万的人民战斗着；它告诉全世界的人们：

“华北是我们的，中华民族是不会被征服的”！

难道这不是一个事实？就是在敌后的华北，一共牵制了日本法西斯蒂在华兵力的五分之二，十九个半师团，使他们并不能“确保占领地”，经常为我军政民包围于点线之内！

谁不正视这个事实，谁就不能面向着抗战，谁不理解这个事实，他就不能理解抗战，而也将悲哀地或是神经错乱地狂暴的像日本法西斯蒂一样陷于泥足，招致来中国人民的铁拳。这就是中华民族——华北人民力量的具体表现！

太行山是晋察冀的保姆，它纵贯于晋察冀边区。

晋察冀囊括察南、晋东北及河北的大部。他虽然是被日本法西斯蒂所占领的平绥、同蒲、正太、平汉四大铁路干线和沧石线所包围，但是现在他已冲破了平汉到达津浦路左右与东海相接，在北方已跨过了古老的长城，打通了直达辽、吉、黑、热的道路与东北抗日联军携手。南面的沧石路，在冀中军政民一致的决心与努力之下，始终不能铺轨与冀南行政区域蝉联；正太路方面，由于工作的深入，只要是有必要的时候随时可以控制在我手中，与晋冀鲁豫区域的抗日根据地打成一片。西面与晋西北的联系已逐渐加强。晋察冀就像是一条神龙匍匐于太行山之巅，一当反攻阶段到来的时候，他将一爪抓住大同，一脚捺住天津。后面的一个爪控制住太原，湾出头颈咬住山海关，另一个爪扫荡津浦和平汉。那时华北的人民，晋察冀的一千二百万人民将到处高呼：

“把你们的武器放下，给你们开一个路条，才能回老家”！

难道这是一个诳语？没有路条，敌人一个也走不出晋察冀！

（二）人们都站立起来了

不是谣言，也不是一个奇迹，这是平凡的现实。

日寇的魔爪伸到晋察冀，一千二百万的民众失掉了依靠，没有谁来保护他们。遗留给他们的只有抢不去的田园土地，再有就是空前的民族灾难。中国民族优秀的儿女慢慢的把这些无依无靠不愿做亡国奴的人们组织起来。他们在喊——

“坟墓是祖宗的坟墓，祖宗遗留给我们土地家园，咱们生活在晋察冀，死也不作鬼子的奴隶，咱们共同保卫晋察冀！”

于是人们都站立起来了，在中国共产党的领导下，组织成晋察冀边区，在军政民一致的努力之下，短短的不到三年的工夫，因为忠实的执行了抗战建国纲领，因为忠实于抗日民族统一战线，于是先后粉碎了日寇不断的大大小小的残酷扫荡，赢取到每一次反扫荡的光荣胜利。也就在这不断的浴血苦斗中巩固了晋察冀，壮大了晋察冀边区。

“才三年都不到的时间呀！”

人们也许惊异。

假如有人拿过去的一套来观察晋察冀，他将茫无所知，大惑不解。在晋察冀没有水泥钢骨的会议厅，也没有辉煌壮丽的官舍；没有马路可走，也没有汽车可坐；没有娇艳的女侍，也没有浓郁的香槟。但是晋察冀有广大的素朴的农村，有无数的勇敢的人民，就依靠这些祖宗遗留下来的地方，就依靠着这广大的人民，发号施令，遍地挂起了国旗。

晋察冀不能因袭，也不可能因袭“等因奉此”的一套。抗战前的一切就像是埃及古墓里的木乃伊。在日寇进兵未到黄河的时候，过去的一切就宣布了自己的无能而自行瓦解。因无可因袭，亦就无从改良，温室里的花木也经不起狂暴的风雨。而是在日寇残酷的反复的扫荡中，晋察冀遵照着抗战建国纲领的要求，建立起新中国的雏型。在这一个雏型上，始终点燃着两台烽火，那就是——

“抗日”！

“民主”！

晋察冀脚踏实地的站立在人民大众的利益上，人民更长久的，永远的利益上，重新开始一个创造。

假如一个人抱有党派的成见来看晋察冀，他将获得无限的苦恼！不可否认的，共产党是起了领导的主要的作用，但一切晋察冀的抗日党派，都是晋察冀边区的创造者，他们都合法地存在。但是在边区的势力范围之内，却没有汪逆精卫的“正统国民党”，也没有“托洛斯基派”，更没有一些什么和汪逆眉目传情，暗地里勾搭的这个党那个派。

二、由城市走到乡村

（一）灾难的来临

卢沟桥畔燃烧起民族解放的烽火，侵略者的凶焰亦腾高万丈。日寇的大军就像燎原的野火，陷平津，下保定，进兵正定府，占领石家庄。南口血战失陷，雁门贻误不守，大部晋军由大同一直溃退太原，在河北方面的部队则展开长途竞逃的奇观。有将军自察哈尔翻越太行，飞渡黄河，直达河南许昌者得第一奖。地方官吏亦自不甘落后，有的甚至把国家所付托的印信抛掉，有的趁机囊括而逃，敌军距离三百里，却早已带着娇妻美妾，宝贝儿女、勤务兵、老妈子和一叠叠崭新的法币住到郑州，住到西安，住到汉口。更有远见的则直下香港。但是在父母官恩泽之下的黔首黎民只有枯守着田园土地等待着灾难的来临，承继奴隶的命运。

我们的退军首先由城市走到乡村。

某师在山西由沙河、大营、台怀之线退到五台城。凡是沿途碰到的妇女，“从十三岁到四十六七岁没有不被辱的”。业已正法的谭自新的部下，在河北晋县强奸了两个村庄所有的女人。

在山西，由省府发到各县的科学鸦片“戒烟药饼”，却大形畅销。在县正因“戒烟药饼”兜售完毕，县长则在退军之前大受其窘。

“有一次某部在台城行抢，被决死队抓获四人，他们的团副却带了二三十名弟兄包围了决死队员说：‘中国人不打中国人，你们有本领打日本去’！语言之中大有除了有枪阶级之外，老百姓都不是中国人的意思”。

在一九三七年十月三日，部队“向五台县要的驮骡总数达六七千头”。五台县长说：“就是有天大本领亦是没有办法的！”（以上引文均见宋劭文：《动员车骡粮秣的经验教训》一文）

凡是退军所过之地，不论山西或是河北，所有的牲畜都被牵去了。但是在这些牲畜身上驮的是女人和家私，好像是有先见之明似地，把枪炮子弹都掷到地上，作为后来发展游击部队的武装资本。

在这一个期间，揭竿而起，浑水摸鱼者，大有人在。譬如在平西就产生了九路“打日本亦打中国”，老百姓称之为“红眼”的军队。有的则捷足先登，皇军尚未委任就自行组织“大日本皇军后方保安队”，后来又改为“抗日军”。这些英雄，终日坐吃“八八”之席，一旦手头不方便，马上提笔在手：

“请捐助抗日经费 × 万。” × 则或十或百，当可要价还价，于是所有富户相率逃往城市，托庇于“皇军”保护之下，于是这些时代英雄大打其汉奸。于是有钱者皆奸，地多者亦奸，打来打去，直至无奸可打之时，则兵临村下来一个洗劫名之谓“碾虾米”！当时如孟阁臣、夏威体、赵玉崑之流都是十万，二十万的存在天津的日本银行，当连虾皮都找不到的时候，就与“皇军”鱼雁相通了。

在冀西，老百姓则被“别动”成穷光，那是名正言顺别动第四纵队的德政。

在这中间却也诞生了中华民族优秀的儿女、人民自己的抗日武装，这就是杨秀峰先生率领的冀西游击队，吕正操将军所率领的人民抗日自卫军，平津学生组织的抗日救国军，及今天晋察冀军区司令员聂荣臻将军所领导的子弟兵团的前身，各个土生土长的游击部队。

平型关之战，忻口会战，以及晋察冀抗日部队对敌伪的扫荡，削戢了日寇的凶焰，扫除了人民的恐日病现象。间接地也打击了土匪队伍，并且告诉了一切个人的“英雄”们：你们那种“英雄主义”时代已是历史上不正确的陈腐的篇幅。

（二）在浴血的斗争中

从日本维新那天起，就决定了日本帝国主义的发展，和侵略的必然性。日本和沙皇在南满的争雄以及朝鲜的灭亡就是给我国的直接警告。

田中义一这一条獒狗在他的奏折中早就指出了，日本要称霸世界，就要独霸东亚，要独霸东亚，首须灭亡中国。田中是一条有政治远见的獒狗，他还没有今天日本的法西斯蒂军阀的狂妄。他说灭亡中国，就须首先占领外蒙，继而进占东三省，再则吞并全华北。这是有步骤的进行其灭亡中国的阴谋。日寇乃于一九三一年以尝试的姿态进占了沈阳，六年之间把东三省变成了一个世界上空前的魔窟。但是由于东北人民的浴血苦战，侵占东北依然解决不了他的矛盾和苦闷，于是在法西斯蒂的侵略狂的煽动下，于一九三七年又开始了对华北的进攻。但是他做梦也不曾想到这一次他是泥足于中国池沼之中，自掘坟墓了。

日本的特务间谍工作是驰名世界的，由于过去华北军阀对于日寇的勾结，日本的特务机关公开地遍布于华北。在抗战初起的时候，他的这一工作是获得了他应有的代价的。

只要你稍微留心地在乡间一走，你就可以知道了。就拿河北来说吧，过去县长区长没有到过的地区都贴有八字胡子的仁丹广告。假如你把那些不辞劳苦，深入乡村，所得不足一饱的仁丹商人捉到的时候，你就会在他身上搜出测量仪器或是照像机。当他们的广告贴完之后，他们所获得的不只是农民血汗换来的金钱，还有绘制精细的地图。那就是过去为人惊异的，中国自己却不曾有过的日本的军用中国地图的母型。

在抗战的前一年，五台山上来了一大批久矣夫绝迹的自关外远道而来的礼佛善士，他们不仅朝山拜庙，而且发下宏愿把由阜平到五台一路上的庙宇重塑金身，翻修寺院。更令人捉摸不到的，在不少的荒僻的山村里建筑起弘皇伟丽的大庙。他们的宏愿的第二步便是在北平阜平之间修建寺院。这些善士捐钱已建筑的和未建筑完的一些大庙亦实行了“革命”，以前红色的庙墙，都涂成了远远就可清楚看到的雪白的垩壁。

由红变白并不是一件简单的事，这些发宏愿的远远而来的善士们的背后都藏有日寇特务机关的鬼脸。虽然这一些庙宇，像我们在抗战前一直到抗战开始在河北各地构筑的一层一层的工事一样没有用着，但是这并不是日寇特务机关虚耗心机，而是一开始时，河北战场上国军之勇于退却，却非日寇所能准确的逆料。

日寇的制造汉奸工作，还有着他特别的代价。

当日寇还没有到达保定，保定已有了“先知先觉者”在准备大批的日本旗。日寇攻下了正定，退隐于农村十余年的孙传芳旧部吴赞周马上就职正定府的维持会长。去岁这位“养晦以待时”的大汉奸连升三级，“光荣地担任起建设东亚新秩序的任务”被委任为伪河北省长。（引文见《新民报》汉奸记者访吴逆谈话）

至于日寇到来的时候，顶香跪接只不过是哈巴狗摇尾巴，打滚献媚的把戏，当时在河北山西已不足为奇。以之比诸出卖长江封锁计划的黄浚，和在抗战前即已逆迹昭彰的汪逆精卫，虽有小巫见大巫之别，但是亦足见日寇特务机关在华北的深入。又如，第二战区司令长官阎锡山先生所居住于陕西宜川秋林镇禁卫森严的窑洞内部的照片都刊登在敌国《朝日新闻》之上。

随着日寇所到的区域，我们旧的政权全行瓦解。而汉奸组织的维持会一类的伪政权如雨后春笋而生，在“挽救时艰”、“拯万民于水火”之类美妙的辞句下，把老百姓的粮食以及猪羊搜括而来送到“皇军”的兵营，邻人的妻女，甚至自己的老婆亦送去慰劳。其用心亦可谓无耻良苦。妓院、赌场和“皇军”是三位一体的货色，当然这三大魔窟在这些所谓“俊杰”也者的新贵们布置之下，和维持会同等高低地遍设各地。

但是我们的旧政权还没有完全瓦解。在晋察冀这个地区里还有两个县长坚持着他们的工作。那就是山西五台县长，今天的边区政府主任宋劭文先生，和山西盂县的县长，今天的边区政府的副主任胡仁奎先生。当时在他们的周围就已经团结了不少牺盟会的干部和忠实于抗日工作的青年。

河北古多慷慨悲歌之士，优良的民族传统一直保持到现在。由于旧政权的瓦解，不愿作亡国奴的西北各县有许多地方人民便选出自己的抗日县长。

无论是旧的或新的政权工作同志，只要是坚留在敌后的，就须担负起粉碎伪政权的任务，一开始就和日寇汉奸白刃相接地浴血苦斗。这一些同志并不是“天仙下凡”，也不是“生有异质”，都是同样的中国人，但是他们感受到日寇的压迫最深刻，他们都有着明确的民族意识。他们是一群坚定的抱有牺牲决心的中华民族的优秀儿女，艰苦卓绝的抗日工作者。他们生在这个抗战的时代，也勇敢地担当起这个伟大的战斗任务。他们都没有什么高贵的门阀，既不是遗老遗少，也不是权贵的姻亲。七品的亲民之官，是他们之中作过的最高官职，有过这样历史的也不过二三个人。他们这一群抗日工作者，中华民族优秀的子孙，十分之九是青年学生，小学教师，中学教师。过去被人认为三年造反都还不能成功的秀子，被人认为不能担当大事的人们，当担当着大事的人们逃之夭夭的时候，却在民族解放的光荣历史上用他们的血汗写下伟大荣誉的第一页。而且要一直写下去，一直写到——

“在浴血的斗争中，我们获得了最后的胜利！”

（三）军政民代表大会

在最初的混乱状态下，晋察冀的人民抗日政权，由于晋察冀军区抗日武装的逐渐巩固与扩大，遂又规定了他们人力、物力、财力动员的任务。在没有政权机构的地方便产生了半政权性质的群众组织，如冀西一带地方的“动员委员会”，冀中的“救国会”，平汉沿线的“自卫会”等等组织，担负起动员民众，组织民众，和支应抗日部队的任务。当然，这种半政权性质的组织不是长期抗战过程中唯一合理的组织形式。

相连接的察南，晋东北和河北在旧的行政系统上是三个省份，但是在军事上却不能如此划分。晋察冀军区的成立，就已说明了晋察冀地区各种工作统一的必要。聂荣臻将军就职之后，其所率部队马上武装收复了晋东北十二县，冀西二十县，冀中二十县和察南的四县。在各收复地区亦不能长期陷于无政府状态。

坚持敌后抗战和建立敌后抗日民主政权是不可分割的。各个地区各自为政，亦不是正当合理的办法。因此建立晋察冀的统一的政权领导机关，形成了晋察冀所有抗日工作者的共同要求。于是在民国二十六年十二月五日，“晋察冀边区临时政府筹备处”的牌子，便在河北阜平县城内挂了出来。

筹备期内主要工作之一就是向各方面交换意见。筹备会当时派出宋劭文、王裴然，仇友文、白靖斋、李杰庸五位同志分别到各抗日部队，各挂抗日招牌的部队，各抗日团体，各县动员委员会以及各县自行成立的抗日政府交换组织统一的抗日地方政府的意见。这一个筹备期间，在抗日民族统一战线的原则下，初步的汇合起晋察冀地区内所有的抗日力量。这说明了晋察冀边区政府诞生之前就是孕育在统一战线的母胎之内。

这一个艰苦的工作，得到了他应有的收获。各方面交换意见的结果，决定于二十七年一月五日于阜平召开“晋察冀边区军政民代表大会”。令人兴奋的是在筹备工作未及的地区如河北中部及察哈尔一些地方亦拥护这个主张闻风响应，自动的赶来参加。

大会在十日正式开幕，闭幕后大会所发表的宣言这样写着——

为着创立与巩固晋察冀抗日根据地，保持华北游击战争，为着统一与整理晋察冀边区内军事、财政、经济以及一切行政机构，保证持久的必然的胜利；为着打击汉奸政权，团结一切抗日力量，争取徘徊歧途的动摇分子，晋察冀边区有成立临时政府的必要。边区代表大会就在这个意义上胜利的开幕了。这一代表大会有着边区全体武装部队的代表，有着四十余县的政府代表，有着一百万群众团体的代表，更有蒙回藏少数民族的代表及和尚喇嘛的宗教代表与国共两大政党的代表。

这一百四十七位代表代表着全边区不同的阶层，不同的党派，不同的信仰和不同民族的人们在“抗日第一”“民族利益高于切”的原则下统一起来，团结起来“贡献出自己抗日救亡工作的经验”，诚恳的坦白的检讨了过去的工作，勇敢的批判，并纠正了过去的缺点，确立了今后正确的新的工作方针。“大会充分表现出统一战线的异常巩固。这种巩固正是在极力拆散统一战线的日本帝国主义的所不能想象的”！（引文均见大会宣言）

在这继续六天的大会中，各个代表空前热烈地发言，在军事、政治、金融、贸易、财政、经济、文化教育、生产建设、民众运动及人民武装各方面都有了初步的明确的决议，奠定了晋察冀边区发展壮大的基础。更重要的是在这一个大会中产生了“晋察冀边区临时行政委员会”。这一委员会“是以民族统一战线的政权形式，包含着各党各派，各阶层及各种民族分子，它的实际内容是彻底抗日与真正民主”。

这六天大会中，热烈的民主的选举出九个“积极抗日前进分子”作为委员。即宋劭文、聂荣臻，胡仁奎、刘奠基、张苏、吕正操、孙志远、李杰庸、娄凝先九位先生。于是年的二月初三月下旬“晋察冀边区行政委员会”正式成立了

大会宣言这样地说：

大会希望晋察冀边区临时行政委员会能够本着大会的精神及确定的方针，在各党，各阶层，各民族巩固团结的基础上，百分之百地完成历史所给予他的任务。真正负担起普遍武装人民，

动员人民参战的任务，真正负担起改善人民生活，保障民主权利，并彻底肃清一切汉奸的任务，真正能够统一财政经济，保证部队给养，发动群众最高度的积极性，去参加战争中的一切工作，使晋察冀边区成为华北抗战的良好根据地，以争取持久抗战的最后胜利。大会并希望全边区以及各地民众：能够以最诚恳的态度，督促帮助政府实行上述任务。坚决反对在日本指使下的伪北京临时政府及一切汉奸政权，使他在中国领土上，没有立足的余地，只有抗日政权的巩固与扩大，才能够使中华民族走上独立自由的解放大道。

抗战迄今才进到相持阶段，在全国人士极度诚恳的呼吁团结与进步的今天，晋察冀边区不仅形成为“良好的根据地”，更进一步成为全世界人士注目的，全中国的模范的统一战线的抗日民主根据地，形成新中国的雏型，向着独立、自由、幸福的大道上迈进！

三、铁的子弟兵团

（一）晋察冀军区

太原失守，临汾吃紧，晋北战场上的部队赶赴晋南增援。留在敌后晋察冀土地上的，只剩下了从胜利的平型关战场上开来的八路军的一个团，一个骑兵营和两个不完整的连。穿着短裤草鞋的这一群永远不怕艰苦，抱着为了彻底争取民族解放而牺牲的决心的人们首先出现在飘扬着鹅毛般大雪的五台山麓。开展华北敌后游击战争，建立抗日根据地的艰巨任务便安放在这一群英雄的人们和英勇的指挥者聂荣臻将军的两肩。

这时，由大同和娘子关侵进来的敌人已经占领了太原，平汉线上的日寇更为疯狂地向南推进。而这英勇的一群，由青年指挥员杨成武将军所率领的一个支队，却北向平绥路进攻，切断敌寇的交通运输线。于九月二十五日在山西雁北灵邱县附近开始与日寇作战。一举即行击溃日寇两联队之多。十月十日收复河北源，为抗战以来收复失城的第一次。十六日又收复山西广灵，二十三日攻克灵邱，二十六日攻占察南蔚县。总计在一月之内共收复县城七座，不仅削戢了日寇的侵略凶焰，完成了配合晋南战斗的伟大任务，而且创建了以蔚县、涞源、广灵、灵邱为中心的游击区。

骑兵支队则翻越太行开进河北。九月十九日首于阜平倒马间击退敌骑数百，保卫了阜平。在十月间石家庄失守后，遂深入于平汉线北段敌后活动。十月十八日克复曲阳，二十四日收复完县，十一月十一日克复距保定仅四十里的满城，开辟了冀西游击区。

这一些英勇的战斗，扫除了被散布于广大民众之间的恐日病现象，提高了晋察冀边区的战斗情绪，奠定了民众胜利的信心。部队所到之处把所有敌伪汉奸组织摧毁殆尽，建立起群众的抗日组织和抗日政权。这一些胜利告诉了全中国的人民，日寇并不是鬼怪，而是和我们一样的人。虽然我们的武器窳败，但是我们有着足够的条件战胜日寇，而且告诉了晋察冀的人民怎样去战胜敌人。晋察冀人民亦开天辟地的上了战斗教育的第一课。晋察冀人民亦开天辟地的上了战斗教育的第一课，而且初度地实习了打鬼子求生存的方法。

晋察冀这个地区北接东北四省与热河为邻，西与晋西北相接，南与晋东南相连，是坚持华北抗战，配合全面抗战的一个灵活的枢纽地带，是有重要战略意义的重要地区。于是早在一九三七年十月十七日就开始了准备成立晋察冀军区。三个月之后，敌伪汉奸倒抽了一口冷气，在恶魔和无耻的走狗所盘据的北平城内外贴上了核桃大小字的布告。上面写的是“晋察冀军区布告第一号”。下面的署名是“军区司令员兼政委聂荣臻，政治部主任舒同”。

在第二战区的批准下，晋察冀军区正式于二十六年十一月七日在五台成立了。

自军区成立到现在已经两年半的工夫。在这一个期间内是无日不在战斗，无时不在战斗，零碎的小战斗实已无法计算。从一九三七年十二月十三日攻击定县曲阳间的高门战斗起到一九三八年十月十日止，一年之内著名的大小战斗共计四百三十四次，杀伤敌伪军一三九九七名，俘获敌伪一〇二九名，反正伪军三八〇七名，缴获步枪二八六三支，轻重机枪八十九挺，铁路破坏一百四十七里又四十四段，收回电线一二四五五〇斤。这一些电线就是今天边区各兵团，各机关，各团体之间通讯联络的最大本钱，当然电话机亦十之九是日寇送上门来的礼物。一直到现在为止，两年多的工夫有名的大小战斗已有一千六百余次以上了。

晋察冀军区部队四处活动作战的结果，使敌人感到多方面的威胁和无限的苦恼。于是华北的敌寇在攻克太原之后便抽调了两万余人，配合有步、骑、炮、空及机械化部队来了一个第一次对晋察冀边区的大举围攻，企图一举消灭了这个新生的抗日地区的抗日力量。从一九三七年十一月二十四日起，到十二月上旬敌伪共死伤两千余人。这次进攻为晋察冀英勇的军民所完全粉碎。巩固了晋察冀边区。

一九三八年，我军在晋南实行反攻的时候，军区部队为了配合主力作战，策应晋南的反攻，于是在二月九日的夜间，分成九路向平汉线的敌寇实行大规模的袭击。一夜之间，攻克新乐、定县、望都三城，由保定至新乐间的铁路大部遭我破坏。新乐、望都、定县、清风店、方顺桥各车站都遭我焚毁。另外一部便于是夜度袭占涞源城。获得了各方面称誉的“平型关以后的大胜利”。在一九三八年七七抗战建国纪念日为了回答日寇疯狂的进攻，为了纪念伟大的抗战一周年，军区各部队决定于是日举行全线总攻击的武装示威运动。当时的布置是平绥线上分成五路，平汉线上分成三路，正太线上分成两路。

在平绥线上于七日晨三时炸毁了石景山发电厂，使群魔乱舞的北平顿成黑暗世界，敌伪紧闭城门，蛰伏不出。同时，西山香山亦为我占领。平汉线上一举攻克易县。在保定占领了南北二关。正太方面杀入平山。使得日寇感到更严重的威胁与苦恼。

一九三九年三四月间造成有名的大龙华战斗。在九月灵寿陈庄的歼灭战，一千五百敌寇无一生还，曾任坂垣师团参谋长的水原旅团长，和曾经参加武汉战斗有名的田中大佐都被打死，并且活捉了水原的翻译官，创造了抗战以来歼灭战多方面战果的最高纪录。去岁敌寇又发动了十余路空前未有的残的冬季扫荡，在十一月四号，用了七天的工夫打了一个黄土岭包围战。新任未久的敌酋阿部中将，在杨成武将军的指挥之下，被打死了，这是日寇侵华以来所损失的第一个高级将领。这一次的扫荡结果，到十二月上旬就全为晋察冀的子弟兵团所粉碎了。

总之，三年来日寇在晋察冀边区除了烧杀残暴之外所获得的仅只是失败，失败，再度的失败，而且我们相信以后他必然永远失败！而晋察冀则在英勇的反扫荡的光荣的不断的胜利过程里日形巩固，日益扩大。

是什么力量收此赫赫战果？这就是一个团，一个营和两个连播下去的种子的收获。

聂荣臻将军，在太行之巅奋臂高呼：

“建立铁的子弟兵团！”

于是在晋察冀军政民全体有机的配合努力之下，铁的子弟兵团建立起来了。子弟兵团保卫了晋察冀，扩大了晋察冀，把灿烂的国旗，插到山海关，插到东海之滨，插到热河的丰宁城畔。

（二）组织游击队

在晋察冀边区诞生之前就在晋东北作民运工作的一位牺盟会的同志曾经这样告诉我——

“在那个时候，谁也不知道动员新战士，要怎样去做。那时我们在盂县，就拿着一面锣，在村子里一面敲一面喊：‘当兵去哟，当兵打日本，当兵保家乡’……于是老乡们就三五成群地都来了。三五天的工夫就集合了四五百人。顶好的方式也不过是召开群众大会，在会场中进行鼓动，进行宣传。就是这样地搞，部队就成立起来了！”

在当时晋察冀军区的部队除了战斗任务之外，第一个任务就是发动地方游击战争，组织民众武装——地方游击队。在军政民三方面密切的配合之下，游击队很快就组织起来了。在冀西一带地方更有许多人带着枪跑来参加。这种热烈的情况说明了军区部队连战皆捷的胜利，鼓舞了人们战斗的情绪，提高了参加部队的热情。另一方面由于日寇的残暴和屠杀以及汉奸的猖獗，激发了人民的民族意识，使人们深切的感觉到，要想活命，要想能脱掉奴隶的枷锁，要想不作亡国奴隶，就只有大伙儿组织在一起，拿起洋枪、土炮、矛子、大刀和日本鬼拼命。只有武装斗争，才能解脱人们的痛苦，何况当时又有了教打仗、教打烧房子杀人抢东西的日本鬼子的师傅——八路军，于是游击队就在“保卫家乡！”“保卫祖宗坟墓！”“好男儿上前线打日本！”“好男儿参加抗日军，保卫边区！”“打鬼子救中国！”等等亲切有力的口号声中蓬蓬勃勃地组织起来。当时军区基础部队的下级干部不但要得净光，就是稍有战斗经验的炊事员、饲养员也被群众生拉活扯的要了过去，领导游击部队，开展游击战争。

当时军区部队的第二个工作就是打扫战场，搜罗武器。因为在我军退却的时候丢掉了大批的枪枝弹药，假如落在敌伪手里，无异于增加了敌人的力量，埋藏在民间，也并未能增加我们的力量。同时游击队又迫切需要武器，因此把过去丢在战场上的，或是收藏于民间的枪支搜集起来放在武装抗日的人民手里，是一件非常重要的事情。第三个任务便是收容游兵散勇，争取或是消灭土匪部队。这一方面是由于人民在双重蹂躏之下沉痛而恳切的要求，一方面也是扫除混乱状态，安定社会秩序的必然工作。在建立抗日根据地的工作过程中肃清有着绝大可能在将来变成汉奸或汉奸队伍的土匪和土匪部队，和打击敌寇是有着同等重要的意义。

但是在这一个过程之中，必须充分的利用统一战线的武器。因为土匪和土匪部队，多是无告无知的农民，只要把他们安放在坚决抗日的营垒之中，便是抗日的力量。甚至他们的首领，部分的也是由于认识不清，头脑简单而走上错误的途径。但是只要不是死心蹋地的为敌作伥的汉奸，是可以争取，而且应该争取的。只有在说服争取不能达到我们要求抗日的目的的时候，才忍痛消灭或是解除他们的武装。晋察冀军区的这一个工作，就是如此进行的。

军分区的划分是随着军区的成立而实行的。在战斗中间，各个军分区逐渐壮大了自己，扩大了自己的队伍，组织起足够的力量，一些地方游击队也逐渐补充起来，经过一番整顿和训练，坏分子汰除了，使之亦逐渐形成正规化兵团。当然这并不是一件容易的事情，现在我们先介绍军区发展的过程。

第一个时期可以称作草创时期。从军区成立起到一九三七年十二月粉碎了日寇的八路围攻。在这一个时期，主要的是在坚持华北敌后抗战，创造华北敌后抗日根据地任务下，发动地方游击战争，扩大部队。虽然这是一个开始，但是开始就是在战斗的过程之中诞生。

其势汹汹捕捉军区的八路围攻是晋察冀军区的一个生死关头。但是晋察冀胜利了，胜利的粉碎这座难关而巩固了晋察冀。而军区新生的武装部队在反围攻中亦初步地巩固了自己。

第二个时期，是从一九三八年一月到五月，正是台儿庄会战的时候。这个时期的中心工作就是巩固部队。以小的队伍扰乱，袭击以牵制敌人。大的部队则进行整军训练工作。首先是汰除部队中的投机分子、兵痞流氓，然后进行严格的纪律教育和民族教育，培植自觉的革命纪律，在政治教育的基础上进行民族意识正确的启发和加强。更重要的便是进行统一战线精诚团结的教育。因为统一战线的理论与实践是巩固部队，提高部队战斗能力的一把有力的武器。平汉线出击和七七武装示威的胜利便是这一时期整训成绩的具体表现。邓华将军亦于是时率领了一部健儿挺进到平西，开辟了平西抗日根据地，为后来晋东武装起义作了准备。在这一时期“晋察冀边区政府”成立。军区部队首先遵行政府的法令，尊重政权的独立性，在开支上依照政府的规定实行了统筹统支。

第三个时期，是于一九三八年的九月十八日起到十二月。在这一个时期中又粉碎了日寇一个大举围攻。内部的主要工作便是建立战斗的政治工作，组织火线上的政治工作和地方工作。同时号召政权工作在敌寇扫荡期间，就地坚持工作。在这一个阶段，创造与坚持冀中平原游击战争的吕正操将军所部正式改编划归军区，设立冀中军区统一指挥。

第四个时期，就是从一九三九年末到现在。这一个时期最主要的工作便是军事整军和政治整军的进行。在军事上，政治上严厉地肃清游击主义，要求完全统一的正规化。这一次整军的的结果有力的粉碎了日寇空前残酷的冬季扫荡，打死敌酋阿部中将，巩固了平西抗日根据地，保持了冀东抗日根据地。一直到现在，这一个正规化的整军工作还在粉碎敌寇的扫荡中间如火如荼地进行。

日寇的侵略中国有着他先天的缺陷。他要求速战速决，因之兵力不易分散。我们则在民族解放的旗帜下，运用着抗日民族统一战线犀利的武器，组织起所有的人民，在群众条件上首先占了绝对的优势。把握着日寇的诸缺陷和我们各个有利条件，把艰苦奋斗英勇牺牲的优良传统传播到每一个战士的身心，形成一种特质。同时严格的进行建立政治纪律加强政治教育。在政治工作的贯穿之中，晋察冀军区部队就日形巩固与扩大，形成了一支永远不可磨灭无可侵犯的伟大力量，把边区保卫得像铜墙铁壁一样，使日寇无从染指，于是气得敌酋桑木师团长无可奈何的狂叫：

"要想扫荡平原，必须消灭山地！"

现在平原都已形成了山岗！

（三）当兵保家乡

关于晋察冀的子弟兵团，已经有了神话似的英雄们的传说。

冀中的第五军分区的防地是安次、永清、固安、新城等县，是天津与北平之间的一些地区。那儿的子弟兵团，老乡们讲就像铁打的神兵！有一次日本鬼子发动了好几万人，还有几百辆坦克车，天空嗡嗡的尽是飞机，分了七八路进攻第五军分区。一连打了好几天，最后把五军分区司令部的人都包围在永定河北岸的一个村子里了。日本鬼子几股大兵合起来一打，却自己跟自己打到一起了，彼此打得头破血流，自己的坦克车，也跟自己的坦克车碰了头。结果五军分区的子弟兵团一个也没有了，活不见人死不见尸，吓得鬼子们都跑了。

又如冀西一军分区的子弟兵团，在许多群众的嘴里几乎刻画成为可以腾云驾雾的飞行军。一下子飞到这儿打死一个大佐，一下子飞到那打死一个中将。敌人装上十几门大炮，还没有拉火，就被子弟兵团全部夺了过来。

在敌人的士兵嘴里也都传说着这类英雄的神话似的传说。河北易县的大龙华，山西五台的高洪口，敌人是再也不敢轻易去了，他们的官长也放弃了在那儿作据点的企图。尤其是在大龙华。敌人这样讲——

“大大的可怕，那个地方鬼怪的有”！

在敌人的官长中间也是如此的相信，因为他们在那里，几时去，几时不但当然地吃败仗，而且每次都是死伤逾半的，“大大的败仗”！

冀中的敌人当时这样地讲子弟兵团——

“打他们的时候，连一个影子都找不着，不打他了，又跑来门口出操、上课、唱歌子，大大的不给皇军留面子！”

这话并不夸张，他们找不见子弟兵团确是一个事实。但是当子弟兵团找到他们打的时候，逃都逃不及了。至于在他们驻扎的据点附近上课、出操，却是不得已的事。在冀中四面八方，有时相距十几里路都是敌人的据点，要是进行整理训练，就只有把部队调在他一个据点的跟前，监视住他来进行这种工作。

这一些神话似的传说，并不是无中生有，相反的都是事实。不过有的地方略事夸大，或是忽略了事实的全面，有所削减，或是没有说明他的原因，失之离奇。敌寇对五军分区的扫荡不只一次了，每次都是声势浩大。老乡们传说的那一次，子弟兵团的大部分在敌人合击之前已经运动到别的地区，剩下的来不及脱离包围圈的便都把武器埋藏起来，化装成了老百姓。敌人进村之后。看见没有一个中国兵，便狡猾地集合起全村的老百姓，让小孩子去认他家的人，于是一个个的子弟兵便被小孩子叔叔、舅舅，表哥，大伯的认完了。结果敌人毫无办法，幸幸而去。

由这一个事实便说明了老百姓是如何地爱护子弟兵团。在作战的时候，他们是争先恐后，在枪林弹雨中到火线上去抬伤员，妇女们就为作战的战士烧饭……正是因为子弟兵团英勇杀敌，所以晋察冀的老百姓都有充分的胜利信心。他们虽然经常的遭受到日本鬼子的烧杀，但是在敌人进攻的时候，他们坚决的预言——

“又找死来了！”

他们毫不惧怕，毫不气馁，因为他们有子弟兵团。子弟兵团就是他们自己的！有人就这样生动地解释子弟兵团：“子弟兵是老百姓的儿子，坚决打鬼子的抗日部队的兄弟，是在晋察冀生了根儿的抗日军”。这话一点也不错。晋察冀的人民认识子弟兵团是他们自己的，而热烈地拥护子弟兵团，因此也热烈地参加子弟兵团。但这不是一个简单的道理。这是和民生的改善与民主政治的实施有着绝大的关系。也就是说如果不能注意到人民的生活，不发扬民主的精神，人民就不会有这种认识，不可能有这种情绪。

在晋察冀，已没有募兵制度，部队中也已经废除了薪饷制。子弟兵团是有组织的正规化的人民武装抗日力量，绝不是为了扩大一己的实力而募集的为个人利益而拼死的打手，所以这里面绝不容许有一-丝收买现象的存在，因此兵痞，流氓、营混子、亡命之徒是他们所不需要的。

子弟兵团是动员而来的，是靠了百分之百的宣传鼓动，靠了政治动员而组织成功的，这里面不允许有拉兵、买兵、派兵等等不良的现象，这是正确的走上征兵制度的一个过渡阶段。这是靠了百分之百的政治动员的方法，丝毫没有强迫的性质才建立起来太行山铁的子弟兵团。彻底改变了“好铁不打钉，好男不当兵”的不正确观念，建树起“当兵最光荣”“好男儿上前线”的正确认识。但是如像一般庸俗肤浅者流把政治动员解释作夸大的宣传，认为就是“卖膏药”的办法，也就是说实行欺骗，那也就不能成功了。

“武装动员”是晋察冀军政民的一件大事。当进行这一个工作的时候，晋察冀各机关，各部队，各群众团体一致的分工合作，为完成武装动员计划而努力。全边区有系统地从上而下，组织起动员机关一武装动员委员会。首先在报纸上、杂志上深入地解释动员意义，公布动员计划和方案，以及宣传大纲，然后在军政民各级干部中间展开热烈的、深入的、广泛的讨论在干部动员的热潮之中，各级动员委员会所领导的，由军政民合组的，或是由政民合组的武装动员工作队，配合着全边区所有的剧团、宣传队，到各个乡村中去作深入的广泛的宣传工作，并且借以加强区村动员委员会的工作，核查、督促，改正区村动员委员会的工作。在各种方式的利用下，由中国抗战谈到国际情势，谈到抗战胜利的前途和敌后抗战，以至谈到保卫晋察冀，谈到保卫家乡。最后归结到动员武装，人民需要参加部队。不仅在道理上力求详细通俗地这样讲给每一个人听，而且是根据具体情势和晋察冀的环境详作解释说明。在原则上是要求在宣法工作上把武装动员和群众生活密切地联系起来。骨子里就是要求老百姓切实的认清，打鬼子救中国就是他们自己的责任，就如同民主的权利他们所应享有的一样。

在政府规定的优待抗属办法之外，发动群众帮助抗属耕地、砍柴、担水，或是由政府，由各群众团体给抗属送光荣旗、扁、碑、牌，儿童团、自卫队自动的规定向抗属敬礼等。从物质上精神上，含有政治意义的鼓励抗属，帮助抗属亦即是帮助了动员工作。但是单纯的优抗不是唯一的办法，还需要在积极方面进行相当的改善民主，实施民主政治，才能百分之百毫无遗憾的采取政治动员方式完成武装动员计划。晋察冀边区武装动员工作之如此完满就是因为这一缘故。

由各级动员委员会通过各级群众团体的组织，如工救会、农救会、青救会、妇救会等，或是各学校、冬学、夜校、午校及识字班等教育组织，或是村救亡室、集市、会场等群众场合，利用报告、讲演、化妆宣传、演剧、谈话、开会等等方式，广泛而深入地造成动员热潮。这是保证动员计划完成的最优越的条件。

在唐县就曾经有过这样的模范事迹。

夫妇两个，丈夫是农救会员，妻子是妇救会员。丈夫在自卫队上听到了指导员的关于武装动员的报告，农会亦开会讨论了这个问题。他回到家里对他妻子说：

“保卫晋察冀边区，保卫家乡，不仅只是政府的事，军队的事，这也是咱们两个的责任！”

妻子问丈夫要怎么办。

“咱们要动员乡亲们当子弟兵打日本鬼子，保卫边区！”于是两个订了一个革命竞赛规定，要在一个星期之内每个人要动员三个人参加抗日部队。在这一个竞赛期间内，有时甚至忘掉吃饭去努力宣传动员，结果一星期过去了，妻子如期地完成了计划，丈夫却只动员了两个。于是又限三天，丈夫补足了一个，可是妻子又多动员了一个人，妻子对丈夫说她是胜利了。

“你看，连上我不也是四个吗”？丈夫诚恳而热情的对他妻子讲。

最后妻子光荣而胜利地把他们八个人送到县动员委员会，一齐报了名，当了子弟兵。

这不过是千百个模范例子中有趣的一个。也是至为广泛的深入的造成群众动员热潮中产生的一个。同时也只有广泛而深入的造成了群众的动员热潮，才能利用群众至群众中间，揭破并粉碎托派汪派汉奸以及顽固分子对动员工作捣乱破坏的阴谋诡计。

有了干部的动员工作，有了群众的动员热潮，在总的动员数字下，各自分派下的动员数字便得到了充分的保证。大部分的区域还能提前完成，或是超过数字。这就和动员的方式与热潮的把握有着相当的关系。譬如集团地参加子弟兵团，就是最好的方法之一。在平山、完县、唐县、阜平等地，成班成队的的方法之一。在平山、完县、唐县、阜平等地，成班成队的人民武装自卫队和青年抗日先锋队涌进了子弟兵团。以地方为单位的亲切的号召亦是最好的办法之一，譬如在平山曾经有过平山团，灵寿也成立过灵寿营，在望都、唐县、五台、盂县都曾在各该地先行成立地方的排、连、营、团，然后整队的踏人子弟兵团的营门。这样的团营在子弟兵团中并不要求消失其原来的地方性。战士们不愿分开就编在一起。至于班排连营各级干部，都还保存着群众自己所选举的。只有这些老乡们感到自己的能力和学识不够而自请辞职，没有随便撤换的情形。即是自己请辞，部队方面多是征求他们的同意，把他们送到军事学校去学习。毕业之后仍然被委担任原职。军区在最初收编部队，以及整顿反正伪军，对于原有的各级干部问题亦是如此处理。但是为了巩固部队，提高部队的战斗力，使部队有长足的进步，则必须建立政治工作，或加强政治工作。这可以说是唯一而必要的条件。在子弟兵团中不仅十分之九以上的是晋察冀的老乡，就是各级干部亦已有十分之六的比例数字。而且将来还继续增加。

利用动员大会，把握住与会群众的热潮，布置当场报名参加子弟兵团也是最好的办法之一。去年在阜平县的动员大会上，在县长一篇热烈而深刻的讲演之后，激动了当场的群众，马上报名参加的就有七十多人。

动员工作完成之后，各地就普遍而热烈地召开欢送大会。正是所谓“母亲叫儿打东洋，妻子送郎上战场！”人们是万人空巷热烈地参加，这不仅是一个形式，也是人们对他们子弟希望寄托的表现。在这庄严而活泼的场合之中，父兄妻女说出了他们对子弟夫父的期望。子弟兵团的代表，各机关团体的代表更鼓励了他们，赞扬了他们，告诉他们部队内的一切情形，告诉他们政府对抗属是如何的关怀，有什么优待抗属的办法，使欢送的人们，尤其光荣的抗属得到莫大的安慰。

而这些被欢送的新战士，在这一个场合抗敌的意志更为坚决，为保卫家乡而牺牲的决心更为加强，放心地、坦然地怀着无限的温暖离开了他生长的家乡。

在唐县的一个欢送新战士的大会上曾经有过这样一桩事迹。大会程序一项一项的快要进行完了。一位六十来岁的老太太要求讲话，主席答应了她的要求。

她走到台上这样讲：

“你们大家是最光荣的，在子弟兵打日本鬼子是顶光荣不过的事。你们都要放心勇敢地去，到战场上打死日本鬼子。不要惦记你们的家，你们的老婆，你们的孩子，你们的母亲！他们是有人照顾的。他们都放心你们，因为你们是为了保卫他们，为了杀鬼子。我就放心你们，你们要打走了鬼子再回到家里来！我有两个儿子，我也都叫他们两个同你们一同去！你们放心的勇敢的去吧！”

这一位典型的中华民族的老母亲的讲话，感动了全场的人，当场马上又有许多人报名参加子弟兵团。

其实这位老母亲的讲话是和子弟兵团的实际情形有着一些不同的。当部队驻防地接近战士的家的时候，只要不是在战斗时期，他们是可以请假回家的。战士的家属得来部队探望他们的子弟的时候，部队首长亲自予以热情诚恳的招待，还请参观他们的子弟终日生活、学习在里面的部队情形。假如妻子到部队里看丈夫的时候，部队上还会专为他们两个找一间房子，准备让他们同宿谈更多一些的知心话。这也是子弟兵团的特色。

新动员来的战士刚在欢送会上离开了温暖的乡土，随即来到被分派到的部队中。当他们刚一踏进这一个新的环境的时候马上接受到一个热烈而诚挚的弟兄的欢迎，使这一些浑身尚带有乡土气味的壮士们感到亲切的温暖和无限的兴奋，更坚定了他们抗日的意志和牺牲的决心。从此他们算是进了一所战斗的学校。

（四）战斗的学校

新战士们踏进了部队马上感到亲切和兴奋。但这并不是暂时的，也并不是一个单纯的形式。首先他们都接到很多亲切的物质的慰劳，像在欢迎会上所承受的一样。老战士们送给他们鞋，分给他们绑腿或是军装，送给他们手巾帕子，或是铅笔、日记本。没有被子的，就两个人共同盖。这一些慰劳，都是真实的，诚恳的。

新战士到达部队之后还要经过“洗刷”。兵痞、流氓、营混子都是要被淘汰的。这一些人同年纪老的有疾病的集合在一起，给予他们一个时期的政治训练，然后发给他们旅费，送他们回到家里去。

晋察冀的民众认为不能当子弟兵是一个耻辱。人们时常这样批评一个行为不好的人——

“你看他，当兵是不成的，子弟兵里不要他！”

这儿还有一个故事。

大概是完县的一个老头子。他亲自跑到第三军分区去报名要当子弟兵。同志们说他年纪太大了，胡子都快白了，把他劝了回去。隔了几天他又来了，人们还认得他，仍然向他说服，向他解释。

“老先生，当兵是要吃苦的，爬山涉水和敌人拼命，不管刮风下雨，黑夜白天，一有命令，马上就要执行任务的！有时候连饭也吃不上。老先生上了年纪，该在家里休息了，打鬼子是我们年轻小伙子的事”！

“什么？我老？你看我还没有胡子”！其实，他是回去才把胡子剃掉的，嘴边还呈露着斑白的胡根。“当兵是俺们老百姓的权利，为什么不让我们打日本，我老，难道不是一个人？你们年轻，可以拼刺刀，打冲锋，怎见得我就不能？难道我给你们烧饭都不成？”老头儿生气了。

在这位老人诚恳而固执的“享权利”的要求下，三军分区的负责同志只好把这位老人留了下来，因为尊敬老年人，所以不让他作炊事员，让他作上士。谁知道他管理伙食比有多年经验的老上士还细心周到。处处体贴战士们，为战士着想，丝毫不顾忌增加他个人的麻烦与困难，因此他就更赢得了别人对他的信仰。在行军的时候，人们不要他背背包，说他年纪老了，应该受优待。但是他一口地不答应。他说要受优待，大家都该受优待，他一个人不能特殊，他并不老，战士们都称呼他作“不服老的老黄忠”！

新战士经过体格检查，经过鉴别之后，算是正式入伍了。虽然这是一个新的环境，但是新战士不会感到生疏。在子弟兵团中，每一个老战士都是起码要对一个新战士负责的。

在老战士亲切关怀与诚挚的帮助之下，使每一个新战士都熟悉了这个新的生活环境，他们并不要求新战士马上和他们一样，而是帮助新战士首先熟悉部队中的生活制度、工作制度、学习制度。然后逐渐地使新战士的一切和老战士一样的融合在一起。在子弟兵团中没有老战士压迫新战士的现象，没有老战士和新战士之间的隔阂。就是在战场上亦是如此。一个老战士就是一个新战士的指导员。由于老战士的帮助，消除了新战士的恐惧心理，他们教给新战士如何利用地形地物，如何瞄准射击，在冲锋的时候让新战士跟在他们后面，助他们刺杀敌人。这就是为什么新战士到子弟兵团中不到三天的工夫就可以和日寇撕拼的一个原因。这种帮助制度的实施也是子弟兵团的一个特色。

在一开始的时候，新战士仅只上政治课，以后逐渐地才和老战士一样的上军事课、文化课。战士的教育工作是部队各级政治机关中的宣传教育部门负责的。至于新战士的教育工作，在文化课方面首先是扫除文盲工作。子弟兵团中要求每个战士至少要认识五十个字。在救亡室，在课外还有许多识字的游戏，识字的设备。如识字牌、识字玩具等。由于战士的政治水准的提高，在部队中造成学习的热潮，每一个战士都意识到学习是必要的，只有加紧学习才能获得更多的斗争的经验，才能够更清楚的认识世界，认识中国，认识边区，以至更清楚的认识自己的任务。由于学习小组和学习讨论会的建立，由于前进的帮助落后的，把部队中的每一个人都组织到学习中间来了。

在逐渐的认识了字之后，便开始记日记了。日记有两种：即初级的识字日记和较高级的工作日记。在文化课中还有自然常识、社会进化史等课程。政治课里面最重要的就是统一战线的理论和政治常识。在子弟兵团中，没有一个人不懂得统一战线的。在民运工作部门所领导下的部队民运工作，战士们便把统一战线的理论运用到实践。

子弟兵团中的教育工作是政治工作中的一大项目，它是在由“浅入深，由具体到抽象，由理论到实践”的原则之下来进行的。在讲课方面注意复习，注意启发。譬如政治课每周六小时，于是一天讲新的，一天复习旧的。在复习的进程中就举行了个别的口头测验，或是利用问答或是用谈问题的方法进行，因此就加深了战士的了解程度。课后的小组讨论会，不但可以帮助落后的战士，而且把每个人对于每课的理悟所得也都融会贯通起来。

在军事教育中，经常进行的是瞄准射击。战术及基本战斗教练是边学边作，同样的采取了帮助制度。譬如讲到利用地形物形，便把战士带到野外，教他们认识各种地形，一边讲，一边领导着战士们作，什么地形应如何运动前进，如何接近敌人。就是这样的按照着当前最需要的战斗要求，已经规定了的军事教育计划，边学边做，使战士们逐渐的获得系统的军事知识。一旦在实际战争中间，发现了不够的地方，便进行个别科目的突击教育。譬如在大龙华战斗中发现了手榴弹投掷不准确的现象，在去年各个战斗中间发现了劈刺术落后于敌人的情形，于是按照部队的情形，个别地区的或是全体子弟兵团马上集中力量实行突击手榴弹投掷和劈刺术的教育突击。就是这样，不断地针对着部队本身的缺陷或战斗最实际的需要，补充了战斗环境中的军事教育计划，使这天天在战斗的“天生的战斗部队”在敌后培养成正规化兵团。

干部和战士同样的是在教育过程、战斗中间成长起来。在敌后，干部的来源是较少的，可以说很少地方供给现成的干部。虽然军区办过几期“军政干部学校”，由于战斗中的英勇牺牲和子弟兵团的日形扩大，还是供不应求。因此在子弟兵团中特别着重于在工作中战斗中栽培干部，提拔干部。至于干部教育，早在军区成立的时候已经有了的。

一般文化程度较低的中下级干部，是和战士一起上文化课的。至于干部的政治课多是由较高级的政治工作同志负责。最近在百般困难的斗争中，晋察冀的子弟兵团已把学习提高在非战斗时期的第一位上。建立了每日两小时的学习制度。至于所有的文化教育材料却是由军区政治部编制颁发。研究材料或参考材料或是统发，或是指定。学习进程亦是由政治部规定的。

各种学术研究会、讨论会，也都像战士在救亡室所组织的一样的在干部中间建立起来。为了检查学习的情形，建立了统一的测验制度。每月进行一次。由军区政治部制定题目，密封发到各分区的政治部，分区政治部的宣教科再分发到团政治处的宣教股。于各该驻地同日举行。团级以上干部另有论文题目，准许随意参考，但必须在一定期间内交卷，必须有独到的发挥。就是分区司令员和政治主任亦要参加这个考试的。

干部的军事教育是各级递层的教育，每在上课之前召开同级干部的“教育准备会”。这样不但在教育下级干部以至战士有充分的教育材料的准备，在准备会中教育了别人也教育了自己。

不论战士的教育或是干部的教育在平时有规律地正规地进行，就是在战时，在行军中间也没有间断地上课。这种严格的、正规的、战斗的教育工作，也是晋察冀子弟兵团的特色之一，也是进步、巩固和壮大的主要原因。正因为在教育中间使每一个人认识清楚了各个阶段国际的和国内的情势，也就认识清楚了应有的任务，努力的方向。因此，部队的质量日益提高，虽然没有优良的武器和其它新式的装备，还能在普遍的发展游击战争的同时，抓住有利的条件，大规模的进行运动战和正规战。主要的原因，就在这里。

晋察冀有过这样的故事。

在去年冬季扫荡的时候，一班子弟兵和敌人竟走到了一起。敌人看见穿的制服，及一切装备和他们一样，认为是自己人，便招呼起来。子弟兵听见了日本话才晓得跑到敌人的队伍里来了，赶紧抄起枪来乱打了一阵跑开了。那时敌人已经深入到边区各地，不是随便可以行走的，于是各自跑回家中把军服、枪支埋藏起来，穿上老百姓的衣服，一直到把队伍找到了，才又回到家里穿起军装背起枪来回到队伍里去。边区的子弟兵就是这样的孙悟空般变化多端。也是正确的教育的结果。像一般部队中开小差拖枪逃跑的现象，在子弟兵团中是没有的。

这种教育进行的另一个结果，提高了战士的政治水平和文化水平，扫除了文盲。只要在子弟兵团中一两年以上的战士，大都会用文字把他内心所要说的话写在纸上了。

晋察冀的子弟兵团就像是一座学校，实际上也可说就是一座实施抗战建国教育的战斗的学校。在这一个学校里武装了的人们，也武装起他们的头脑，成为最前进的，民族解放的战士，他们不仅在实际上担负起民族革命的神圣的战斗任务，而且在他们的头脑里还有着伟大而正确的理想，有着一个光辉灿烂的光明的前途！

（五）自觉的群众纪律

晋察冀的子弟兵团从成立到现在，一贯的实施民主。一个保守的农民变成一个优秀的战士，就是在民主的气氛里锻炼出来的。

有的人曾经认为，在部队中讲民主是有伤长官的尊严，失掉统一指挥的效能。这种不正确的论点起初在子弟兵团的干部中间也曾有过，但是也很快地克服过来了。

子弟兵团不许打骂，因为每一个正确的道理都是讲得明，行得通的。至于说到错误，还有着程度之分，各种的原因。假如改正一个人的错误，是一个目的的话，那么达到这个目的的手段一定不会是打骂，因为有时由于一时的暴躁，或态度的欠妥是都会影响改正错误的目的的。但是只有把民主的精神渗透到每一个干部的言语、行动、思想之间，才能完全废除封建残余、不平等的个人主义表现的打骂制度，因为解释说服的精神是民主的产物。

在子弟兵团中没有强迫的纪律，只有钢铁般坚强的自觉的纪律；强迫的纪律，严格的说是保守的落后的个人纪律，自觉的纪律才是进步的革命的集团的纪律。在子弟兵团中建立在自觉的基础上的群众纪律是纪律中最大的项目之一。是和战斗纪律同等的重要。子弟兵都是人民自己养育起来的，他是人民的队伍，是坚决保护晋察冀人民，保护人民的利益的。所以群众纪律较为容易地形成子弟兵团中自觉的铁的纪律。因为他们成年累月的经常的和老乡们居住在一起，毫无隔阂，毫无恶感，因此他们能够得到群众的多方面的帮助。他们不同于人们的就是他们有着武装，穿着军服，实际上，他们同群众的关系，就是“鱼”同“水”的关系，不但不为群众所恐惧，反更为群众所拥护。这种群众纪律高度的积极性的发扬，就形成了军民一家动人的情景。敌人烧房子，子弟兵积极的帮助老百姓修理房子、盖房子。敌人抢粮食烧庄稼，子弟兵不但武装保护夏收、秋收，而且积极的帮助群众挖沟修渠，设法增加生产……在群众方面，就积极的参加战斗，军民联合打鬼子，热烈地担任战斗勤务、当差、引路、送信、运子弹、抬伤兵……这种群众纪律高度的发扬使子弟兵团的每一个指战员，不但遵守自己所定的群众纪律，而且能够遵照群众制定的条例，尊重群众的意见，接受群众的制裁。

我曾经亲眼看到过这样一件事。

一个通讯员骑了马送公事出了村口，为了走近路便走了麦田里的小路。走了没有一半，村口站岗的小孩喊住了他：

“不要走，站住，回来！”

通讯员跳下马走回来。小孩子问他认不认识字，他说认识。

小孩子指着插在地边上的木牌说：

“请你念念这木牌上的字！”

通讯员有些难为情的样子，但是他说了他识字，他不能违背小孩子的命令，因为他是一位站岗的小同志。他只好念给他听：

“为了保护春耕，增加生产，任何人不准在田内小道上通过，违者处罚。”通讯员一个字一个字的念给了小孩听。

“因为你是抗日军人，不处罚你了，以后不要再从地里的小路走！”小孩子说完喊了声“敬礼”。因为儿童团员为了尊敬抗日军人，规定见了抗属和抗日军人都要敬礼的。

还记得在阜平县的广安镇，发生过这样一件事情。

十几个穿便衣的人携带着武器，来到广安，他们自称说是队伍上的，是子弟兵。他们自己在村边儿上找到了一间房子休息。站岗的自卫队怀疑了。但是又不敢拦，马上去报告自卫队的队部，和住在镇上的区公所。人们也都觉得是形迹可疑，他们还从未曾看见过这样的子弟兵，子弟兵都是穿着崭新的草绿颜色的军服。于是许多人跑到那间村旁的小屋子里去询问。因为那十几个人不让检查，就言语冲突起来，一个人就放了一枪，凑巧又伤了一个人，人们跑了，便衣子弟兵也跑了。但是自卫队的队员毫不放松在后面紧紧地暗地里跟着。同时区公所打电话给附近村庄住着的一个军区的通讯处。说是发现了土匪。于是这十来个人被调来的子弟兵包围在距广安镇三十来里路的城南庄。当子弟兵的长官见到了他们的时候，他们拿出了正式的护照和介绍信。才知道是冀中第五军分区的十几个干部，化装成便衣冲过封锁线来到这里进军事干部学校学习的。他们不了解这方面的具体环境，认为是和有着九十多日寇据点的第五军分区一样。因此警觉性提得很高，不让广安镇的老乡们检查。把他们当作敌区的群众差不多的，认为围住他们是有汉奸主使要缴他们的枪，故而放了一枪。包围部队听了知道是一个误会，便让他们开会检讨自己的错误。他们承认了解环境不够，了解群众接近群众也不够。冒昧开枪更是一种重大的错误。第二天他们推举出一个人来，随着军区派来的一位同志到广安召开群众大会。当场承认自己的错误。军区的同志向群众解释五军分区和冀西环境之不同，又讲了他们十几个人是如何冲过了日寇扎有重兵的封锁线的，还说明他们来到这里是作什么。在再三再四的恳诚承认错误的情形下，群众才原谅了他们，受伤的幸而不重，由附近驻扎的子弟兵团负责治疗，并且出了十元钱作疗养费，才算了事。

在雁北发生过下面所写的一件事。

一连子弟兵到灵丘敌区某村去游击。有人报告连长，村中某家小铺的铺掌是汉奸，曾经悬挂日本旗。于是这个连长率队就把这家小铺的货物资财予以没收，来改善部队给养。当他把这件事报告到上级，上级反映到军区的时候，军区感到这件事情错误的严重，首先是他违犯了群众纪律，在游击区、敌区如此打汉奸更破坏了我们抗日的政治影响。因为在敌区即使挂日本旗，有时是因为在日寇奸伪的压迫威胁之下，无可奈何。在敌区即使有一面日本旗还不能构成汉奸罪状，同时他又没有经过应行经过的组织系统。他应该把他所得到的报告先行检查一下，然后进行调查，调查清楚之后要报告他的上级，上级调查属实，然后下命令去执行。至于汉奸财产的没收更不是部队的任务，而是要政权机关去执行，对汉奸的审问与罪状的判决，只有军法官才有权限的。至于部队给养的改善，是要凭仗部队自身的努力，自力更生。这一件表面看来无关大体，无足轻重的事件，却包含着这许多严重的错误。因此军区在调查过这一铺掌并非汉奸时，马上派人把这个连长带到那个村子里，秘密的召开群众大会，当场由那个小铺的铺掌报告他的损失，结果和没收的数字无讹，于是把一百七十元布匹货物扫数归还，然后让那个连长在群众面前承认自己的错误。回来之后，这位连长承受了民主的审判。

这一件事情一方面说明了群众纪律在子弟兵团中是如何的重要。再一方面说明了，只有有着自觉的群众纪律的部队才能维护民众，才能尊重政权。

尊重政权，奉行政府法令，在子弟兵团中是没有丝毫折扣的。子弟兵团凡是收复一个地方，马上报告政府，从不自行委派政权工作人员。还记得在最初边区禁纸烟的时候加重卷烟税，曾经有人把漏税的纸烟送给三军分区的一位负责同志，马上遭到严厉的拒绝。

“我是不抽没上税的纸烟的！”那位同志这样的讲。

有一次我在一个专员公署亲自看到政府没收了从游击区回来的部队捎的两条纸烟。那时边区已经实行了禁绝纸烟的法令。任何人有纸烟是一律予以没收的。

我已经说过子弟兵团是在民主之下巩固扩大起来的。但是不是说没有处罚呢？这在灵丘那件事情上就已经说明了。有纪律不可免的就要伴随着处罚，但是要凭仗着处罚来维护纪律，纪律亦将失掉它积极的意义。子弟兵团的处罚亦是建立在民主精神之上。重者枪决，轻者禁闭，一般的都是说服，要他承认自己的错误，是没有打，没有骂的。但是这一些处罚也不能凭自己一时的气愤而定。首先是要用说服的方式，使违反纪律的人承认自己的错误。只要是有关大家的按其错误的轻重与范围放在班里、排里、连里……展开讨论，这样不但教育了一个人，而且也教育了所有的人。这种作法，处罚的不正确、不公平亦是要被暴露出来的。在政治上如果犯了错误的时候，是要经过思想斗争会的形式公开的斗争。严重的触犯法纪的错误是要公审的。如果破获了汉奸，必要的时候同样的利用民主的形式来审问，借以提高全体战士的警觉性！在处罚的时候也还要考察犯错误的人是初犯还是再犯，有意还是无意而决定其轻重的。

子弟兵团处决一个人是非常谨慎小心的。案情弄清楚后，经过政治部，由各伙食单位派代表开公审大会，政治部的特派员是控告人，首先报告犯罪的经过，控告的理由然后由各代表发表意见。被告人亦有权分辩申诉，最后才将公审时大家的意见交给军法机关，有判决才能执行。但是如贻误军机、临阵脱逃等等，是没有时间经过如此的程序，那另有战斗纪律制裁，没有什么话另外好讲。的确，在子弟兵团中，即使战斗，也有战斗的民主。譬如抢阵地、夺堡垒……都是让战士自由报名，毫无命令分派强迫的性质。子弟兵团中在战斗时间从未有退缩不前，只有争先恐后，奋勇而上。这便是战斗的民主精神积极发扬的结果。战斗的民主充分发扬了战斗积极性，提高了部队的战斗力。

部队的民主是民主集中制严格的实施。经过一定的形式，每一个战士可以把他们一切意见——不管是关于部队本身或政权机关、民众团体的，经过一定的系统反映上去。各级长官对正确的，能够实施的马上采取，不对的、现在没有采择实施条件的随即给以解释。所以在子弟兵团中，只要是一道命令下来，便没有对与不对的争论，只有如何去执行，如何才能完成任务的思考，因为他们的意见能采纳的，或该采纳的都已经采纳过了。因此他们是永远相信着他们的首长。“命令如山倒”一句老话，正好是形容实施民主集中制的子弟兵团的情形。

用自己的两只眼睛来监视无数的人，那已是历史上记载着的蠢事。民主在部队中的实施就是训练无数的人，无数只眼睛使一二不良分子毫发毕露，无可逃脱。子弟兵团说明了建立和发扬部队的民主，建立自觉纪律才是树立长官威信，密切军民关系，巩固部队，扩大部队，提高部队战斗力的不二法门。

（六）请拿路条来

记得还是在平型关大战的时候，当敌人已被八路军包围，实行瓦解敌军工作，高喊缴枪不杀的时候敌人不但不听从，反而更加顽强的趁机打起我们来。一直到战斗结束，逃不走的依然顽强抵抗，死不缴枪。当战士去抬受伤未死的敌人的时候，一不留心反被敌人死咬一口，充分的显露出日本法西斯蒂欺骗教育中毒之深，充分的表现了所谓武士道的顽强精神。

晋察冀边区的敌人是逐渐地变了，到现在差不多每一个敌人士兵的身上都带有子弟兵团用秘密方式或公开在战场上散发的“通行证”。他们保存这一些东西就像是保存每人所有的神符一样的珍贵。

在大龙华的战斗中，敌军士兵曾经有过一个小队在子弟兵团的战场上的敌军工作下自动的缴枪投降。在第四军分区所领导的一个战斗中，一个受伤的敌军跑过来自动的交枪。战斗结束后，给这一个日本反战弟兄两个养伤的办法。一个是保证他没有危险，送他到石家庄的一家医院去治疗，可以很快的治好。一个便是留在我们的医院中治疗，但是好的要慢一些。他毅然决然的采取了第二个办法，虽然告诉了他在石家庄养好伤之后，还可以随他的意回到子弟兵团来。

在无数次欢迎俘虏的大会上，无数的俘虏感动得下泪，有的当场说明他们是受到了他们国内军阀和财阀的欺骗，倾诉他们内心的痛苦。在某地一个欢迎俘虏的大会上，一位忠实而热情的日本弟兄，把他头上的帽子，使劲掷到台下，抓起旁边一位同志的帽子，端正的戴在头上，指着帽花说着不清楚的中国话：

“我也是抗日军的！”

我们放回去的俘虏，时常要在日寇所强迫召集的群众大会上，把他们所反对的官长告诉他们的中国兵如何坏，如何惨暴的话当众说出来。但是每一次都得不到好的结果。有一次在保定，一个女俘虏拍着胸膛这样讲：

“我只能讲一句话，用我的良心讲一句话，抗日军是优待我们的！是好人！”

话还没讲了，马上被残暴的日寇堵住她的嘴，把她拖下台去。

根据军区政治部敌工部的统计，凡是释放回去的俘虏大部分都有回信来。他们的信就是交给他们驻地的老百姓，由老百姓“沿村转送”，送到了他们所要送到的地方。

在晋察冀，在一般的敌人士兵中已经普遍的知道抗日军不杀俘虏，优待俘虏，他们的各级长官也都已感觉到再对士兵施行欺骗是有些棘手了。子弟兵团曾经整批的放回过几次俘虏，后来得到他们长官道谢的来函称扬子弟兵团有着“真正的武士道精神！”

有一次子弟兵团捉住了敌寇中一个高级的重要的宣抚班长。桑木师团的参谋长亲自写信给聂司令员和舒主任说他们的宣抚班长被捉来一定蒙受优待，他们很放心。但是宣抚班长的老母妻儿听到这个消息后已由东京来到了中国。非常痛苦，希望能够援例把他放回去，知道了弟兵团医院缺乏，愿意捐助两千元。并且说中日交战是两国的不幸，是没有办法的事，将来还会和好的。

聂司令员和舒主任回了他的信，告诉他确如所说那个宣抚班长是受了优待。但是因为他是宣抚班长，不能放回去。两千元不要。最后告诉他说奴隶的和平，中国是永远不要的，真正的和平是在我们民族和日本劳苦大众共同联合起来打倒日本帝国主义之后才会有的。我们要坚持正义的革命战争到底。反对非正义的侵略战争，一直战斗到把日本帝国主义驱逐到鸭绿江边。

现在晋察冀的敌人的战斗力是一天天的减退了。这是很明显的可以看出的。在最近一年的几次较大的战斗中，所谓“武士道”的顽强精神几乎一丝也没有了。晋察冀的日本士兵已逐渐的了解抛家出国，别妻离子是受了日本军阀的欺骗，来到异国充当侵略者的炮灰，而家人都被投在痛苦的深渊，在一天比一天沉重的压榨下，已经喘不过气来。他们也已经逐渐的认识了中国的人民是良善、纯朴而勇敢的人民，不是他们的官长所欺骗宣传的是懦弱无能，终日和鸦片烟灯打交道的天生的奴隶。至于中国军队更不如那些丧心病狂的疯狗也似的军阀所肆意宣传的：是杀人放火的强盗，打家劫舍的匪徒，凶残、横暴的野兽。他们已经知道了，中国的抗日部队是有纪律的进行民族革命斗争的部队，就是一支游击队的纪律也不是他们“皇军”所能比得上的。他们已经逐渐的明白了中国的抗日的人民和抗日部队正是他们的朋友，而真正的敌人是在国内终日压榨他们的大腹便便的资本家和地主，是把他们从温暖的家乡抛掷在异国的土地上作炮灰的日本军阀。他们已经逐渐认识清楚那一些在武士道面幕之下的欺骗宣传，正是他们自己的错误行径的“再版”。他们也已逐渐了解要想归国，要想求得和平必须和中国人民，中国军队携起手来，打死他们的官长，打倒日本帝国主义。

这大部分是子弟兵团敌军工作的成绩！子弟兵团的敌军工作现在已有瓦解敌军大批部队的可能，已加速敌人部队中反战运动的蓬勃生长。在晋察冀敌军中已可经常的发现反战的宣传单，在敌人军官的床头枕下都不时的发现这样的宣传品。晋察冀的敌军工作者已经把对敌宣传品散播到敌人据点之内，把敌军工作由外线提到内线。这一些宣传品也不是一般口头式的东西，而是根据各个不同阶段的军事和政治情形，联系到日本士兵本身的利害，阶级关系，精心撰构而制定的。在每次子弟兵团胜利之后也同样的发下宣传品去，说明我们胜利的原因，他们必然的失败。这一些宣传品，在遗弃于战场上的敌军兵尸身上，以后俘虏身上有了发现，甚至有的把我们的《告日本士兵书》《告日本人民书》一字不易的完整的抄在他们的日记本上。这也是敌军工作由外线提到内线的一个具体的表现。

由于敌军工作的开展，军区子弟兵团已经建立起来内外交织的侦察网，在每次战斗的时候，指挥部门的工作都需要敌军工作者参加。因为在战斗时需要敌军工作者把敌情，最近敌人内部的各方面的情况贡献出来。由于敌军工作的开展和深入，时常会需要变更战斗的部署。这就是说在晋察冀子弟兵团中已经把敌军工作提高到了战略上的地位。

这许多成绩，虽然仍为晋察冀的敌军工作者所不满意，但它是在克服许多困难中间，在一个艰苦的过程中努力的结果。

政治工作的对象有三：第一是部队本身，第二是驻地居民，第三便是敌军。敌军工作就是对敌军所施的政治工作，亦就是宣传、瓦解、组织敌军的工作。这种工作同样的是服从于教育部队、巩固部队、提高部队战斗力三大目的。只有正义的革命战争才能有这种工作。也只有坚决进行正义的革命战争的部队才能完成这种工作。

晋察冀军区在开始建立敌军工作的时候，首先感到的困难便是干部的缺乏。敌军工作干部除了必须具备坚决抗日，为民族求彻底解放而努力的一般条件外，还必须具备有懂日文，会日本语的最低限度的条件。因此训练最低限度的敌工干部就形成了当时的中心工作。在这一个训练过程中最有趣的便是战场实习，学生们跑到山上去喊日本话，喊日本口号，让日本俘虏在山下听，然后由日本俘虏改正，什么地方应该喊高一些，哪一个字发音还不正确，就是如此艰难困苦接近实践的训练出来第一批干部——晋察冀敌军工作的奠基人。

干部问题得到了初步的解决，随之而来的便是实际工作上的困难。一个战士就曾向他的连政治指导员说

“三大纪律、八项注意我大都能遵守，都能实行，就是最后一项，我绝对办不到，让我优待俘虏，不杀俘虏那是不成功的！”

深刻的民族仇恨是深深的播种在每一个战士的心头。破除这种心理，除掉在实际工作中，在战斗中发挥敌军工作的效能之外，就只有耐心的说服，和不正确的倾向作斗争。在一开始建立政治工作部门中的敌军工作的系统的时候便集中了所有政治人员的力量来做这种解释说服的工作。诚恳地告诉战士们俘虏是失掉了战斗能力的，他们是受了敌人的欺骗而来中国充当炮灰的，如果不揭破敌阀的欺骗宣传就是增强敌人的力量，也就是减少我们自己的力量。争取了俘虏，也是扩大革命力量……

在一般的军事干部中间也存在着错误的观念。或是认为敌人是根本不可争取的，或是认为战场上的敌军工作会妨碍战斗的进行。这是畏难和不了解敌军工作的表现。当时便一方面由军区下极严格的命令，说明忽视敌军工作就是忽视政治工作，取消敌军工作就等于取消了革命的政治工作。一方面在战场上抓住时机，由敌工人员以身作则的进行敌军工作，争取模范例子说明敌军工作。

在这样艰苦斗争的过程里，晋察冀子弟兵团的敌军工作逐渐充实起来了。各连排的敌工小组也建立起来了。但是叫干部和战士喊日本话，日本口号却又不是一件容易的事。首先就是上敌工课。此外则召开敌工晚会，号召各连队进行喊话比赛，在各种晚会上及适宜的场合进行喊话比赛，或是作喊话捉俘虏的敌军工作游戏。在行军的时候把喊话当作文化娱乐工作来进行。利用各种方法，各色各样的方式来进行敌工教育。现在晋察冀的子弟兵团除掉新入伍的战士外，每一个战士最低限度都能喊三十八句日本口号，唱三支日本反战的歌子。曾经有几个俘虏说，当他们夜间在战场上听到那充满家乡风味的凄凉悲惨的歌声的时候，便想起了沉沦在痛苦的深渊里的海外的家，失掉了所有的战斗能力。

这种工作，日本帝国主义是做不成功的。惨无人道的，退步的、落后的、非正义的侵略战争在基本上就决定了他不能够做我这种工作。他对群众对我军只有屠杀和欺骗，最高明的办法便是很稀罕的把俘虏送到关外去做苦工，实行对我劳动力长期无代价的剥削，但这尚还是其他战场上的事，晋察冀的子弟兵落到敌人手里，除掉死是没有第二条路的。他也散发什么“归顺证”、“投降证”、“通行证”一类的东西，但是和卖给他们的士兵的神符一样，上面用血和泪写着两个大字：“欺骗”。也只有民族败类，忘掉自己祖宗的匪徒才会甘心情愿，膝地而行的接受这种欺骗。

在革命战争中，在我们民族解放的抗日战争中是不许有政治欺骗，不许有这种卑鄙的手段的。晋察冀子弟兵团的敌军工作，决没有丝毫欺骗。说缴枪不杀，只要是缴枪，就决不杀害，说优待俘虏，就决不虐待。

子弟兵团解送俘虏，一般的多是在夜间。当一批俘虏解送到目的地的时候，马上召集群众开欢迎大会，欢迎翻然悔悟的日本弟兄。俘虏看到会场上我们武装队伍的整齐严肃，使他感到我们的阵容是如何庄严伟大，同时在群众的队伍中，他也领略到中华民族宽大和平、热情勇敢的优良德性。在会场的阵容上，就已经揭破了日本法西斯蒂对我国军民侮蔑欺骗的宣传。俘虏住的地方，布置得都是焕然一新，在可能范围之内，尽量的作到具有日本风味，使他不感到生疏，使他有家乡之念。并且还领导着他们参观子弟兵住的地方，首长住的地方，请他们参观官长和战士们吃的毫无分别的粗粝的饭菜。虽然由于物质条件的限制，容或有着缺憾，但是一定使他知道他是受着最大的优待。尤其是每次和子弟兵团的首长谈过话之后，使他们特别的感动。有的俘虏就这样说：

“我从来没有看到过这样的官长，这样的能够打仗，如此的和蔼可亲，与士卒共甘苦，享受同等的待遇。”

俘虏的行动是自由的。在他们住的村子里可以随意的在大街小巷走来走去，而不会遇到怒眉横目监视他的人。甚至连一个武装都没有。但是并不是说对待俘虏没有警觉性，相反的警觉性提得非常之高。村中每一个和蔼可亲的老百姓都是俘虏的严密的最可靠的监视人，要想出村子，站岗的儿童团，有的还会说日本话，照样的要路条。

“日本朋友，请拿路条来！”

想逃走，那比登天还难！

对待俘虏的谈话，也是很注意的。没有敌军工作负责人的允许，是禁止随便拜访俘虏，与俘虏进行谈话的。为了怕惹起俘虏的误会或是不快之感，影响敌军工作，就是敌工人员对他们进行教育谈话也都是非常谨慎小心。

俘虏经过一个时期的教育之后，就已经大都了解了谁是他们真正的敌人，或多或少的铲除了他们传统的欺骗教育的遗毒，和法西斯蒂的军阀欺骗宣传。最后召开欢送大会送他们回去。在欢送会上，他们都能痛哭流涕的说出他们内心真正的希望，我们亦给予他们以莫大的安慰，鼓励他们执行自己才担负起来的新的革命任务。大会热烈和诚挚的情景更加深了他们的新认识。在走回原来他们部队驻扎的地方的路上常常是一步一回头的留恋的望着护送他们的中国武装弟兄。他们确实是留恋这些勇敢忠实伟大的中国人。

子弟兵团放回去的俘虏往往会遭受到他们残暴的长官的杀害。现在他们一般说是不敢了。我们送他们到放的地方是黑夜，但是放了以后到达部队的行程却是白天。在日本士兵众目睽睽之下，这些俘虏穿着新的衬衣，新的鞋，活生生的回来了，许多被他们遗弃了的受伤弟兄也伤愈归来了，使他们感到惭愧。他们的长官在这种人所共知的情况之下，也不好杀死这一些中国人都不肯杀的日本人，虽然他知道这是一批将来致他死命的革命种子。同时，所放回去的部队又是他原来所属的部队。日本的部队，多是带有地方性的，碍于同乡的关系，亦不好杀。否则将益形增加士兵的反感，助长反战思想。这样释放的结果，每次都弄得日本军官杀又不敢，不杀又是祸害，左右为难，结果为了脱卸自己的责任便把这些人调到别的部队，把反战的种子替我们散播到其他的部队去开花结果。这一些经过子弟兵团优待的日本兵，都已变成了穿日本军装说日本话的中国战士。这就是在晋察冀战场上的“皇军”所以失掉过去的威风的一个重要的因素。

在易县塘湖战斗中，当日寇被我包围进行敌军工作的时候，一个日本军人曾拖住四个日本青年士兵自动的跪下缴枪，他嘴里喊着：

“抗日军好好的，不杀的！我是你们的朋友，和刘科长、金干事认识的。”

后来才晓得他并不认识第一军分区政治部敌工科的刘科长、金干事，而是在另外一个战斗中被捉到的俘虏，释放回去之后，对他秘密的讲的。那个俘虏并且送给他一张通行证，他就把通行证像神符一样的藏在他内衣的深处。

由于敌军工作的深入，子弟兵团中的敌军工作者清楚的看到敌军内部的矛盾，看到敌军和伪军之间的矛盾。在这许多矛盾中间，敌军工作者曾看中了曾被日寇所最信任的，武器精良的，驻防在保定满城一带的伪警防队。在几次的战斗中，这一支有训练的伪军曾吃过子弟兵团的狠打。当被敌军工作者选择作为工作的一个对象之后，子弟兵团也就避和他战斗，在必要的时候亦不给予他大的杀伤。正因为警防队的官长多是具有民族意识的伪军官，所以有了接近的可能。于是英勇果断的敌军工作者就和他们畅谈中日战争的前途，中国抗战最后一定胜利的等等问题。最后谈到反正的问题。在这一个问题上，子弟兵团是不给任何条件的。政治欺骗是没有的，利用官爵禄位，子女财帛收卖的方法是绝对不用的。条件就是“坚决抗日！”在这一个条件下，为了保证其永久的坚决与英勇，为了其部队自身的巩固，就须要建立抗日的政治工作。为了作战的方便，服从统一的指挥。

这种简单明确、立场鲜明的条件，充分的感动了伪警防队的长官，他们就毅然的决定了反正。在前年的八月底驻防满城的一个大队，首先投入祖国的怀抱。当保定的两个大队在开干部会讨论应付日寇压迫的方策的时候，英勇的敌军工作者径直跑到他们的会场，报告给他们满城反正的消息，并且明白的指出他们只有反正，进行抗日的路子一条，否则他们即将遭受到日寇的解决和屠杀。在这义正词严鼓动的讲述之下，全场一致决定了反正，保定两个大队的官兵也一齐涌进了祖国的怀抱。

这一队肩荷着崭新的三八式步枪回到祖国中的人们，也兴奋了晋察冀的人民，他们沿途受到无比热烈的欢迎和丰富诚挚的慰劳。晋察冀的同胞对他们的热情和关怀也激动了他们每一个人。使每一个战士都深切的感受到从此再也不是亡国奴了，从此开始呼吸自由的空气，解脱了奴隶的枷锁。在过去，他们是连一点正确的消息都听不到，看不见的。

九月，敌人开始了对晋察冀边区的围攻，他们正驻防唐县，日寇进攻的号炮也首先在这里打响了。

“没有别的什么任何好的礼物答谢子弟兵团和边区的老乡们，只有打胜仗！”

他们官长这样对士兵讲，他们的枪口是掉转过来了。

这一仗可以说是晋察冀第一次的阵地战。敌人进攻他们防守的地区足足一夜，鬼子兵死亡了三百多人还没有攻下来。残酷的日寇在没办法中又施其残无人道的故伎，施放毒气了，可是反正过来的弟兄连动都不动一动，他们讲：“我们一定打个胜仗给老乡们看看！”

这就是今天边区子弟兵团的友军，“抗日游击军”。到现在，他们原来作战的优良长处不但没有消失，而且连续的保存。由于政治工作的建立和开展，不但保存了他们反正过来时候的战斗热情，而且使部队日益巩固与强大，也走上了正规化的途径。现在已经不再担任战斗勤务，专心一志的进行整训了。

像这样反正的队伍及由土匪改编的队伍，在边区为数不算少，叛变的情形也曾有过，特别的事情就只是一二领导者不能吃苦耐劳，抗日坚决性没有，匹马单枪的为了个人的享受再去投敌，如游击军中的指挥员石振声，第五支队司令赵玉崑等。但是他们的部下在抗日政治工作的实施中，已经清楚地认识了抗日战争，认清了他们自己的任务，已和子弟兵血肉相连不可分离地誓死反对妥协投降，坚持抗战到底。

晋察冀过去曾有着这样的笑话。

一个俘虏非常认真的向子弟兵团的敌工人员说：

“你们抗日军的头上，原来没有两支角啊！”

这句话充分的暴露了日本军阀对我国的侮蔑欺骗宣传深入到如何程度，他竟能使一个无知的农民相信抗日军人的头上生着两支犀利无比的角。但是现在由于敌军工作广泛而深入的开展，使得晋察冀的敌酋感到莫大的痛苦和威胁，对于部队的掌握已逐渐的失掉了自信。在伪军方面则日形加强了对日寇的离心力，日渐增加的杀死他们日本军官，回到祖国的怀抱。由于敌军工作的开展与深入更加显明的说明了日寇法西斯蒂的日趋没落，晋察冀的抗日力量日渐增长。

晋察冀子弟兵团的敌军工作，是在华北日寇的心腹内放上了一个爆力极大的炸弹，反攻阶段的到来，就是这枚炸弹爆发的时间。

（七）战斗中壮大自己消灭敌人

晋察冀的子弟兵团是终日的在和敌寇搏斗中间壮大了自己。

在相持阶段到来的今天，日寇是加紧其对敌后的残酷扫荡。而尤以华北为甚。每次“扫荡”的粉碎，以至取得光荣的反扫荡的胜利，日益在敌后形成反包围的形式把日寇逐渐的困禁于他所占据的点线之内，整个华北一共牵掣了日寇在华兵力的五分之二。在晋察冀这个地区，都是子弟兵团和军民全体流血牺牲的代价。在晋察冀，我曾亲自调查过，平均每一个军分区的医院里，经常的有着六百名以上的伤病员。

由于是在敌后，处于日寇四面包围封锁之中，物质条件的困难不是一般人所能想象到的。由于卫生设备、医药和技术人员的缺乏，许多不应该死的忠勇战士死了，不应残废的变成了残废。虽然边区对于这方面已付出了他所能有的一切力量。

国际朋友在这方面曾经给了不少的帮助，譬如美国的医疗队。在这里面要特别提出的就是中华民族的忠诚勇敢伟大的国际友人白求恩大夫，他是加拿大人，是一位精湛的医学家，一位严肃忠实的反侵略工作者，是一位伟大的国际主义的革命志士。在西班牙反法西斯蒂战争中，曾用了他的两手救护了多少的人民战士。中国揭起了民族解放的旗帜之后，他又远渡重洋来到中国，特别来到敌后的抗日堡垒、模范统一战线区晋察冀。在与日寇残酷斗争的晋察冀，他发明了战地治疗法，在火线上即行实施绑扎医疗。两年来的艰苦工作，博得了“子弟兵的母亲”的荣誉称号。在火线上没有一个战士怕受伤的。他们说：“有白大夫就什么也不怕！”但是不幸，最近在日寇去岁的冬季“扫荡”中为伤兵开刀中毒死了！这是中国抗战的损失，尤其是晋察冀边区莫大的损失。他逝世以后，子弟兵团沉浸在伤痛的悲哀里。他的伟大名字不仅常留在晋察冀人民的脑中，而且永远光辉的标志在晋察冀模范医院和卫生学校的门楣。

在百般困难中，晋察冀的卫生工作人员创造出不少新的方法。绷带、纱布、药棉花用蒸馏消毒的方法二度三度以至四度五度的使用。在敌人扫荡的时候，晋察冀就可以说无所谓前方后方，伤病员就掩护在群众中间，医生也化装成老百姓，在各村走来走去地换药。

晋察冀是没有辉煌的医院的，这里所有的只是农村和广大的群众。距离敌人较远的村庄就变成了伤兵医院。在敌人到来的时候，村民就是最好的卫兵和护士，他们像对待自己的儿女一样，对待这些为他们流血牺牲的英勇战士。有时给伤病员送饭水，有时还代为换药。这许多伤病员在群众的掩护之下，没有一次被敌人发觉而受到危险。

卫生材料和医药，卫生人员和医生在晋察冀同子弹一样地缺乏。也许有人听了晋察冀许许多多胜利的消息以为这是笑话，或是一种宣传，我可以负责的说晋察冀的宣传工作实在作的太不够了。这是百分之百的事实，第一军分区成立到现在只领到过一万发子弹。但是他们打过半个多月的“两季战斗”，打过有名的大龙华战斗、塘湖战斗。黄土岭战斗打了七天七夜，用迫击炮弹打死了阿部中将。他们是在终日的战斗。这一些子弹，这许多枪炮并不是谁发的，而是从敌人手里抢过来的。卫生材料的医药，一样的大部分是打垮了敌人后接收过来的。晋察冀的子弟兵团就是在正确的领导下，英勇地战斗，歼灭了敌人，武装了自己。

在军需方面，晋察冀的子弟兵团需要充分的接济，需要国内国外的援助。可是外面，不论那方面的接济都是太少了。但是他们有艰苦奋斗的精神，有抗战到底的决心。他们一切都以自力更生为原则的自己努力。在战斗中培植出不少的卫生人员，就像在战斗中培植了不少优秀的指挥员一样。

晋察冀的一千二百万人民和子弟兵团每个战士都有着最后胜利的充分的信心。在这一个共同的信心之下，晋察冀凝结成一股伟大而坚强的力量。在这一股力量之前，一切困难都将被克服，就像已经克服了的不少的困难一样。

四、七十八县的边区政府

（一）政治主任公署

晋察冀的全部范围，飘扬着祖国旗帜的共有七十八县。冀中全属平原，工作的开辟较晚于冀西，同时敌寇的据点也多，所以抗日政权工作一般的说来较为孱弱一些。因为冀中冀西为平汉路所隔断，为了加强工作的领导，边区政府就在冀中设立了一个政治主任公署，主任就是平原游击战争的创导者与坚持者吕正操将军，冀中区共有第六、第七、第八、第十五个专员区。冀西亦有一个政治主任公署，主任是边区政府实业处长张苏先生，共有第二、第三、第四、第五（即过去的平西专区）四个专员区。山西部分的政治主任，就是边府主任宋劭文先生，包括第一专署（晋东北）和第十一专署（察南雁北），晋察冀边区政府就在这两个政治主任公署的范围以内，工作上没有冀中的特殊情形，所以两个政治主任公署是和边府合在一块办公。

晋察冀抗日民主的正确政策的规定和实施并不是一个偶然的事情，边区政府日益走上政权正规化的道路也不是东拉一把西拉一堆乱来的结果。远在边区政府开始成立的时候，在有着伟大历史意义的晋察冀边区军政民代表大会上，关于政治问题的决议中就规定了各级政府的组织、分工和职权，规定了各级政府工作人员的生活费用（最高不得超过十八元），规定了领导方式和制度，规定了军政民三方面的正确关系，在军政民大会的宣言上还说明了政府的性质和任务。而今天的边区政府也就形成了一个各党派、各阶层、各民族共同参加的模范统一战线的抗日民主地方政府。一直到今天，他是在完成着“普遍武装人民，动员人民参战的任务”，完成着“改善人民生活，保障民主权利，肃清一切汉奸的任务”。虽然当初领到的经费仅只两千元，但是今天已做到“统一财政经济，保障部队给养的任务”。在今天，边区不仅如大会所预期成为“华北抗战的良好根据地”，而且已经形成全国的抗日民主的模范统一战线区，形成为一座辉耀世界的民族解放的灯塔，而这一座灯塔是建立在华北的敌伪盘踞的中心平津太原的附近。（引文见大会宣言）

但是这一些伟大的成绩，还并不为全边区所有的同志们所满意。边区政府主任宋劭文先生就这样的讲：“我们距离新中国的实现还差得很多！”虽然在他们的前面有着不少困难，但是他们充满了不为困难所屈服的胜利的信心。宋劭文先生这样讲：

过去的两年，我们经过了许许多多的艰难困苦，我们粉碎了一切的艰难困苦。我们将要遇到的艰难困苦，会比我们所经历的还要多得多，不过建立新中国的责任是我们的责任，也如同过去一样，我们所碰到的艰难困苦，我们是要克服的，是能够克服的，也是必然要克服了的。我们把边区筑成为一个巩固的堡垒，要把不巩固的角落巩固起来，要把边区广大群众团结在我们周围，我们要建立成新中国的模型！

这并不是自慰的、夸大的豪语。事实说明了“以往我们是胜利的”！而“永远要胜利”！（引文见《边政导报》二卷一二两期宋主任报告：《民国二十九年工作方案草案》）

在晋察冀边区，汉奸政权的“政令不出城门”已是敌伪所已共同承认的一个事实。去年定县的一个汉奸县长曾对汉奸公安局长这样的讲：

“我只不过是一个城长！

公安局长更是感慨对之，他说：“我还只是一个门长啊！”这些城长和门长是在日寇卵翼之下而存在。在日寇的九路围攻之前，伪河北省保定道召开县长会议时随时就可在伪省府所在地保定城里召集开会，因为那一些县长的衙门并不在徐水、曲阳、定县，或是满城，而就是在保定城里。虽然在今天全边区我们只有一个阜平县城，但是只要是在必要的时间，子弟兵团就可能像最近收复唐县县城一样的收复所有的县城。广大的农村是我们的，广大的群众也是我们的，敌伪政权是“足不出户”。晋察冀边区行政委员会的政令，或每个抗日县政府的命令都还是照常的行使到敌伪盘踞的城圈子之内，城里的人民是照常的完粮纳税，把他们的子弟，青年壮丁送回祖国的怀抱。

这是边区政权工作者壮烈牺牲的代价，无数同志们一点一滴血汗所缔结成的果实。

就是靠了这些同志们的壮烈牺牲和艰苦奋斗，晋察冀结束了最初半政权性质的动员委员会时代，很快的随了军事上的胜利由三十六县的政权，扩展到四十九县，边区各级政府组织也由乡、区、县、专署、主任公署，成为一个系统的建立起来。到现在已经从敌伪的血手里夺回来七十八县的主权，使一千二百万的人民脱离了敌伪的血腥统治，享受着民主政治的人权。

到现在，晋察冀边区，军政民溶成一体的，在胜利的路上，艰苦的、沉默的、战斗的迈进着。

（二）联合县政府

在最初，随着国军的撤退，凡是敌人占领了的区域都飞快地组织起汉奸政权来。日寇多年在华北的特务工作总算收获了相当的代价。汉奸政权的建立就是日寇以华制华毒计之政治上的实施。利用汉奸政权，日寇可以更便捷的实施其对我人力物力的攫取掠夺，达其以战养战的阴谋。在晋察冀的区域内，足供日寇三百万年用的山西藏煤的一大部分都是在晋东北。如阳泉矿、大同口泉矿。在河北更有开滦、井陉、房山和临城的煤矿。宣化龙烟铁矿、长芦的海盐、冀中的棉花亦都是日寇军需工业目前亟需要的资源。

晋察冀边区政府先天的担负起粉碎敌伪政权，揭穿日寇阴谋，建立抗日政权任务。这一个艰巨的任务，今天基本上完成了。但是这是一个艰苦奋斗的过程，譬如在边府成立的时候，部队所不能达到的地区，或是军事力量不够支撑的地方，如平西和察南雁北一些县份，或是铁路附近的一些县份，就不能马上建立起抗日政权来。

有些地方虽然日寇的势力较大，但是也不能放弃。在抗日政权建立之初，有时是子弟兵团或是游击部队先行开到敌区活动，扫荡敌伪势力，用军事的力量，提高敌占区人民胜利的信心，随之民众团体，抗日政权亦就建立起来。以后的工作就主要的是依靠了政权工作同志的艰苦奋斗。有时敌伪的势力在相连的几个县份上都是平均的强大，比如河北的易县、徐水、满城，因为是在平汉沿线，距保定又近，敌伪势力当然较强。假如每县设府即使有足够的干部，在开支上，工作上都有许多浪费，于是边区政府就设立一个易满徐联合县政府，进行三县的政权工作。由于工作的开展，抗日政权是逐渐地扩大逐渐地缩小了敌伪政权，也就是说当工作已不是一个联合县政府所能照顾得到的时候，便单独设县。譬如现在的易县县政府就恢复了抗战前四分之三的地区的政权，就是其余四分之一的地方，我们的政令也能达到，已经形成晋察冀边区的一个巩固县份，像平山、唐县、定县、曲阳、阜平等县一样。

当然这不是一个简单过程。譬如平西的房良联合县政府，在一九三八年，只辖有二十个村子，在这仅仅的二十个村子里，能够直接管辖，丝毫不受敌伪压迫的却只有五个村子。但是现在已发展到九个区，一百一十四个村子，不巩固的区村尚不在内。民众方面，从前只有三千余民众是在祖国的怀抱，现在则已有十万人民享受民主政治的权利，团结在抗日政权的周围。这便是政权工作者艰苦奋斗的结果。他们经常地和民运工作的同志配合在一起，身上背起自己的行李，带上吃用的干粮，不顾任何危险的跑到敌区去宣传民众，教育民众，组织民众，传达政府的抗日法令，推行政府的法令，保证抗日政府法令的任务完成，或者就是进行破坏或阻止日寇汉奸的伪法令，揭露日寇汉奸的一切阴谋诡计。就是这样的一点一滴，流血流汗，一村一村的建立起抗日政权，奠定抗日政权的稳固基础。

联合县政府在边区存在的已经不多了，现在只剩下察南平西的一些县份。譬如宣化、涿鹿、怀来的宣涿怀联合县政府。涞水、涿县的涞涿县政府，平西平原上的平西专署的涞涿办事处，昌平延庆的昌延联合县政府，和上面提到的房良联合县政府等几个县，最近在肖克将军的指挥之下，接连的在三月四月中间两度粉碎了敌寇对平西的大举扫荡，在这种胜利的军事条件之下，平西各县抗日政权必也空前的开展，所以平西的几个联合县亦将单独设县。

联合县政府是在接近敌区的地方开展敌后抗日政权的一种形式。只要是在没有充分的军事力量的时候，联合县政府将随着晋察冀抗日政权的巩固与扩大而存在或消灭。

联合县政府的英明创设不仅是晋察冀行政机构上的一个特点，而且还发生了重要的政治意义。它扫除了民众几千年来一贯的对付政府的错误观念和态度。就是说取消了民众几千年传统的“衙门观念”。也就是说在敌我政治斗争的前哨上，联合县政府部分的完成了填平政府与群众之间传统的鸿沟的任务。使敌占区民众深刻的认识了抗日政府就是民众自己的政府，是给老百姓想办法打鬼子，解决日寇汉奸所加于民众身上的血腥统治的痛苦的政府。联合县政府的设立，在打破一般民众狭隘的地域观念工作上也起了相当大的作用，使群众了解到，地域观念是不应有的，有时甚至是有害的。

在联合县政府最初设立的时候，人们多是瞧不起这一政府，轻视的称之为“联合县儿”。但是由于政权工作同志的努力，实际工作的表现，现在已经一般的扫除了这种不正确的观念。

（三）县佐公署

晋察冀还有许多县份被日寇占领的铁道线切成两半，如平汉线上的定县、望都、正定等县。这些县份出于交通的艰难，造成了全面的领导上的困难。于是在区域比较大的一半设立县府，比较小的一半成立县佐公署，以便领导。

在晋东北有许多为同蒲路所贯穿的县份，为邻军强索而去，但是他们又不开展铁路附近的工作，于是把那些地方形成了荒芜的园地，变成了盗匪汉奸们活动的巢穴。我们去年由晋西北通过同蒲封锁线的时候，亲自看到了这种无理的荒芜的惨状。距离同蒲路百余里，就等于到了敌区一样。绝望和痛苦的悲容挂在人民的脸上，在一个个村庄里，日寇汉奸的标语宣传画，和烧焦的断垣残壁形成一幅亡国图画。一点也不夸张，你越是走近同蒲路，就越是像进入到鬼域世界一样。

有一次，晋察冀的一位工作同志，因事走到阳曲（太原）县属的一个村庄，老乡们还认得他，他就是当初没有不合理撤退之前，在那一带地方工作的一位同志。老乡们见到他埋怨的说：

“你们怎么不管我们了呢？你们怎么不来了呢？我们几时没有纳粮完税，缴合理负担呢？……”

人民就像是失掉了慈母的孩子一样。

在那些地方有许多群众团体的会员写信给晋东北各民众团体的负责同志——

“我们都想着你们，没有一会儿工夫忘掉过去你们所给予的工作指示。但是你们是和政府一样的不再来了。你们难道忘掉了我们？我们是太需要你们的指导了！还告诉你们，过去的组织还被我们严密地保存着，不让任何人侵害她丝毫，就像我们曾经保证了你们不会受到丝毫侵害一样。亲爱的同志们：你们几时再到来呢？”

在人民的热切盼望与要求之下，亲爱的同志们终于回去了。晋察冀边区政府不能容忍这种对工作毫不负责的儿戏态度，边区政府不能让数十万民众沉沦于水深火热之中。假如长此以往，在这一些地区，还一定会产生出汉奸组织来，把人民驱使为日寇的牛马。到那时不仅是数县民众的痛苦，亦势必影响了晋察冀的边防，无异于给日寇在西方畅开了门户。于是边区政府便在这些县份也设立了县佐公署，专以巩固与开展同蒲路以东地区的政权工作。像这样的县份有毗邻山西第二行政区忻州、崞县，与第八行政区相连的阳曲、榆次。

平定和寿阳系与晋东南抗日根据地相邻，但为正太路所切断，亦在晋察冀这方面成立了县佐公署。

由于敌区工作的深入与健全，这些县佐公署亦可形成一个县政府的。

曾有人说晋察冀边区分割地方政权，半年来我在边区亲眼看到说这些话的人正是向国民政府领导之下的地方政府晋察冀边区“收复失地”的人，正是企图或是已经实行过的向边区进攻，迎合日寇意旨企图分割边区的人。晋察冀边区的巩固与扩大是一个现实，抗日民主政权的巩固与扩大正是边区政府的责任，亦是每一个抗日工作者，不愿作亡国奴的黄帝子孙的责任。他们是在向日寇收复失地，是在敌伪盘踞地方，是在我们国家曾经丢掉了的地方建立抗日政权。除掉日寇汉奸谁能说这是不应该呢？晋察冀的范围不但现在是扩展，而且将来也还要扩展，敌后各地都应这样的扩展！晋察冀抗日民主政权是晋察冀人民的政权，但是竟有某些人偏偏向晋察冀要政权。我亲眼看到边区诚恳的执行统一战线，把雁北，把晋东北的几县遵命让给邻封。但是我也看到这一些地方，和这些地方上的民众，马上被这些人抛入火坑，等于双手又奉于日寇，这不仅是开辟工作流血流汗的同志所痛心疾首，亦为人民所不允许，这些人们造成了对国家对民族的莫大罪恶。而以后边区政府再也不能有这种退让，积极的发挥团结抗战的真实精神。

上面所说的县佐公署和联合县政府这两种抗日政权的形式使晋察冀形成了对敌伪包围的政治上的优势，完成了政治前哨战的胜利任务。

联合县政府和县佐公署所以能够存在，而且发展，就是因为他积极的发扬了民主，形成百分之百的民众的抗日政府。

在接近敌人的地方，尤其是敌区的民众，是最深切的感受到敌伪蹂躏的痛苦，因此反抗的情绪亦就愈为高涨。这种情形造成了抗日政权建立的有力的有利条件。如果一个政权工作者单纯的把握住这一个有利的条件，有意或无意的忽略了民主，或者是认为敌区的民主会妨害政权工作的建立，那他就犯了一个错误，这一个错误会妨害政权的巩固和扩展。民主政治的实施不是说建立起一套民主政治的机构之后再给予人民以民主的权利，而是要求在一切的工作中积极发扬民主，只有这样才能把握住上述的接近敌人区域的有力的有利条件，只有如此，才能利用这有利条件建立起抗日政权，把抗日政权明显的和敌伪政权对立起来。只有如此才能粉碎敌伪军事上的优势。

也许有些人认为联合县政府和县佐公署一定有大批的武装保护，这是一个错误的想象，不合理的想象，因为这是不可能的事。假如县一级的政权机关需要武装保护，区政府和村政府也同样的需要武装保护。假如有这些武装，在政权工作的开展上就又不必采取这种工作的方式了。一个县政府要随时带着几百武装，即使可能，亦将召致日寇的注意，日寇会随时的以优势兵力向我政权机关进行摧毁。这样，一个县政府亦将没有任何时间继续不绝的进行政权的工作，终日就要为那不值得的失败的战斗而忙，一个政权机关亦就变成了军事机关，自己取消了政权工作。由单位武装保护作出发的，结论便是政权工作的取消。

边区的政权机关也并不是没有武装，每县公安局的警卫队都在百人以上。有的县份还有着地方游击队。但是这些武装不是放在政权机关的周围，星罗棋布的用以作消极的保护。他们也都有着各自的任务。在敌人进攻的时候，相反的这些武装却是分散出去积极的袭扰敌人，摧毁敌伪政权。警卫队是侦察逮捕汉奸匪徒，安定社会秩序，保障一县的人民的。说起来也或许使人惊讶，政权工作同志甚至连一把小枪都没有，仅只是带着两三个边区制造的小型手榴弹。然而所有的民众却都是政权机关和政权工作者的武装，他们的最忠实可靠的保护者。边区群众自然会给你封锁消息的，甚至日寇扑到了政权机关所住的村子，群众都会随机应变保障你的安全。这也就是实施民主，积极发扬民主的结果。

在这种工作中，还告诉我们不能忽略群众任何小的困难任何微小的要求，对于群众所提出的问题都要给以肯定或否定的详切明确的答复。在坚持政令推行实施的工作过程里要具体的了解到群众本身的困难，帮助群众克服这些困难，要给群众想办法。在政治斗争的最前线，就像是在火线上一样，要正确的了解敌人，了解自己，不能够失机，随时会有或大或小的变化，就要随时的正确的下决心，正确的进攻或是正确的退却。因为敌区是敌伪占优势的地方，民众是处在敌伪血腥的统治之下，抗日政权如果忽略了这个客观现实，不管你是有意无意，不管忽略的程度或大或小，势必和群众脱节。在敌区如果和群众脱节，无异于在战场上损坏了自己的武装。因此凡是由于敌伪造成的群众的困难，也就是抗日政权工作者本身最大的困难，也就必须用全力解决这些困难。抗日政权是解脱敌伪血腥统治的人民的政权，因此不是把人民从敌伪血手中解放出来，而使之重新放在另外的一把血手里。这是所有抗日政府必须时常警惕着的一桩不小的事体，否则在政治方面就将延缓胜利的时日，甚至铸成了对国家，对民族的莫大罪恶。

（四）娃家舅舅

在接近抗日政权的地区内驻扎的日寇时常这样的对老百姓讲：

“你们的工作人员，比抗日军还可怕！”

这一批一批比抗日军还令日寇感到可怕的工作人员就是晋察冀的敌区抗日政权工作者和敌区工作者。他们化装成老百姓，甚至连一颗手榴弹都不带，经常的出入于敌人占领的区域如入无人之境，就像在我们巩固的区域内一样自由地走来走去。

日寇不理解这个道理，可怕的是他们自己。在我们自己的国土上走来走去布置我们的工作，进行我们的工作，是我们自己——每一个中国人的神圣职责，不这样作，那才是可怕，那才是奴隶的劣根性！敌寇不能了解，也不敢去了解，群众都是我们的同胞，也都是抗日工作者的保护人，事实逼着敌寇了解，但是他只能有神话似的了解。

大龙华之役所俘获的日寇的文件中敌酋桑木师团长就这样地讲：晋察冀的组织是神秘微妙，不可理解的组织。老百姓可以随便用眼色或手势传达抗日军所要知道的消息，速度则比电话还要快！

这并不是稀奇古怪的事情，通过群众，日寇的情形我们是了若指掌。晋察冀的群众就像是一面宝镜，只是映照敌人。敌人要看这面镜子的时候是俨然一片，非要仔细看不可的时候，他亦将永远得不到他要看到的情景。日寇铁蹄锻炼出晋察冀人民的智慧，他们已经逐渐的学会怎样保护他们自己，怎样保护为了他们而不怕任何牺牲、艰苦奋斗的人们。

晋察冀的许多敌区里，敌人已经不敢再听信汉奸的话，也就是说敌人的耳目已被抗日工作者挖下来或是割掉了。在山西定襄敌人驻扎的一个村子里，村长就曾经这样公开的进行他的工作。他一面敲着锣，一面喊：

“街坊邻居们，可不能种大烟呀！种大烟是犯法呀！种了大烟要受罚呀！”

日本兵问他们喊什么，他就这样的回答：“太君让我们种大烟，我告诉他们种大烟。”

这不是一个好玩的兴头，假如村子里有一个汉奸，村长就不敢这样喊。

有一次敌人逮住了一个人，说他是定襄县长。村子里的老乡们看到了马上告诉日本兵：

“这哪里是县长，太君逮错了，他是 ×× 村小铺里的老板，到村里要账的。”

翻了翻那个人身上果然就带着账簿，和老百姓说的一样。

“我告诉你们吧。县长比这位老板面孔还要黑，不是小胡子，是络腮胡子。”

于是那位“老板”被释放了，他照例恭顺的向“太君”憨里憨气地鞠了一个躬，一摇一摆地走出村口。其实他就是老乡们所熟识的定襄县的抗日县长。

日寇对于晋察冀工作人员是恨之入骨的，曾想尽了种种残酷至极的办法来惨杀抗日工作同志。他们有时冒充抗日军的工作人员到各村召集村长和各群众团体开会，村干部到来之后就逮捕，施以种种的残害。这些同志也都是临危不惧，从容就义，在敌伪屠刀之下壮烈牺牲了。在曲阳、定襄、望都各地都曾发生过这样的事。

日寇无数次设法攫捕敌区工作机关、敌区工作人员，虽然回回扑空，但是他并不愚蠢，他知道这些机关，这些人是依然没有离开这个地区。这些人是顽强的站立在他们的工作岗位上，只不过是时或集合，时或分散。于是日寇时常的在夜间静悄悄的包围住一个他们认为住有抗日工作人员的村庄，直到天明便进村挨户搜查，虽然同样的是十次中十次扑空，但是敌人却并没有料错，这些村子里在夜晚的确是住有抗日工作同志。

有一次敌人就这样包围了定襄县的一个村子，一个区长正住在这个村子里了，天明时醒来，他就感觉到不对了，但是已无法脱离日寇的包围。敌人进村搜查了，搜到他住的这家的时候，急得他实在没有办法，便跳过墙去到另外一家。他请求那家的主人，一位少妇帮助他。这时敌人又在砸这家的门了，这位主妇马上让区长睡在床上，她亲自给他把被子盖好。然后跑出去开门。敌人进来了问她床上是什么人，她说是她的丈夫。敌人让床上的人起来，她说他害了伤寒病了。但是敌人一定要床上睡的人起来。于是她很自然的，神色不动的走到床头，轻轻的拍着区长，温柔体贴的说：

“醒一醒吧，太君来看你了，不要害怕，醒一醒吧！”

她一面像妻子一样的招呼着区长，手抚摸着区长，可是用力的按住他不让他动。敌人看不出什么破绽，也就走到别家去了。

有一次一个牺盟会的秘书，在白天被围在一个村子里，敌伪搜到了他待着的那家，那家的主妇听从敌人的命令一个个告诉敌人都是什么，指着这位同志说是“娃家舅舅”。敌人找不出什么破绽去了，最后剩下一个伪军，他指着那位同志向那家主妇说——

“娃家舅舅？谁不知道他是牺盟会的秘书！”

说完也扬长而去了，伪军里面也充满了有良心的中国人啊！就是一个小孩子，在晋察冀的敌区内也常是一位工作同志的保护者。他们不仅是凭了年龄和天真的掩护传送一些消息，就是敌人把村里所有的人集合起来，让他们认的时候，也会一个不漏掉的把那些区长、主任，一些工作同志认成他们的叔叔、伯伯、哥哥、亲戚，决不使日寇捉到他要得之而后快的人。

这一次十八集团军总政治部的摄影工作团就曾经到正太路上依靠了日寇所设“爱护村”的爱护，就在白天把一趟由石家庄开往太原的列车由头直拍至尾。部队还布置在拂晓的时候，拍摄爆破火车和子弟兵团冲杀的壮举，可惜天还没亮，就先来了一趟火车爆破了，只好勉强的拍摄了一下。

在平西的时候，我们曾亲自跑到敌区去参观，到达了距日寇据点仅仅三里地的地方。我们每到一村老乡们便自动的在各个路口安置上岗哨，并且在敌人的来路上放上流动哨。这一次通过正太封锁线时，我们就住在一个附近十余里共有四个日寇据点的一个山村里，其中最大的一个据点有日寇三百余名，距离车站仅十二里。第二天早晨，我们还亲自看到一个据点内的敌人，到距我们仅四里路的一个村子里烧房子。我们却安然的照常开会纪念“五四”，虽然护送我们的仅有十四人。

敌区民众所以能够如此，形成日寇的敌人，抗日工作者的保护人，一方面是由于人民具有爱国心的民族意识，一方面也是敌区工作者一滴血一滴汗、艰苦、牺牲、努力工作的成绩。每一个敌区工作者的生活、行动以及他本身的工作都是深深的渗透到群众里面感动启发他们。使群众在人间与地狱的强烈对比下认清了敌区抗日工作者是为谁而冒险牺牲。就是这样初步的把群众组织在他们的周围，组织在抗日政权的周围。

敌区工作的开辟却不是这样富有冒险的情趣，而是要在与日寇汉奸浴血的斗争中进行的。在平西接近平原的一角，我亲自看到敌区工作者开辟工作的艰苦是如何深切的动人。就是在敌人势力范围内，搬开手榴弹盖，在桌上摆着自己的武器，随时准备战斗地在与老乡们，新的村级干部们开着各种各样的会。就是在这些会议中，把群众分别组织起来，建立起各种群众团体，把群众逐渐吸收到组织中来，政权民主地产生了，村政权和区政权都建立起来了。在会议上解决了群众的困难，发动各种各样对敌伪的斗争。我亲自看到每一个新由敌区工作归来的同志是如何风尘仆仆，疲困至极。他们除掉吃饭、饮水、睡觉之外连一句话也懒得说。他们在这种地下室式的生活中，是紧张、危险、随时进行工作，几乎连睡眠时间都没有，两支肩膀肩着一张嘴的艰苦地开展工作。日寇悬赏捉拿这些同志，他们被敌人称为“没有武装只有嘴巴的匪徒”。

在山西五台山的一个抗日区长，就经常的跑到驻有敌人的山下的台怀镇和山上的寺院内去工作。他时常的碰到敌人。由于他的机警善变，从没有一次被敌人识破。有一次他挟了一只鸡到台怀镇去，路上遇到一队敌人，捉住了他问他是做什么的，他说是到台怀镇去卖鸡的。有一次他提了一包点心去五台山，路上又遇到敌人，他告诉敌人去台麓寺看二喇嘛的病，给二喇嘛送点心去的。他没有一次被敌人逮住过，他这样英勇机智的工作上的行动激动了他区里的一位助理员同志。他也要学他们的区长要到敌人据点之内去工作，无巧不巧的在路上遇到了敌人，他惶惑地站住也不是，往前走也不是，结果被敌人捉去了，后来通过汉奸的关系花了些钱才设法保了出来。

大方，不是虚伪，而是真正的大方，已是今天晋察冀工作者所逐渐养成的一个风度。机警和勇敢则是敌区工作者所必需具备的条件。机警并不是神经过敏，勇敢也不是鲁莽。曾经有过这样一个故事：一位民运工作干部，在晋东北的一个敌区里，拿着一卷文件，碰到了一队敌人时他机警的把文件坐在屁股下面，装作害病的样子。当敌人走近来，询问他的时候，他抱着肚子痛苦万分的说："哎呀不得了，肚子痛死了！"他就坐在文件上一动不动。敌人认为真的病了。更有趣的就是也有同样的一种情形，一位同志带了不少重要的文件在路上也碰到了敌人。可巧他戴着孝，他马上机警的跑到路旁的一座坟前面把文件用火柴点着，匍匐在坟前号啕大哭，大哭其死了的母亲，敌人也就以为他是哭死人，点纸钱上坟，便毫不注意地从路上走了过去。

在河北定县也有着这样机警英勇的事件。

清风店是距定县城三十来里地的一个村庄，距村三里的地方就是平汉路清风店车站，是驻有敌人的。村子里有一个屠宰场，定县抗日县政府的税收工作人员经常的到清风店收屠宰税，有一天被汉奸发觉报告了车站上的敌人。敌人由车站出发的时候，便已有人预先到村子里报告了。但是敌人是骑摩托脚踏车来的，刚把自行车藏好，敌人就已经来了。敌人问屠宰场里的人都是谁，屠宰场的主人，便一一的向敌人介绍，哪是卖肉的，哪是杀猪的，屈尊这位收税同志做了发账先生。敌人看不出什么可疑的地方，刚要走，忽然发现猪肉上盖的收税戳记，蓝色的“验讫”，于是问猪肉上的蓝印是什么。

屠宰场的主人刚刚怔住，发账先生马上机警的说那是卖了肉的记号。因为宰猪的家儿很多，怕宰过之后弄不清楚，弄乱了，这是“我们屠宰场的标记”。说着便又把那收税的蓝印在未盖过印的猪肉上盖起那“收税的标记”来。敌人回去之后把汉奸毒打了一顿，说他“报告不实”。

河北平山是晋察冀的一个模范县，敌区是很小的。在平山的敌区遂有一个特点，就是没有良民证。这并不是敌人不发，而是平山县工作上的一个伟大的胜利。最初敌人发下良民证来之后，平山的工作同志感到这种东西对工作有很大的不方便。虽然可以自己也佩带上良民证照常去到敌区工作，但是平山的工作同志认为这不啻承认日寇汉奸的法令。平山的工作同志认为这是一种耻辱（平山的工作条件已可使工作同志有此种意念），于是决定把敌人所散发的良民证扫数收回焚毁。首先是先焚毁当时尚未收复的距平山县城三十里的温塘一区的。到了决定的那一天，所有的工作同志们便把这一区内的良民证扫数收了过来，拿到温塘附近三里地的一个地方当众进行焚毁。一方面派出人去到温塘报告敌人说是抗日军好几百来烧良民证来了，一方面派出几个基干自卫队和青年抗日先锋队带了单打一的土造手枪和手榴弹到温塘附近去扰乱敌人，吓得敌人躲在堡垒里乱放了半天枪炮不敢出来。就是这样的焚毁了良民证，同时通令敌区各村限期自行焚毁。于是良民证在平山县就肃清了。以后敌人又发了一次，用同样的方法又给他焚掉。以后只要一发，民众就自动的焚毁，使得敌人亦没法再发。因此只要有抗日的路条，便可以在平山各地自由地走来走去。

在冀中敌区工作队或是宣传队时常的和敌伪军或敌人的宣抚班先后到达一个村庄。敌人后到的时候，我们便被老乡掩护起来，有时撤出村外，有时也就化装成老百姓参加到被迫听其宣抚的老乡们的队伍中。时常的在妥贴的布置之下，在村外打枪或是当场击毙宣抚班的日寇汉奸，让他们来不及拉猪抢鸡就抱头鼠窜而逃。假如我们后到，老乡便设法通知我们。如果我们亦有武装部队配备的时候，便时常在其归途中予以袭击或歼灭。起码会把他宣抚之后抢走老百姓的东西打下来还给原主。有时两个敌对的宣传工作，在相距三四里或一二里路村庄各自进行，像是展开比赛的一样。在最初的时候敌人时常把向别的村庄抢来的东西如衣服、布匹等散发到另外一个他所宣抚的村庄。但是由于敌区工作的展开，欺骗宣传和欺骗的行为，终为敌区工作者揭发无遗。晋察冀的敌人最近除掉在他确实占领的城镇之外已不多见宣抚班的活动了。

在机警勇敢的敌区工作同志们艰苦的努力下，不仅是短兵相接的粉碎了日寇的阴谋，取得了宣传战的胜利，而且日渐地缩小了敌区，把日寇汉奸囚困在城圈子里。晋察冀边区不仅在血的斗争里锻炼出一批一批的有着坚定的政治认识的敌区工作者，同时还创造出一套敌区工作的方式和方法。这里面有两种相反的形式，即一是公开的，一是采取地下室的秘密活动的办法。当然这两种方法是并不冲突的，只要条件具备时，秘密的工作就会转变成公开的斗争。就靠这一些宝贵的经验教训在敌区建立起抗日政权，巩固扩大了晋察冀边区，而且就是在敌区也布置开展经济、文化、教育各方面的工作。譬如说，在敌区的定县，已经和政权同样的树立起经济、文化、教育各方面工作的体系，这不能说不是伟大的收获和创造。

上面所说两种方法的两个典型就是平汉线上的定县和晋东北的

定襄。这两个县可以说是全属敌区。定襄是以秘密的方式出现，定县则一切是公开的进行，毫不假借。这是由于定县群众文化程度，教育认识较高，民性比较强悍，工作同志亦能把握住这些条件，积极布置工作，开展工作的缘故。

（五）民众锄奸

在望都县曾经捉住过敌人一个很重要的宣抚班长，在前面谈敌军工作的时候说过了。那一次还同时捉到六七名有名的大汉奸。

他们是住在一个镇子上，夜间正在打牌的时候，十几个游击队员解决了镇外的哨兵，摸到他们住的地方，从被捉打牌的汉奸口中知道了那个宣抚班长是住在另外一间屋子里，于是又捉住了那个有名的宣抚班长。当游击队把这些人绑起来往外走的时候，还经过他们的岗哨，但是那个日本哨兵竟然扭过脸去装作没有看见。由这一个事实也就说明了敌人的士兵已是如何的厌战，对他们长官的反抗情绪是如何高涨，又是如何的同情我国抗战了。

河北徐水县的大王店，是一个伪区公所所在的地方，一天夜间，伪区长、伪公安局长还有几个该区的重要汉奸头子正在区公所里打牌，那个伪区长说：

“奇怪，今天牌有些背了，又总是打错牌，有些心惊肉跳的！”

“大概是因为我来了吧！”子弟兵团的游击队的锄奸工作同志们应声挑起帘子举着驳壳枪进来了。于是毫不费气力的把所有这些汉奸一网打尽的捉了起来，回来的时候还缴了伪警的八支步枪。

子弟兵团的、政权机关的尤其是公安局的锄奸工作同志们是经常的如此出入于敌区逮捕汉奸，摧毁汉奸组织。根据晋察冀锄奸工作的经验，如果认为锄奸工作就是一种单纯的特务工作是不能收获多大效果的。晋察冀的锄奸工作告诉我们，只有给民众以民主，组织起民众来，让民众有了自己的组织，提高民众的政治认识才能完成锄奸工作的全部任务。汉奸不是一个人、两个人、千百个人所能锄得净尽的，但是在“十目所视，十手所指”之下会根绝汉奸的产生，在有组织的抗日民众前面，汉奸就难逃法网。在晋察冀，小孩子放哨捉汉奸已是司空见惯，不足为奇的事。捉拿汉奸不仅是自卫队，青抗先的工作任务之一，而且就是晋察冀一千二百万人民每一个人的任务。

在平山县有一个穷凶极恶的姓李的汉奸，他本来是某部的个排长，被敌人俘虏之后投降了敌人。敌人委他作平山县城的宪兵队长。因为他对平山一带各方面的情形较为熟悉，便无恶不作。在他手中死去的抗日工作同志竟达百余名之多。因此他的名字便落在平山县民众锄奸组织中的汉奸册子上的第一个位置。但是他非常狡猾，从不轻易离开平山县城，使锄奸工作同志无法下手。

不久在平山县城里开了饭馆子，铺掌和蔼可亲，特别会作买卖。几个跑堂儿的伙计也是非常讨人欢喜。上灶的师傅的手艺也颇为不恶。在敌伪统治下的地方，就是开铺子也要找一个有名堂的撑腰人，于是铺掌就走门路送礼物请到了这位“李爷”李队长。以后半月十天的，铺子里总是准备一些好菜好酒请这位李队长的客。

三个月以后，这位李队长失踪了，日寇失掉这位好的助手是不甘心的，按图索骥的就到这家饭铺去找，谁知早已风去楼空，在灶火间却发现了血刀一把。问到城门站岗的警士，说是天一亮就有几个老乡抬出一个贴有“大日本皇军平山警备队”封条的箱子出城了。不久这位穷凶极恶的大汉奸的头，被装在木匣子里，“沿村转送”的号令示众了。直到今天平山的敌人还没有得到一个比这位李队长更忠实的狗。

这一件民众锄奸的事实已被晋察冀的戏剧工作者编成了一个很好的剧本，在各地扮演着。

定县也曾发生过这样的一件事。定县的一个汉奸首领被民众锄奸小组的同志进到城里把他捉住，用棉花塞住口，然后把他用棉被包起来，趁着黑夜从城墙上丢下来，可惜一下子给摔死了，没有得到活的。

定县的群众锄奸工作小组也是很健全的。这是敌区定襄所以能够建立起巩固的抗日政权的一个重要原因。在定襄只要你已和敌人相通，第二天你就将被送到天堂，在尸身上还放着你做汉奸的证据。因此，想做汉奸的人也只好安分守己的做一个抗日的老百姓了。

像这样工作着的锄奸小组，今天已遍布于晋察冀边区各地，而且日形扩大，日见增强。

在阜平曾经住过一个有名的女汉奸。她从抗战开始就从事于日寇的间谍工作。她曾潜入华北各战场，在晋绥军中作出过很大的成绩，而且还曾打进了八路军某个旅的政治部中工作，但是毫无所获，在将要捕她的时候，她又机警地逃走了。但是这一次来到晋察冀边区却被一个乡下妇女，一个妇救会的会员所破获。

据她自己的口供，她曾用媚术勾搭上过三十多个人为她所完全利用。最后当她已获得她所需要的东西之后，就用一种找不出形迹的方法害死那个人。三十来个人，没有一个逃出她的手掌。在临刑前她这样的讲——

“想不到我会被一个乡村妇女所破获，我虽死也佩服你们晋察冀边区！”

事实的经过是这样的。

阜平县的一个登徒子之流的人在路上和她相识。亲热的谈起来，那位登徒子便把她带到家中同住了。当然在邻里间马上传出了这个消息，于是首先就被妇救会所注意。她之所以同这个人同居，是因为在晋察冀除此以外，简直无法找到住处之故。她是企图以后找机会打入某个军事学校的。有一天她在路上和一位乡村妇女相遇，随意的攀谈起来。她以为那个妇女愚顽可欺，便随机应变的进行欺骗宣传，说什么为抗日军洗衣服多苦呀，为抗日军缝衣服多累呀，为抗日军做鞋子多费时间呀……一类的话。她满心得意她作了一桩工作，哪里晓得这位被认为愚顽可欺的乡村的妇女，把她所说的话马上报告了妇救会。于是会同政权机关把她抓送到公安局去，结果从她身上搜出了各种各样的假路条来。

敌人对于晋察冀是一丝也不放松的，他们利用各种各样的方法训练出一批一批的汉奸来，送到晋察冀。为了这样做，有时甚至把一个人弄成残废，有时利用小孩子。

在晋察冀曾经捉住过这样的汉奸，当你审问他的时候，越是问他，他就越说不出话来，只是说心里烦乱，令你毫无办法。后来又捉到一个汉奸，送到狱里，他们就和这个汉奸招呼起来，遂知道他们确是汉奸无疑，然后慢慢的利用个别谈话的方式才谈了出来：他们出发之前，日本人给他们每一个人吃下一个白色的药饼，只要谈话，他就心头烦乱，就是想说的话也说不出口来。

在三军分区、四军分区、一军分区的部队里都曾发生过小孩子投入部队来为敌人偷文件，送消息，撒毒药谋害首长的事情。

在三军分区曾有几个从敌区跑出来的小孩子要求当小鬼，但是问到他们家庭情况和跑出来的原因的时候总是含混不清。管理科的同志认为是小孩子没有什么，也就马虎过去了。但是子弟兵团的小鬼是和子弟兵一样的有着政治认识，小孩子也有着小孩子的政治警觉性。当小鬼们围着这几个新来的孩子谈话的时候，同样的发现了他们来历不甚明白的矛盾。于是小鬼们怀疑了，一个小鬼把一个小孩子拉到旁边去，告诉了他部队中的规矩，告诉他还要上课识字，这样两个人感情好了起来。最后这个小鬼送给新来的孩子一杆自来水笔，那个孩子就

源源本本的把他们是如何被鬼子抓了去，如何受训练，如何派出来，派出来要做什么，都说出来了。于是小汉奸在小孩子手里破获了

在晋察冀边区，日寇亦派去了不少的政治间谍，他们有着很高的文化程度，满口的马列主义、三民主义。他们就仗着这些资本，戴上抗日的面具，钻进晋察冀。在部队中，在各机关，各团体，甚至党派的组织中间都曾发现过他们的踪迹。这一些奸徒便是所谓托洛茨基派的徒子徒孙，和卖国贼头子汪精卫派的喽罗。但是由于晋察冀各部门组织的巩固，这些匪徒都先后落网。

这一些事实的列举并不是说晋察冀边区的锄奸组织已臻完善，好工作已做到无以复加的程度。相反的还存在着不少的漏洞。但是这些是可以弥补的。每一个网结还是要加强的。由上列事实看来，晋察冀的锄奸工作比全国别的地区作的好一些，或是好许多，却也是一个明显的事实。譬如你翻开汉奸报纸来看，晋察冀以外的地区，除掉一些抗日民主的统一战线的区域之外，各部队、各政权，以及部队与部队之间，部队与政权、与民众之间的关系都是相当的清楚，有的甚至了若指掌，比我们还要清楚。但是说到晋察冀，他们除了刊载一些掩饰其进攻边区每次失败的谣言之外，一切都是模糊的，以至毫无所知，假如有那便是随意的造谣、侮蔑和漫骂。这里有一点是可以注意的，这一些汉奸口中笔上的侮蔑、漫骂和造谣，时常的和抗日阵营中某些人说的话和议论像是出诸一个蓝本，毫无差异。

另外的一个事实证明，就从每次战斗中俘获的日寇的文件来研究，凡是提及晋察冀以外地区我抗日部队的部署、番号，大致没有什么错误。但是提到晋察冀，就是跟他作战的子弟兵团驻防地的地图都是概乎言之，十张中有九张半是错的，部队的番号都弄不清楚。这些事实证明了锄奸工作是如何的重要，锄奸工作在晋察冀是得到了如何伟大的胜利，锄奸工作的大大小小的胜利也大大小小的为每次粉碎日

寇扫荡创造条件。

像各种工作一样，今日的锄奸工作成绩并不为晋察冀的锄奸工作同志和全体同志所满意。今天边区的锄奸工作还是偏重在防御方面，今后他们还要争取主动的锄奸工作的攻势。建立更积极的谍报工作。像相信其他工作同志们自己的希望一样，我相信他们会获取更伟大的成功，胜利永远是在他们的手中。

（六）不带镣铐的犯人

抗战减少了不少过去一般的案件，但是特种案件如汉奸案却加多起来。这一个现象也充分地表现在晋察冀的司法工作上，根据数字的统计，这类案件占所有案件的百分之八十强。在特种案件中，汉奸案又占百分之九十。其余百分之十是服毒吸毒等案。而吸毒与汉奸又多是血肉相连。但是汉奸有大小之分，有有意无意之别，有自愿被迫之异，然而多无法令可依，更乏判例援引，晋察冀又是处于敌后，环境特殊，所以司法工作在边区是一个困难的工作，也是同样的富有创造性的工作。

晋察冀的司法工作已完全废除了刑讯，这是一个大的成功。速判速决，案无积牍，像政权其他部门工作一样。

除掉特别重要的犯人之外，在晋察冀一般的犯人都是不带镣铐的。犯人的伙食，由犯人自己管理，因此他们的饮食是逐渐的改善。虽然是在牢狱之中，有人教他唱救亡歌曲，有人给他们上政治课。每天还开小组讨论会，就像进了一个特种学校一样。在特种犯人的抗日教育工作的进行中，使得不少的汉奸翻然悔悟自行承认罪行而要求处罚。这一个工作更得到了这样一个成绩，可以说没有一个汉奸在他被判决之后，不是觉得正当的。他忏悔着自己的罪恶走入监牢或是押赴刑场。

走遍晋察冀，你找不到一座门禁森严，高墙坚垒，遍布电网的监牢。他们就是被关在老百姓院中，住在老百姓的房子里。犯人们每日除了学习之外，就是作工，如纺纱、织袜、编席……工资是他们自己的，这些钱有时则用以改善犯人的生活。

在山西的盂县曾俘获了一个伪军法官，过去是山西大学的法学士。因为他年纪已经快五十岁了，在群众中间也不曾做过什么坏事，于是把他送到五台的反省院，今天他已是那一座反省院的院长。这一个老人过去是茫无所知，现在已能滔滔的讲述抗战建国的道理。抗战胜利的远景激动了这个老人，使他也成为建设新中国的一员，如此又可见到犯人的教育工作是如何重要，又能得到什么样的效果。

由于晋察冀一切的正规化，由于晋察冀是一个敌后的战斗环境，大部分的民事案件都在村政委员会的调解委员会中解决了。为了适应敌后的战斗环境，游击环境，为了人民的方便，晋察冀的司法工作便建立了巡回审判制。这不仅可以连结一些案件，避免许多老百姓的麻烦和困难，而且可以就地切实调查案件，使判决更富有正确性。

陪审制的建立，这是边区司法工作的一个大的进步。当然在建立之后，由于各陪审团体机关代表法律常识的缺乏，或是法官对于条文的拘泥，曾增加了不少的麻烦和困难。但是这并不妨碍这种制度的优良性和正确性。使它形成了边区司法工作革命的先声。

晋察冀的司法工作人员在工作过程中是不甘落后的。一个个锻炼成具有正确的政治认识和政治思想的抗日的革命的司法工作者。

司法独立，晋察冀在形式上并没有作到，新时代的司法工作者的缺乏与培植的困难是一个重要的原因。但是在实质上，边区的司法工作却有着这样的精神。边区的司法系统是由边府的司法处到专署的司法科以及县政府的司法科，构成了三级三审制。虽然表面上是依附于政权，但是在工作上它独立的性能是被尊重的。譬如汉奸的审问和判决，只有军法官才有权。这也是保障人权的一种表现。就是部队上捉获了汉奸只要不是牵涉到部队中军法范围的案件，一样的送交政权机关的司法科处理。每县县长都是兼任该县的司法官。

在路线确定之后，干部就是决定一切的重要因素。这是一个真理。晋察冀的环境是一个并无前例的特殊的环境：司法工作亦必须有不少的改革和进步的创造。当一批一批革命的司法工作者从工作中锻炼成功的时候，我们相信晋察冀的司法工作是一定能走上真正独立的途径。形成新中国的司法工作的楷模。

（七）到区村去

当你要来到晋察冀参观工作的时候，每一位工作同志都会告诉你：

“到区村去！”

你跑到县政府，是时常的碰不到县长、科长。机关里时常仅只有少数同志，其余的人是都到区村中去了。

“健全区村政权！”从晋察冀边区政府成立一直到现在都是政权工作日程上的一个重要项目。不论是政权工作或是民运工作，都是建筑在巩固的区村工作上的。我们常常听到定县、唐县、阜平、平山各县的名字，因为这几县的工作最好，而其好的原因，主要的是因为这几县的区村工作最好。就是依靠了区村政权的日益巩固，这区整个政权工作也就日形巩固。

区村政权的巩固说明了晋察冀边区的政权，是自下而上稳固的塔形政权。民主政治的实施当然是政权巩固的最大的一个原因，另外的一个重要原因便是行政机构的改革。在行政机构改革的工作中，“划小区”的实行是晋察冀边区一个英明的创作。

全国各县旧的区过于辽阔。纵横有超过百余里者，甚至一个大县的区的范围有超过一个小的县分者。比如河北的易县的旧区便是如此。我也曾亲自听到阜平、平山、盂县、五台等县山区的老乡们讲，他们在过去一生都不曾见过区长是什么样子的一个人。盂县的老百姓甚至以为区长还是穿胡袍，戴顶子，坐大轿的官老爷，只不过威风略比县太爷小一些罢了。在平西涿县属的一个地方“三坡”区就更是笑话，那里虽然是涿县的七区，可是根本就不曾有过区长。民国成立以后，依然沿用清朝的年号，一直到民国十八年才知道有了一个民国！这虽然是民众的落后，但是最主要的说明了过去的行政官吏都是做了些什么，说明过去行政机构的不健全。

在战时，这样辽阔的区的划分，是再也不能适应了，尤其是在敌后的战斗的环境之中是更不适合。在晋察冀要求区的划分适应战斗环境，要求能够在战斗中坚持区村政权工作，力求在战斗中能够灵活的、迅速的动员人力物力配合战斗，要求把区形成为一个真正的工作机构，而不是一个承上启下的传达机关。过去区的划分是绝不适应这种要求的。区域辽阔，交通就费时间，就不便利，工作人员亦就不敷分配，领导工作亦必然的呈现薄弱的现象。二十八年粉碎日寇对晋察冀的围攻的过程中就又充分的证明，大区一经敌人军事上的分割扰乱，区政权工作就等于瓦解，失掉了作用。因此晋察冀当局就更深切的感觉到过去的大区遗留给工作上的损失是无法弥补的，必须进行彻底的改革，于是实行“划小区”，实行“小区制”。

根据客观环境，晋察冀制订出三个划小区的原则：

一、以大道河流为界。

二区域纵横不过三十里，辖村不过五十。

三、区内有几条山沟小道，并且包括一半以上的产粮村庄。

这三个原则不是随便厘定的，是有着充分的理由。

敌人占领交通线，修筑交通线，作成囚笼般的线的联络来分割我抗日地区。假如在区内贯穿交通线，必致形成在区内被敌人分割，造成工作领导上的莫大障碍。如果以交通线作为区境的界限，就形成工作上对敌反包围的形势。使敌寇汉奸经常在我控制之中。区域纵横不过三十里则工作人员一天便可往返，一方面使公费节省，不出旅费，一方面领导加强。在文化程度低的农村条件下，区里的工作人员经常下乡便加强了工作，变文字领导为亲切有力的口头领导。至于区内要包括几条山沟小道（当然平原例外），在战斗的时候，可以便于游击，抗日政权不易为敌摧毁。区内再有半数以上的产粮村庄，即可自足自给，食粮容易集中，不易为敌抢掠焚烧。在这几个原则之下，晋察冀所有各县都已划成了小区。

小区的划分使区政权工作更形深入，更和群众的关系密切起来。村子少了，工作就更具体而切实，领导方面自然加强。同时由于区的增多，大批的积极的优秀分子涌进到抗日政权工作中来。这样划小区主要是使每一个区在战斗期间，形成一个战斗的机构，可以在战斗中坚持工作配合战斗，平时就是一个灵活有力的工作机构。

（八）村政委员会

从晋察冀边区成立，就开始了村选。

二十八年一月二十八日，正是在粉碎日寇的大举围攻之后，晋察冀边区政府公布了村选举法。在选举法中明白的规定只要不是汉奸，不是精神病患者，凡是年在十八岁以上，宣誓不违背国民公约的公民，不分阶级，不分党派，不分种族，不分性别，没有教育程度和财产的限制，大家一律平等的都具有选举权。并且实施不记名投票法。这种直接民选正是贯彻了民权主义的真精神，渗透着统一战线的真意义。

在进行村选的时候贴满了红红绿绿的标语。上面写着“选举真止的代表”，“选举认真办事，不怕困难的先进分子作村长”“选举代表群众利益的村长” ……一类的语句。有的村庄还高搭彩牌坊。全乡无论男女老少都是换上新的衣裳，每一个选民都佩带着红花。

在选举大会上首先由旧村长报告一年来的村政工作。村民有不清楚的地方或其他的意见，当场提出质问。旧的村长、副村长和村政委员会的委员负责答复。最后由选举出来的新村长报告一年的施政方针。他诚挚真切的报告会博得全村人民的热烈拥护。人民选举出他们自己的新村长来了，他们就这样热情的高呼：

“解决村长的困难，拥护新村长！”村长是他们自己选的，他们就给他作后盾，他们就竭诚的拥护。

选举大会的仪式是辉煌庄严，会场是热烈紧张。人们都把这一天看作一个盛大的节日，这是晋察冀人民的大典。据最近的调查，参加选举的选民平均各村已超过了百分之八十。在选举中还有这样动人的故事，一位老太太病倒在床上了，但是在选举的那一天还让她的老伴扶了她出来，亲自投她那应有的一票。晋察冀的人民对选举是这样的讲：

“这是我们的权利，我们决不放弃！

在进行村选之先，首先在各区各村由村政机关、民运团体及名流士绅共同组织选举委员会，由该会进行各村的公民登记。然后令公民自由分组，每十五人为一组，选举一个“村民代表”。村民代表要对这十五个人负责，必须代表这十五个人的意见，否则他将被罢免另行选举。在许多的县份，妇女被选为村民代表的占半数以上。晋察冀的妇女已获得了她应有的政治权利和政治地位，虽然就是乡村妇女，她们已初步的踏上了政治舞台，在工作中亦充分的显露出她们的才干。由村民代表共同组织“村民代表大会”是全村的最高议事机关，村政的一切设施，代表大会有最高决定权。至于村民的意见则汇交村长副村长及村政委员会，责令实施。

在第一次村民代表大会上就选举成立“村政委员会”。村政委员会中包含调解、教育、经济和生产四个委员会。调解委员会等于行政委员会的民政处、专署和各县的民政科，等于区民政助理员的工作，负责村内一切民政事宜。晋察冀司法工作中民事案件较少，就是因为这类案件必须经过村的调解委员会的调解，调解无效时才能上告的原因。经济委员会等于行政委员会的财政处、专署和各县的财政科，等于区财政助理员的工作，负责全村财政经济工作。譬如村款的开支，合理负担的执行，账目的核算公布等等都是经济委员会的工作。教育委员会相当于行政委员会的教育处、专署和各县的教育科，等于区教育助理员的工作。如学校的成立，文盲的扫除，凡是有关教育方面的工作都由教育委员会负责。生产委员会相当于行政委员会的实业处、专署及各县的实业科，等于区实业助理员的工作。凡是有关一村的生产建设如春耕、秋收、开渠、修滩等工作，都由生产委员会来进行。

在村民代表大会上还决定各委员会一年的工作。所有的村民代表都是村政委员会的当然委员，并推举各个委员会的委员。村政委员会是全村最高执行机关。这种代表即委员的办法避免一般民意机关徒唱高调，不顾实际，或是说了不能作，有意见不能实行的不良现象，把理论与实践统一起来。

村长是村政最高负责执行的人，就像是行政委员会的主任，专署的专员，县府的县长和各区的区长一样。

等到村政委员会建立了（有的地方村政委员会的建立在村长选出之后），政权机关和民运团体的干部亦已造成村选的政治热潮，研究了村选的法令，讨论了村选进行的方法和步骤。每一个干部都深刻的了解村选的重要，村选是民主政治实施的基础。因此每一个干部都有着充分的信心，为胜利的完成村选而努力。

干部的机器活动起来，便是发动群众的引擎。在群众中进行深入的村选政治动员。利用各种方式，利用各种场合，通过各学校、团体，进行宣传解释工作，造成群众的村选热潮，甚至在每村岗哨的识字牌上，都写上有关村选的字样。在检查路条的时候，站岗的小孩子还要问民选村长的意义，要选举什么样人当村长。各群众团体这时最为活跃，广泛深入地动员到每一个组织细胞。有的还把各团体的干部合起来组织村选训练班，具体详切地讲解动员的方法，选举的方法……有的地方，各团体发动各自的会员实施小先生制，责令每一个会员要进行宣传教育三个群众了解村选。就是学校的学生也都离开学校进行村选的动员工作。在这一个工作中，小学生们上了民主政治实施的第一课村选。有时这一个村庄进行村选完毕之后，便抽调出这一村所有的干部帮助进行未完毕的村庄。有时模范村庄进行村选的时候，号召别的村庄，较为落后的村庄前来参观。在村选当中值得大书特书的是妇女的活动，这是妇女干部经常艰苦的深入下层工作的成绩。平山过去的一次村选，某村还曾因为妇女抗议而行重选的事情。

在正式进行选举之前，还有着竞选的过程，但是由于广大的人民未曾有过政治生活，竞选都不很热烈。在群众村选热潮进行到最高涨的时候，热烈庄严的村选大会开幕了，新村长由大多数的村民选举出来。人们热烈的拥护新村长，新村长也依照着村民的要求，努力工作。

就是在游击区甚至敌区，晋察冀的村选工作亦是同样热烈的进行着。譬如在定县，就是在敌人据点之内亦要进行村选，不过采取秘密的方式而已。可是，只要是没有敌人的村庄，在妥贴的布置之下，依然是热烈的召开选举大会。

我们还要提一下的便是妇女在村选中的表现。在唐县、完县、曲阳、定县、阜平、平山、望都各县，不但有妇女当选为村民代表，而且有妇女当选为村长。定县二百六十九个村长中就有三十多个女村长。在平山的村选中，妇女时常是向男子提出革命竞赛来。在晋察冀大批的先进农村，妇女涌进了新政权。譬如唐县，所有的村民代表中妇女就占三分之一。这充分的说明了妇女不但应该参政而且能够参政。在民主政治的实施中，边区妇女日渐走上了解放的大路，享受了与男子平等的民主权利。而在工作中也充分的表现出来，妇女并不落后于男人。

由于村选工作的日趋健全与完成，由于大批的积极有为的抗日先进分子涌进了村政权，消除了过去敷衍公事、抵抗公事的现象，发挥了高度的村政工作的效能。更可以明白看出的，这些民选的村长就是在战斗中间，也能独立的坚持他的工作，配合战斗。平时则各种法令得到彻底的实施，各种工作多是胜利的甚至超额的完成。

由于村政委员会的建立，扫除了村长包办，流氓地痞、土豪劣绅操纵村政的不良情形。扫除了村级干部贪污的现象，扫除了过去村长一人忙的现象。村政委员会的建立使人民具体的了解了民主政治是什么。

为了避免坏人的操纵和破坏，为了胜利的完成真正民主的村选，晋察冀是和顽固分子、流氓地痞以及干部中对村选不正确的倾向作严酷的斗争的。在村选中反对形式主义，采取深入的政治动员。反对包办，发扬民主。任何圈定的办法，今天边区的选举中都是没有的。因此在一度一度的村选之后，各种工作都得到普遍的飞跃的开展，人民对政府的信仰亦就愈深，由于民主政治的实施，晋察冀边区政府在一千二百万群众中间树立起无可摇撼的威信。

今年边区政府还预备完成全边区的区选，至于区民代表的选举是早已和村选同时开始实行的。区长的选举，在易县、盂县也已经进行了一次。为慎重起见现在先在平山唐县几个工作健全的县份内先行实验，研究区选中各个具体的问题，寻觅区选中的各个困难，然后再通令全边区施行区选。至于县选，专区选，边区大选，只是时间上的问题而已。

（九）开个会讨论讨论

在晋察冀，就是一位老乡遇到困难问题的时候，他就这样的讲：“开个会讨论讨论。”

晋察冀边区从成立那天起，所有困难问题的解决，一切优良的设施，多是利用民主的方式，开会讨论的结果。由于人民政治认识的提高，在一个村子里，最高政权机关已不是村民代表大会，而是全村的村民大会了。在区里则是区代表大会。还有军政民共同召开的区政会议，就像是各县皆有的县政会议一样。

会议制度是晋察冀边区政权工作重要的领导方式之一。在县里，每一个月有一次县政会议，每半月有县政工作内部的县务会议。每月还有一次政民联席会议，由政权机关和民众团体讨论政民联系配合工作。由于工作上的需要，随时还召开军政民联席会议。县对区的会议领导每月有区长联席会，每两月轮流召开区助理员联席会。一个村公所，一个区政府，一个县政府以至专员公署就是一级一级的小型行政委员会的组织。在行政委员会中有它本身的例会，有定期的专员联席会。在专员联席会上，反映各种已作的，或正进行的一切工作情形，同时进行讨论边委会即行颁布的新法令。在各专员的县长联席会上，专员听取各县工作报告，检查各项工作，交换各县的工作经验教训，同时把专员会议席上的议决案传达给各县县长，布置开展各县新的工作。各县再斟酌实际情形拟定更具体办法。在区长联席会上传达到各区，区则根据更现实的情况召集各村村长进行讨论。就是这样一道一道的把法令实施下去，一件一件地把工作跻于完成，一个一个政治上经济上……的新建设出现在边区各地。

在会议制度、汇报制度之外，边区还进一步的建立了工作巡视制度。这一制度的实施不仅使每个法令，每种工作的实施和完成得到更大的保证，而且每一级的同志都可更具体地了解实际工作情形，不致使理论与实践脱节。这种制度推动了工作更快速度深入的开展。使边区的行政机构形成了一个活的有机体。

开会是晋察冀工作同志们的一件大事。在各种各样的会议中了解了每一个工作，布置了工作，检查了工作。在会议中学习了如何深刻了解工作，如何周密布置工作，又是如何的深入地检查工作。在会议中把实际的工作和理论的学习便捷地联系起来。在会议中教育了不少干部，更清楚的认识了干部，培植了干部。晋察冀的工作同志谁也不要放过会议的机会，这不仅只是为了在每次大会中可以使终日工作的身体和精神得到一些休息，可以换一换口味，吃些较好的饭食，最重要的是他们决不愿意放弃他这民主的权利。他要在会议上用心地听取报告，尽量地吸收别人正确的意见，他还要充分地贡献出他自己的意见。

会议制度的建立和健全奠定了晋察冀边区民主的政治领导的基础。上级指出工作中心、工作任务和工作原则，下级根据这些正确的指示依照各个不同的实际环境大胆地具体实行。因此上级可以有多余的时间作政策上的研究，下级则充分的发挥了他们工作的积极性和创造性，充分地发挥了工作能力。在工作过程中，随时还会发生许多困难，在干部中间由于认识不清，原则把握的不深还时常的会发现一些不良倾向，和不正确的地方，但是上级当考虑到这些问题时便用指示信的方法，详详细细的向干部解释说明，指示其应走的途径，这要比一纸命令还要有效得多少倍。在这种民主的政治领导下面，边区的行政工作获得了意钋的成绩，日益走上正规化的途径 。

（十）抗日民主与人民生活

抗战和民主是一件事情的两面，不能分离。人民生活的改善同样地和抗战血肉相连。

人民生活改善的一个重要项目，便是减租减息。早在二十七年二月十日，晋察冀边区政府便颁布了“减租减息单行条例”，上面有几条是这样写着：

“二、地主之土地收入，不论租佃，半种，一律照原租额减收百分之二十五。

三、钱主之利息收入，不论新债旧欠，年利率一律不准超过一分（即百分之十）……”

在这一条例中还规定了过去农村中所存在的什么杂租、小租、送礼等额外附加，什么出门利、剥牛皮、臭虫利、印子钱等高利债，一律宣布禁止。

这一个工作在开始推行的时候，曾发生了不少的困难。起初不仅地主债主不愿意，就是佃户、债务人亦发生怨言。地主不出租地了，钱主不对外借钱了，人们说是减租减息弄得没地种，没钱时也没法周转了。但是这不是正常的现象，是要积极克服的不良现象。

在五台有一个放账的地主，因别的事情去见县长，县长问他在外面一共放着多少钱，他说只有两笔，一笔一百元，一笔两百元。于是县长告诉他如果查出另外还有的时候一律不算。他于是赶紧又说出两笔账来，如此一直到他把所有在外的放款说完，总共有二千多元。于是县长和蔼的告诉他所有的债一律要一分行息。同时又派人去通知了债务人。这一件事情说明，债主的隐匿也是减租减息工作的一个困难。同时说明了这一个工作，是需要一点一滴地努力去执行。这一个工作的进行，必须和群众团体密切配合，本着统一战线的精神深入地宣传解释，个别地合理说服。到现在为止，减租减息的条例已在边区完全实现。

这一个工作是和合理负担，优待抗日军人家属的工作有着血肉相连的关系。

优待抗属是对抗日军人家属生活改善的方法，是鼓励人民参加抗日部队捍卫国家的办法。晋察冀最初实行的时候是“按口归粮”。这一种办法实施的结果使得每一个县政府入不敷出。譬如阜平粮银的收入，每年才六千元左右，而按口归粮的优待抗属每月所需即达五千余元。这种作法实在是大有困难，即使能够作到，这样优待下去一定会使有生产力的抗属，变成散懒的闲人，失掉了优抗的意义，变成了变相的收买。

二十七年二月十一日，正式颁布了“优待抗日军人家属办法”。在这里面，我们摘下几条来抄在下面：

三、凡抗战军人家属其年龄在十六岁以下，四十六岁以上者应免其服役之义务。

四、凡抗战军人家属在二十六年九月一日以前负担之债务无力偿还者得展至抗日战争停止后偿还之。

五、抗战军人之子女及依靠其生活之弟妹等之入学费用及其本人将来退伍后之入学费用，一律免缴。

六、抗战军人家属因民刑事件起诉时，不出讼费。

七、抗战军人家属有疾病时，可由医院免费治疗。

八、政府没收之汉奸土地，抗战军人家属之贫苦者，有借用的优先权。

九、抗战军人家属向贸易局，消费合作社或其他公营事业购买生活必需品得享有九折的优待。如生活必需品发生恐慌时，政府征调之物品，抗战军人家属有购买之优先权。

十、抗战军人家属有参加生产事业的优先权，各级政府，应尽力负介绍之责。

十一、抗战军人因抗战而伤亡者应受政府的抚恤，抚恤条例另定之。

十二……

随着这一条例的颁发，后来又颁布了“优待出征抗敌军人家属办法实施细则”。规定的更为完整周密。在第八条内并有如下的规定：

凡出征抗敌军人家属有下列情形之一者，得由区村优抗会，或向县优抗委员会，请求救济。

一、家庭赤贫不能维持生活者。

二、患病无力治疗者。

三、死亡不能埋葬者。

四、生产子女，无力抚养者。

五、遭遇意外灾害者。

这上面所说的优待抗敌军人家属委员会是现在晋察冀边区普遍的县以下各级的优抗组织。是由民众团体及公正士绅共同组织的，这是负责办理抗属登记，执行优抗法令的机关。

在群众的积极支持下优待抗属的活动在晋察冀边区形成了一个政治活动。

改善人民生活，在晋察冀是一个多方面的工作。由于生产建设事业日形发达，修滩垦荒的极力提倡，生产运动的全力推动，更积极地改善了人民生活。

去年晋察冀发生了一个空前未有的灾荒。在五月的时候旱象已成，雨季到来之后，就连绵淫雨，山洪暴发。阜平，十分之八的田地是在沙河两岸，于是这些土地就都变成了木草不生的沙壤。灵寿县水地被冲的一〇二〇点五亩旱地被冲的一〇三七点八亩，坡地被冲的一八〇四点三亩。晋察冀边区是贯穿着唐河、沙河、拒马河和滹沱河，沿河都是泛滥着山洪。房屋庐舍，牧畜林木，冲毁的冲毁，冲走的冲走，形成空前的天灾。随之敌人又来了一个空前残酷冬季扫荡，到处抢掠焚烧，甚至连山沟水道中三家五家的村庄都行烧光。譬如在曲阳第十二区的二十四个村子，被敌烧了只剩下一个山庄。但是在这样天灾人祸的局面下，晋察冀军政民全体都谨严地站立在各自的工作岗位上。很快的，仅只用了两个星期的工夫就把所有的灾情调查清楚，随之就把政府的赈款十万和华北民众的捐款有计划地马上发下去。军队在驻地帮助老乡们修理房子，或是拆庙盖新房子。帮助老乡们修滩整地，今年政府又会同边区银行发放了三百万的春耕贷款；富人亦自动的把粮食捐出来帮助了穷人；政府还集中了不少种子，先行借给农民，又集中十万石粮食办理平粜，粮价平抑了。少数跑到边区以外的民众也回来了，当前的灾难渡过了。在敌人汉奸统治下的地区是没有这些办法，也不可能有这些办法的。

晋察冀边区政府，一方面积极的尽力于改善民生，一方面积极的提倡生产。从治本的办法上安定人民的生活，丰富人民的生活。因为她是晋察冀一千二百万人民的政府。

五、财政经济的紧急措施

（一）合理负担

晋察冀边区是敌后抗日根据地，在财政经济上如果没有一个系统的正确办法，不但是军队没法养活，就是抗日政权也难以支持（假如指望后方的接济是不可能的）。一切必要的开支是不可避免的，于是，晋察冀边区政府就规定了村款开支采取合理负担办法，县地方款主要的依靠田赋和税收，部队给养，则征收救国公粮。

田赋在最初本来是免了的，但是后来发觉这是一个并不正确的办法。几千年来田赋形成了人民和地方政府的一个差不多是唯一的定型的联系。交纳田赋，人民就像是依赖政府维护他底土地所有权一样。

就是因为兵燹、灾荒而免除田赋亦不是一个正确办法。土地所有主不是广大的农民，而是少数的地主。田赋免掉，大多数的农民受惠无几，灾荒问题依然不能解决，而大量的土地所有者，就是荒上十年依然可以肉食，但是政府方面却减少了最大的一笔收入。在晋察冀边区抗战前各色各样的近三十种苛捐杂税都废除了，合理税收的征收，仅只出入口税、屠宰税、牧畜税等数种而已，至于烟、酒等非必需品，虽课以重税，却是寓禁于征的意思。自从统治贸易政策雷厉实行之后，非必需品已根本不能入口，为了节省食粮，酒已禁造，因此特税的收入亦就无几。至于关税，敌后根本没有。敌占城市，我占乡村，没有大工业亦就没有统税，至于盐税本来就是一种恶税，而且过去供应华北食用的长芦盐、运城盐均为日寇侵占，边区正竭力提倡土盐的开采、硝盐的煮制，当然不再征收了，所以县级以上的款项开支，主要的还要依赖一定数目的田赋。至于村款的开支，已经说过是采取合理负担的办法。

合理负担是战时经济费筹措的一种最完善的进步的办法。本着有钱出钱的基本原则实行合理的公平负担，消除了过去穷人既出钱又出力的不平等现象。正因是合理的、公平的，所以才能是长期的、持久的，才使敌后的抗日政权得以巩固发展。

晋察冀的合理负担是根据每家的财产、收入和消费计算。每次资产的计算方法是平均每口不及五十元者不计，在五十元以上者，每五十元算作一厘，每五百元作一分，以此类推。零数则不到三十元者不计，三十元至八十元者按五十元计。八十元以上者以百元计。收入计算的方法是按照“合理负担累进表”计算。每年每人平均收入不到三十元者免征。三十元以上每五元作一厘，每五十元作一分。从五十元至五百元之间则每五十元作一级。从五百元至一千元，每百元为一级。每级以一三为累进率计算分数。每人应征之数最高不得超过本人收入百分之三十五。资产是不累进的。人口的计算是十二岁以上者作一口计，十二岁以下者算半口。在资产方面共分土地、房屋、林木、畜养、工商业、存款等几项，在收入方面共分地租和年收值，房屋的租价，林木、畜养、工商及人力（包括智力活动）的年入，存款存粮的年入息等几项。关于资产分数是用人口数除减去负债的资产净值的商数。关于收入的分数是用人口除减去支出的净入的商数。譬如一家有六口人，其中十二岁以下者二人。按人的计算方面，全家有五口。假如此家共有资产二九〇〇元，每口平均财产为五八〇元。每人应得分数，把八十元折作百元就等于六〇〇元，除得商数为一分二厘。全家五口就是六分。又如此家每年共收入五三五元，每口平均年入为一〇七元，按合理负担累进分数表一〇五元计算是二分五厘，全家五口为十二分五厘，然把此分数与财产所共得数相加，则此家合理负担为十八分五厘。进行合理负担的时候，先由县政府印发“居户合理负担比例分数调查表”，“填表说明”及“合理负担累进分数表”。各村村公所为之翻印，然后发到各家据实填写比例分数调查表交村公所，经过村合理负担评议会的检查后，再填造两张，一张汇存村公所，一张汇报县政府备案。备案之后村中一切负担皆按分数分派。未得分数者概不负担。现在是每年进行两次，财产、收入如有变动时则重新填表计算。实行合理负担，评议会是一个重要组织。凡是七闾以下的村庄，每闾推代表二人，七闾以上的村庄每闾推代表一人，村中的农救会，工救会和商救会各推代表一人与村长共同组织之。在进行评议中间，如发现所填表格有不符实际情形者，即予以纠正。这常是发生纠纷的地方。在不服评议会的评议的时候，时常召集村民大会大家共同评议表决。一家一家应出的分数，经过评议会民主的决定，各再无异议后，便是到县政府备案，各家所担负的分数就算确定了。

当然在合理负担工作的进行中发生了不少的困难。如在最初执行合理负担时，有的地方把“有钱者出钱”的原则变成了“财主出钱”。在制定详细办法之后有许多居户以多报少甚至隐报。合理负担确是一个麻烦的工作，譬如一个人的地产不在一村，而分散各地，甚至各县，便发生了以人为准，以地为准的问题，财产的变更、增减或转移的调查问题……但是边区的政权工作者他们坚决的努力解决一时的麻烦。他们都认真的研究合理负担制度，认真的讨论执行的办法。有的地方连小学生都动员起做行合理负担的工作，他们用尽各种方法普遍的深入宣传，使群众真实地认识这个正确的制度，发动群众认真的实行这个制度，组织起群众来拥护这个制度。晋察冀的工作同志更清楚的认识合理负担是推翻过去不合理负担的财政经济的重要的积极建设。现在平山、唐县已进一步的实施了县合理负担。由于村合理负担的正确执行，在这个巩固的基础上，县合理负担做的非常之好，今年晋察冀边区政府已决定进一步建立全边区的县合理负担制度。由县合理负担再进一步便是最进步的统一累进税的实施，这是新中国财政经济的基本建设。我们相信，不久将会在晋察冀边区实现。

（二）救国公粮

随便走到晋察冀边区任何一个村庄，都可在墙壁上看见一幅一幅的醒人的壁画，纯朴的农民鼓着他诚挚的眼睛，捧着一斗漫到顶尖的黄橙橙的粮食，旁边写着“缴了粮！”有的画着一个小孩子牵着妈妈的衣服远望着丰收的田景欢快而天真的告诉妈妈：“咱们努力生产，咱们多缴公粮。”

街头上通贴着花花绿绿的纸条上面写着：

缴公粮，
打鬼子，

保家乡

……

《救国公粮》是一出利用旧形式的戏，晋冀察的老百姓都喜欢看。

在晋察冀都普遍的传说着这样的模范事迹：

× 村的李某是个雇农，自家没有一亩地，把作工换得的粮食都缴作了救国公粮。× 村的张先生认为自己的应缴分数太少了，在动员公粮大会上自动要求增加一石。× 县的工作同志跑到 × 县城里去，正好是某家在办喜事，逢着认识的人就拉拉袖子——

“同志，该缴救国公粮了，转告给街坊邻居一下！”

于是一批一批的救国公粮，从敌人占领的县城里运出来了。

二十七年十一月，晋察冀边区政府动员会公布了《征收公粮条例》，上面这样的写着：

一、理由：边区以农为主，本年农产丰收，兹为坚持持久战，扩大巩固边区，充实抗战物资计，决定征收救国公粮。

二、数量：此项救国公粮由晋东北各县、冀西各县统筹小米 ×× 万石。

三、用途：此项救国公粮用以供给军食，优待抗属，救济灾荒，有余作为政府收入之一部分。

四、种类：此项救国公粮以收小米为原则，但得酌量地方物产，折支杂粮、棉花、小麦或现款。杂粮限定百分之二十五，棉花小麦各不超过百分之一。

五、缴法：

（一）各家全部收入折米计算，以其人口平均。每人平均小米一石四斗以下者不计。一石五计至二石者收百分之三，二石计至三石者收百分之五，以上每加一石递增百分之一，增至百分之十为止。

（二）各家长年雇佣，准除工资工食，不得计入其家人口。

（三）有固定职业经年在外者，不得计入其家人口之内。

（四）五岁以内之儿童，一人以半人计算。

（五）经营工商业或以利息度日者，按其收入折米平均计算在规定以内，任缴何种实物或现款。

（六）存储：此项救国公粮分在各村保管，非有政府命令或军用粮票不得动用。

（七）杂粮、山货、水果、菜蔬、棉花。烟叶、药材种种栽培之收入，及二十只以上之羊群，统以当地标准价格折合小米计算。

（八）斗秤，斗以二十七斤计算，秤以十六两计算。”

随着《缴纳公粮条例》的颁布，救国公粮即行开缴。在未开缴之先边府是多方的向下级征询意见，向民众征询意见，参考修正之后，各县应负担的数目字决定了，颁发下去，于是晋察冀全部的机轮转动起来。各县首先热烈的召开县区干部扩大会议，在会议上讨论及研究征收救国公粮的法令，商讨进行的方法，造成干部动员的热潮。再经过区村干部会议即行按照合理负担的办法分配到各个民户。于是甲区和乙区提出挑战，游击区敌占区也向巩固区打来战表，定县和唐县订立了作战协定，二专署向三专署展开了革命赛，“保证分配数字的完成！”“超过三分之一！”“采取民主的方式！”“完全保证用政治动员的方式完成！”——在各色各样的号召和竞赛之下，晋察冀展开了征收救国公粮的战斗。

在二十八年总结这次成绩的时候，征收到的公粮等于期成数百分之八十七，超过必成数的百分之七强，继续着二百万元公债募集的胜利，救国公粮基本上是胜利的完成了，这才莫定了“统筹统支”办法的巩固基础，壮大了模范抗日根据地——晋察冀边区。

在二十七年三月晋察冀边区政府尚未实行统筹统支的办法之前，

部队的给养是就地筹划。从四月份起晋察冀的财政经济工作上了轨道，由边区政府逐月发给军区各部队军费。关于军粮的解决是采取县合理负担办法，但是由于驻军多寡各地不同，各县负担亦就发生了不平均的现象。各级政府和部队虽然都为了粮食忙的头昏脑胀，因为没有统一的标准，驻地产粮多寡不同，结果粮食还不够分配。自从七月份以后，边区政府实行统筹统支，一方面叫军队吃公债购买的粮食，一方面发给军队现款着其自购粮食。这一办法实行之后，上面所说的现象克服了，但是在粮食的调度上，运输上又发生了不少的困难。部队直接向老百姓购粮又时常惹起不必要的军民纠纷，由县政府代购，精力时间又太浪费。

当时还有一个估计，秋季的时候，日寇一定要向边区进行一个大规模的围攻，因此军粮事先的储藏就是一桩非常重要的事情。假如再继续募集一笔公债确实是一件不容易的事情，于是就想到直接动员粮食的办法不但对老百姓方便，而且政府可以多一笔实物的正当收入，如此就可稳定钞票的发行，避免通货膨胀的危险。在当时最有利的一个条件是正值丰收。在敌人围攻的时候各县许多的粮食又遭受到日寇的焚毁和抢掠。于是在十月的反围攻的过程中，征收公粮的计划和办法就具体化了，十一月规定了“征收条例”，公布开征。

还记得在刚一到边区的时候，我们花钱买粮食跑遍了一村也买不到，老百姓向我们要“粮票”。因为他们有了粮票也就等于有了粮食，随时可以向政府凭票支领，这不只是一个莫大的方便，而且对于杜绝粮食出口资敌的工作也有莫大的帮助。就是这一件事情亦已说明救国公粮的征收和储存是得到了群众的拥护。关于粮票在“军用粮票使用办法”中是这样的规定着：

一、本委员会（即晋察冀边区行政委员会——作者）为适应游击战争，便于军食之供给，并平衡人民负担计制定军用粮票，按各部队分发使用，爰规定本办法。

二、军用粮票分五斤票、二十斤票、一百斤票、五百斤票、一千斤票五种。领用粮食分小米、玉黍面、小麦、花料四种。

三、每月终由本委员会按各部队人数、马匹、驮骡应需给养花料数目，发给下月适量之粮票，各部队凭票向村中领用救国公粮。

四、各部队凭军用粮票向村公所领用粮食时，须通过所属区之区公所，以便分配，而免抑注之繁。如军事吃紧，往返有误者例外。

五、各区公所于各部队接洽领粮时，须就各该部队驻地附近村庄妥为分配，以免各村存粮有偏枯过剩之虞。

六、各村村公所于接到粮票时须立即按粮票所开粮类斤数照付粮食，如部队所需粮食小于粮票所开数目者，各村公所得以小额粮票找零，以便付与票额相等。

七、各村收到之军用粮票于每月月尾汇呈解区，县政府核算，就其储存救国公粮项下核销，如某村支付粮食数量超过所存救国公粮时，县区政府应从他村输入补还。

八、本办法自民国二十八年一月一日起实行。

附　则

一、从本办法实行之日起，各部队未持军用粮票者，均不准向地方要粮食，违者法办。

二、军用粮票只限军用，不得转移民商，违者以贪污论。

三、军用粮票上所开之粮种粮数不准挖补涂改，违者粮票作废，并依法惩处。

四、军用粮票不准遗失，不挂失票。

这种粮票制度现已进步为三联单制，手续更为清楚，核销计算更为迅速。再加上军用代办所的设立，门办理军粮的工作，形成一个独立机构，使救国公粮就成功为晋察冀的一种健全的财政制度，妥善的解决了坚持敌后抗战的军粮供给问题。

至于救国军粮储存保管办法是以分存各该村为原则。出公粮一石者，仍由该户存储。不足一石者，数户集中一户。或放公共地点存储，所存公粮须负责保管，随时缴出，不得私自动用。

（三）廉洁政府

晋察冀已没有薪俸制的存在。所有的工作同志都是按月发给一定的津贴，像子弟兵团一样。早在边区政府成立的时候，军政民代表大会就有着这样一个决议。

“原则上规定每月每人的待遇，最高不得超过十八元，具体规定由边区政府负责。”

事实上现在不但没有超过这个数目，而且还已经减少。在今年十月以后，各级脱离生产的政权工作同志亦和部队一样的吃用救国公粮了。

虽然津贴每月不过几元，同志们并不感到有什么不够，甚至有生活上的痛苦，相反的养成了晋察冀政府工作上的纯朴作风。这一方面是由于每一位同志对抗日工作有积极的自觉的认识，一方面由于衣食住行全由政府负责解决的缘故。因为他们并不是为了钱而工作，所以津贴的多少不在他们意中，更不是为了某个人而工作，所以反而高度的发扬了工作上的积极性。

但是贪污现象并不是完全没有，可异的地方，是这些贪污从不曾发生在上级，而只是曾经在村级干部身上发现过。过去村政权尚未健全的时候，有的村长就曾在一年内长支六七百元。在边区以外的地区，像这类的事情或许不算贪污，和“十万万元”的数目比较起来也不过九牛之一毛，但是在晋察冀，这却是一件大事。现在由于村政权的日趋健全，和反贪污斗争无情的开展，可以说已完全克服了。

在边区政府成立二周年纪念大会上，军区政治部送给边府一面锦旗，上面写着四个大字："廉洁政府。"

这并不是一般的客套上的誉词，而是一个没有丝毫折扣的事实。

不仅是本身消极的廉洁，同时在政府中也禁绝人力、物力、财力的浪费，政权机关中没有一个闲人，全边区也没有懒汉了。在财政制度，各种工作制度确立之后，物力财力的浪费现象已铲除净尽，因此更进一步的积极的推行节约运动，这是边区政府走上正规化途径的一个具体的表现。

浪费实在是一个大问题，尤其是在"先天的穷困"中要求自力更生的晋察冀边区，他们曾预计要把晋察冀边区各级政府和子弟兵团的全部浪费节省下来，每年可达一千万元以上，这的确是一个不少的数字。譬如在平西过去土匪猖獗的时候，一个村公所每月的开支曾经是经常的到达一千元左右。过去冀中的村公所可以请客，村公所里经常的有几口大锅川流不息的作饭。晋察冀边区政府认为这是浪费现象。他们号召要展开无情的斗争，克服这种现象。假如把这笔不必要花费的钱，用在生产建设事业上，那将有相当伟大的收获，同时还附带的完成了人民生活改善的工作。

在反浪费的无情斗争中，首先建立起村概算制度。每村按四季作四项开支的概算，有账目，有单据的逐期公布，凡村公所和各群众团体都有检查账目之权。并且规定了村公所没有罚款之权，根绝了浪费的一个来源。支差费用不由村款开支，由要差的部队或机关自行出资。工作人员下乡的时候，吃一顿给一顿饭的钱，所有这一切，概不许打入村概算，因此除掉少数的办公费用之外，乡开支也就寥寥无几了。

在政府机关就是抓紧财政经济政策，坚持预决算制度，提高行政管理技术，要求一切都要有数字，要求各款各清，要求县款统一——他们检讨浪费的根源就是“自由主义”“无原则的大方”。

和民主运动相联，反浪费斗争在边区已经成了一种群众性的斗争。群众团体对政府已在尽他的监督的作用。即使对部队的浪费，也同样的展开群众性的斗争。

这实在不是一个小的数字，假如每一个村公所每月平均浪费四十元（这一个数目在平常看来是不能算作一个大数目）晋察冀边区七十八个县，一年就要浪费七百八十余万元。所以他们说官僚刮了老百姓的钱放在自己的口袋里是贪污，边区的工作同志没有这种能力，可是许多同志不会过日子，把钱浪费掉了，客观上是和官僚造成了同样的罪恶。

他们说：

“我们惩办浪费，就要同惩办贪污一样！”

（四）边区银行

华北各省地方银行所发行的钞票在抗战开始以后，便表现了在价格上比法币低落的现象。甚至有的还须打一个对折。各省的省钞原本就不能出境，离开了本省就同废纸一样。在边区政府成立之前就感到了晋察冀这一个三省蝉联的土地上没有本位币制的痛苦。山西河北虽仅一山之隔，拿着河北票去买山西的粮食是不可能的，同样的要拿着山西票到河北买棉花亦是一样的没有办法。在当时察哈尔票和晋钞冀钞比较起来，在价值上还要低落。

在这一个地区，抗战开始以后，法币却又减少，不够流通，这一方面是由于日寇吸收我法币，以便窃取外汇的原因，一方面由于抗战开始人民相率逃亡，法币多流于后方。另外的一种情形是即使法币的筹码上足够，如在敌后市场上流通，一方面要被日寇吸收，一方面定能遭受到日寇对我经济上最大的打击。因此在边区政府成立之初（筹备期间）在二十七年二月里，同时也进行了筹备成立晋察冀边区银行。在三月二十日，晋察冀的经济堡垒——金融政策的实行者晋察冀边区银行开幕了，同时也就发行了边钞。

这是一个世界上空前未有的一个银行，恐怕亦将是一个绝后所无的银行。

我们曾去参观过这座边区金融唯一权威的银行。银行就在一个平常的山庄里，是和晋察冀一般的山村一样，并没有特异之点。只是墙壁上的标语除了“坚持抗战到底！”“反对妥协投降！打倒汉奸汪精卫！”及应时的“加紧春耕，加生产”之类的标语外，多了“巩固边区金融堡垒！”“拥护边钞，打击伪钞！”“粉碎日寇的经济进攻！”……之类的经济标语。

在一间一间的老百姓的土坯房子里，我们参观了敌后金融巨擘，晋察冀边区银行的会计、出纳、营业、发行各工作部门。

在我们去的时候，边区西线的敌人正在增兵，我们看到边区银行正在把刚刚印好的钞票，每二十斤一包的包扎起来。他们说这是预备在打游击的时候，同志们身上背的。在发行科我们看到有二十几个小鬼在检查印刷厂刚送来新印好的钞票。他们都是贫寒农家的子弟，在我们的后方讲来，他们是要求作一个小钱庄的学徒的资格都没有的，但是他们却是抗日银行的敌后工作者。终日在他们手里成千成万的钞票在检查着，查点着数目。

我们参观归来的途中，看见一位同志赶着两匹骡子迎面走了来，他身上连一颗手榴弹都没有带。骡子驮的全是新印出来的钞票。这不禁使我想起在柏油路上疾驶的装甲汽车，和车上雄赳赳的武装。使我想到失陷了的大都市中的冲天楼厦和铁门前禁卫森严的门警，同时又联想到美国华尔街的银行抢案，因此亦就联想到所见的关于边区银行的故事。

去年冀中大举扫荡的时候，边区银行的冀中分行要把三千万元的钞票运回总行，但是情况太紧急了，实在抽不出人来护送，结果却是由老乡们按照着老法子“沿村转送”，通过敌人的平汉封锁线，安然的到达了总行。

大概是在前两年吧，当时印刷厂和银行隔离得很远，曾有一次由两三个同志押送一大批新印出的钞票到银行。途中一个民夫掉了队，夜间也没能够赶上来，在第二天，一张钞票不少的送到了银行。

边区的一千二百万民众是爱护边区银行的，因为那是他们自己的银行，他们把从祖父或是曾祖父就埋藏在地下的元宝取出来，送到边区银行，换取了崭新的边钞，把藏在身上的法币也送到边区银行换成边钞；因此边区银行的现金准备亦就日渐增多起来。

边区银行最可靠的准备金不是法币，也不是元宝，而是边区的生产。是边区每年所出产的粮食、核桃、柿子、花椒、黑枣——它的目的不是赢利，而是执行晋察冀边区的抗日金融政策，譬如今年就以四厘的微息放出了三百万春耕合作贷款，救济了边区空前的灾荒，活跃了农村经济，开展了合作事业，完成了春耕生产，也就是说发挥了它的力量，帮助完成了巩固晋察冀边区的艰巨任务。

晋察冀边区银行，有一个冀中分行，在每一个行政专员区内有一个“办事处”，每县设一个“代办所”，每一个区有“对照所”。营业项目有合作贷款，定期放款及汇兑等。前年已与华北的经济中心天津打通了汇兑关系。它最大的工作成绩之一便是吸收了法币，禁绝了法币的外流。当然政权机关和民运团体的协助是成功的原因之一。一俟将来所有边区的合作社在边区银行都有了存款的时候，晋察冀的金融就全部的更坚韧的统治起来。

“对照所”是为了兑换边币，辨别真伪，打击伪币而设，是边区银行的细胞组织。在去年冬季扫荡之前，伪联合准备银行的夫子票（因上印关公、孔子、孟子之像故名）和所有的杂钞都被边区扫数打出去，日寇汉奸便实行更无耻的对策，伪造边钞扰乱晋察冀的金融。因此每区的对照所除调换破烂的法币，及损坏了的边钞之外，还负担辨别伪钞的责任。对照所的工作同志不仅只停留在区公所，他们巡回地在每个集市上进行他们的工作。在制造和行使伪钞的条件下，边区银行引用陪审制参加审判，在积极方面又通过各群众团体，教育群众辨别真边币和伪边币。在军政民严密的配合工作下，日寇汉奸制造伪钞的无耻阴谋，又宣告破产了。

晋察冀地区在抗战前有察哈尔票，河北省银行票和山西的各种晋钞。流通在冀南的察哈尔票共有十二万左右，主要的活动地区是在涞源、灵丘和广灵三县。抗战开始后，察哈尔省银行为日寇侵占，察票如再行在我区域流通，对我即为很大的不利。于是去年一月中察南雁北办事处（今改为第十一专署）主任王斐然先生便决意打出察省伪钞，最初是贬值，以察票一元作边钞五角计算。同时涞灵广三县开征田赋，命令所有附加须完全缴纳察哈尔票最后禁止使用。就这样，边区用掉一万边钞，收回两万察钞，打出了十万伪钞，稳定了察南雁北人民的经济生活，扩展了边钞的市场。

河北省钞的滥发，在抗战前明智之士已有所责难。当时所发的数目共计九千万，这实在是一个不小的数目，虽然这是军阀搜刮的德政，究因河北省银行，还是国家的地方银行，所以最初，边区还予以维持。但是天下竟有无奇不有的事：旧河北省钞的底版被天津日寇所得到，于是敌伪大肆印发，老百姓名之为大红袍。因此边区又决定一定要打出伪钞河北票。果然就在两个星期之内所有河北伪钞全被打回敌伪的怀抱。

这并不是神话，而是一个事实，在边府开会决定之后，贬值的布告还未贴出，老百姓就已知道了消息自行贬值，以一元顶边钞九角。这一次的打击方法是采取坡度贬值，就是以边府为中心，逐渐坡度的贬值一直推到敌区。譬如在阜平值五角，再远则值六角，再远则七角、八角、九角，于是伪河北钞就飞向敌伪的怀抱。

钞票种类之多，发行之滥，是山西特色之一。在最初经过第二战区批准一元一角晋钞换一元边钞，但是后来又大量滥发十元的“大花脸”，五元的“二花脸”的结果，使得晋钞的价值一文不值。譬如在晋西北，好的时候，一身棉衣要六十元，现在买一个粽子就要一张十元的大花脸。但是当时在边区还维持着相当高的价格，于是这些晋钞便大量的向晋察冀倾注而来。这当然不是晋察冀所能支持的，最近亦宣布了停止使用晋钞。至于已经兑换进来的九十万晋钞，只好当作废纸，存放在银行里。

这一些杂钞和伪钞的打出去，都把原来活动的市场腾留给边钞。由于贸易的严格统治，合作运动的开展，边钞的基础日固，信誉日隆。使敌区的人们都是欢迎行使边钞。虽然日寇汉奸用枪毙的严重刑法处理行使边钞的人，但是不能动摇边钞的丝毫。边钞兑换法币，是无限制的。这样它使群众了解到边钞的发行是无任何问题的。边区银行是边区统筹统支的财政政策金融上的支持者，它是含有政治意义的，不是建立在单纯经济观点之上的银行，而是晋察冀边区抗战民主的金融堡垒，因此它为晋察冀一千二百万人民所热烈拥护。更加以钞票发行的谨慎，所以也不会有通货膨胀的恶性症状。相反的伪联合准备银行的夫子票却等于冥国银行钞票，没有货币价值。

现在晋察冀边区银行已经形成了边区抗日经济战场上的指挥部，它是在胜利的斗争中锻炼过来，现在已胜利的迈上一定还要胜利的经济反攻阶段。

（五）网状经济

晋察冀的经济中心不在城市，因为除了阜平之外，没有一座城池。也不在镇市，许多的大镇市，尤其是冀中都已变成了日寇的据点。在晋察冀是无数的“经济点”构成的一面强韧的经济网。我们姑且称之为网状经济倒也得体。假如这样称呼是正确的话，那么每个村庄的合作社便是晋察冀经济之网的一个结。

“我们市场上的金融，始终不能稳定，便是匪区不使用我们的货币！”这是被围困在点线之内的日寇汉奸放送出的哀鸣。但也就只是哀鸣而已。由于统治贸易的实施，晋察冀边区凡是出口货物都是对敌人没有用处的，譬如山货（柿子、花椒、核桃……），而进口货，却都是边区需要的如煤油及一切军需品等。一切必需的军用品由部队开具清单呈请专署，批准后发予免税证，则在入口时即行免税。边钞又是边区的统一货币，商人外出办货时必须换取法币，假如所办货物为非必需品、消耗品、奢侈品一类的时候，政府一定不予批准，他也就无法到边区银行换取法币。敌区商人要到边区内来办货的时候，伪钞绝对不能行使。现在的办法更进了一步，边区在贸易关系上根本不要钱，而是以货易货，拿来边区所需要的最必需品和军用品，换去商人所要的边区的非必需品，如与敌无关紧要的山货、土布等。

这一个艰巨的统治贸易工作，单只靠了一纸法令是不能够有这样的成功，最主要的是靠了各专署以及各县的贸易局。

就拿平山县的贸易局来说吧。

在二十七年度平山县一共作了一百万元的生意。二十八年度因为有敌人大小的扫荡还作了八十万元的生意。在这生意中的输出以核桃花椒为大宗，输入则以布匹、食盐、煤油为多。二十八年度由平山贸易局输出的花椒共二十万斤，核桃仁五十万斤。共占平山此两宗输出总数的三分之二，但是其余的三分之一也并不是由商贩输出，而是由各区村及县的运销合作社。

贸易局的私人股东不得超过五百元。政府是同老百姓一样的可以入股。在关系上讲，所有的贸易局都是隶属于县以上各级政府，受政府的指挥。贸易局的赢利百分之三十算救国捐，百分之三十由股东分红，百分之三十为公积金，另外百分之十是工作人员的奖金。每县贸易局的百分之三十的救国捐是政权机关收入的一笔不少的款项。

商贩的登记和稽核，税收政策正确的动用都是帮助统治贸易成功的因素。

另外，不但活跃了边区经济，而且发挥了伟大的政治作用，发挥了组织民众作用的，便是蓬勃开展中的合作事业。现在，平山、完县、唐县、曲阳等县均已完成了一村一合作社的计划。

晋察冀的合作社共有四种，即信用合作社、消费合作社、运输合作社和生产合作社。数目最多的是消费合作社，运销合作社多由县区设立，等于区和村里的贸易局工作。生产合作社是最近才蓬勃的发展。这说明了晋察冀边区最近生产事业的活跃。合作社今天遍布于边区各地，形成边区经济之网的诸结。

五台有一个木工生产合作社，今天边区的手榴弹箱子便是那个合作社所承包的。今年春耕期间，许多村区进行建立了农具合作社、种子合作社，解决了不少春耕中农具种子的问题。

去年日寇冬季扫荡开始，各地进行坚壁清野工作的时候，阜平一个村子里的合作社员首先跑到他们的合作社中，把所有的货物和农具先行藏了起来。在平山一个区里曾由妇救会负责给部队做了两千双鞋子，等到征得人们的同意，以每双五角的鞋价作为一股，共同开办了一个妇女合作社。后来开股东大会时，一千多妇女，不远三十里而来，不曾少一个。原因很简单，这一个社里有着她五角钱，她是一个股东，这因为有着她的利益，也有着她的权力，她都不放弃的缘故。

这两个事实说明了在合作普遍的开展之下，晋察冀边区的一千二百万的民众是更强韧的在组织的外面加上了经济利害关系的连锁。使所有的民众更亲切具体的感觉到彼此是休戚相关、血肉相连的抗日集体中的成员。

六、晋察冀的人民

（一）“野三坡”变样了

只要一踏进晋察冀边区的境界，随时随地反映在眼帘里的是：“民众的活跃。”晋察冀人民再也不是在喘息中挣扎，而是兴奋地在战地中求生。虽然是处在敌后的战斗环境里，人们反而提高了劳动的兴趣，“没有一个懒汉！”“没有一寸荒地！”这是晋察冀的一个生产口号。在村头村尾都站立着红缨枪的岗哨。人们都有着组织，在会场上都能说出自己内心要说的话。在敌人将要来的时候，大家都做着坚壁清野的工作，把村子腾了一个空，甚至一筷一碗都不留，就是水井也都掩藏起来。敌人来了之后，还说不定在什么时候跑回村子，投上几颗手榴弹，扰乱得日寇日夜不得安宁。假如是在子弟兵团和日寇作战的时候，那就将有一幅军民合作，紧张热烈，色调鲜明的战斗画图展开在你的眼前。男男女女，老老少少，战斗锻炼了他们，鼓舞了他们，他们没有一个惊慌，作饭的作饭，烧水的烧水，“抬伤兵，送子弹”已形成了实有的场面，领路袭敌也不是什么奇迹，在必要的时候，他们一定要自动的拿起牺牲了的战士的枪支和日寇厮拼，继续顽强的坚持到战斗的胜利。他们是在战斗中生活的人们，战斗是他们生活工作的项目之一。

平西在房山涞水交界的地方有着一块方圆四五十里路的涿县属

的飞地。因为有上坡、中坡、下坡之分，所以那个地区叫“三坡”。三坡周围都有着高达千仞的山峦，使他们和外面隔绝起来，形成一个独立的世界，三坡的人民一直是在封建势力统治之下，由所谓帮派的领袖“老人”掌握全部的统治权。虽然那里距离涿县、易县、保定仅百余里，但是在民国十八年才知道大清国在十八年之前就已经灭亡。人民从不知道完粮纳税，只晓得“三节两寿”（三节即五月节、八月节及旧年节两寿是老人生辰和老人的老婆生辰），按时等于进贡的给老人送礼。直到现在，三坡的女人还是“头如篱笆”，“莲船盈尺”。据说是明朝的装束。民性强悍，野蛮异常，故名之为“野三坡”。在抗战初起的时候，由房山前线退下来的国军，曾经整团整营被野三坡”的人民解除武装，整连整排的战士被他们活埋。八路军初到那个地方的时候，也曾有两连人被袭击，受到活埋的残酷的待遇。“野三坡”的人们骄傲的说：

“就是燕王扫北的时候也没有到过我们这儿。”

这还是在抗战初起时的情形，抗战到现在整整三年，三坡已完全变了样子，假如从开辟的那一天算起，只不过一年余的工夫，就改变了三坡，落后三四百年的人民也赶上了民族解放的革命时代，过去几十年没有做到的，现在两三年工夫全做到了。

就是在今年三月日寇空前大举扫荡平西的时候，我就眼看到在抗战前一向被目为野人的三坡人民的一队，在自卫队指导员的领导之下，在敌人的机枪声中，抬起土炮，掮着矛子跑到离村庄二十五里路上的一座山坡抗拒行将跑来的敌人。他们没有一个受伤，光荣的打击了敌人，迟滞了敌人的行动，使敌人不得不绕另一道山溜走。他们保卫了自家的村庄。同时在这一次光荣的反扫荡当中，有一次“挺进军”进攻敌人，请一位老乡带路，那一位过去被目为野人的老乡说：

“要我带路，那得给我手榴弹！”他挺着腰板要价钱。

最后给了他四个平西自制磅重的手榴弹，才把队伍领着往前走。当和敌人打起来的时候，他和附近一班兄弟冲向了敌人的机枪阵地。途中班长和几个战士都受伤了，他却奋勇当前的跑上去，轰轰两颗手榴弹，敌人的机枪不叫啸了，队伍随着胜利的冲杀过去。他一个人抬了一挺机关枪，带着两个受伤的弟兄走下山来。在路上碰到两个汉奸赶着驮骡给敌人送给养去，他又非常机灵的逮住了汉奸，让受伤的战士骑上牲口，胜利的回到部队。

“山南”是山坡较大的一个村庄，共有七十来户人家。但是参加抗日部队的人就有七十来人，平均每家就有一个人的样子。

三坡的村长，早已亦是民选了，在封建统治下被目为野蛮的三坡人民现在亦已享受民主政治的赐予，运用民主的权利了。

这是部队民运工作的成绩，是政府民主政治实施的结果。

山西五台是一个复杂型的社会，愚昧和无知笼罩住农村，人们过着农奴生活，一村有一个识字的人，便像是有了一位圣人。但是在河边、东冶等村镇中却有着电灯马路、水门汀的建筑物和喷吐煤烟的工厂。在那里不折不扣的三寸金莲和摩登高跟，形成了强烈的对比，但是抗战在敌后洗刷掉过去的污腐。过去向来不敢说话的五台人民，今天有了自己的政治生活了。过去见了军队就跑的五台人民，今天敢正当地和不法的顽固队伍作斗争了。向来是不出户，没有“人”的地位的五台妇女，今天也到识字班认字，高唱救亡歌曲，能在村头站岗放哨了。抗战三年，敌后完全改变了一个样子，变成了一个新的世界，由退步到进步，由愚昧到明智，由黑暗的氛围中，到达了光明的境界。同样的，民众的组织、民运工作者的艰苦卓绝的努力，是一个重要的动力。

在晋察冀边区工作的同志之间流行着这样一句含有重要意义的说法——

“哪县民运工作做的好，哪县的政权工作一定不坏！”

这不是一句口号，而是不折不扣的事实。

（二）行路千里无狗叫

冀西的民运工作最有根基，冀中虽然开辟略晚，但是受到日寇的蹂躏更为残酷，同时一般人民的文化水准较高，所以民众运 动亦就更形蓬勃。在晋察冀，你随便走到哪个村庄，红缨枪都会在你的眼前闪耀着亮光。在民众的严密盘查之下，汉奸是无法漏网的。假如跑掉一个犯人，那就无须乎派人去追，只消一个电话通知附近各地，不久就会被老乡们捕捉住解送回来。在情况紧急的时候，各村的自卫队和青抗先马上宣布戒严，互相包围村庄，检查户口。到那时候，特别的路条也通不过这些戒严区域。

在灵寿县的一次战斗中，某村的自卫队和青抗先在敌人还未全退出慈峪的时候，便跑进慈峪镇去截留了敌人的运输队，并捣毁了慈峪的汉奸组织。在战斗中，牵制敌人，迷惑敌人，甚至打击敌人都是人民武装的实际工作。在平时，自卫队中的基干队和青抗先甚至有时单独地出击敌人，打小部队的敌人的埋伏。

破路也是人民的任务，成千成百条的铁轨，老乡们抬往兵工厂制作步枪炸弹，成千成万斤的电线，老乡们把它送到部队，送到政府。

坚持敌后抗战，交通战是一个重要的战斗形式，华北的日寇是拼命地要筑构交通线，分割包围抗日根据地，扩大他点线的占领，完成其确保占领地的企图。因此破坏敌人的交通是一个时刻不能放松的战斗，假如说，晋察冀边区交通战取得了空前伟大的胜利，那么就该说这是晋察冀全体人民的胜利。

晋察冀的破路和收割电线，差不多常常是民众自己的战斗工作。各村和各村，一庄和一庄，还时常提出破路和收割电线的革命竞赛，看谁能得到更大的胜利。在这一个战斗的工作中，妇女亦是不甘落后的，她们也时常成千成百地跑去把光坦的大路，挖成曲折的壕沟。冀西的敌人只能躲在城圈子里，没路可走，这就是一个重要的原因。假如像我们一样的走路，那他就将随时招致可以想象的灾祸。在冀中平原交通战更为重要，因此破路工作在群众中不仅获得了丰富的经验，而且还有了伟大的创造。冀中现在可以说没有一条完整的大道，没有一条不断的汽车路。在每个村庄的周围，都挖有又宽又深的壕沟。过去每村四通八达的道路都被挖成了精致而坚固的交通壕。在这些壕沟里，可以通行大车，还有错车的地方，但是对于敌寇的汽车，坦克就形成了扑踬不起的厄运。这些网一般的壕沟，联络起冀中所有的村庄。在沟内有排水道沟，沿两旁还筑有单人掩体，随时可以用作阵地，攻击敌人。假如你要不识路的话，那你就将走到给敌人预备的道路——迷壕。

在冀中夜间行路的时候，不论多大的队伍，都不会被警觉。因为冀中所有的狗，都完全被冀中的人民打死了。蓬蓬勃勃地打狗运动消灭了客观上为敌人报告消息的狗。只要是在黑夜，即使你走到敌人据点的旁边，只要不为哨兵所发现，你将像在我们势力范围之内一样自由地走来走去。“行路千里无狗叫”，这是冀中的一个特色。冀中子弟兵团营级以上的干部每人大概都有一件“狐狸皮”的外氅和一张“狐狸皮”的裤子，但是这个“狐狸皮”并不是那价值连城的轻裘，而是四元大洋一张，向老乡们买来的沉重狗皮。

冀中没有山，是一望无际的平原。但是现在地形改变了，无数有组织的群众形成了伟大的人山。接近敌人据点的村庄，即使日寇到来的时候，人们还是照常地耕织作息，自有村中的秘密村长出去应付一切。一般的村庄内，当敌人开始扫荡的时候，人们并不是跟着部队乱跑，他们一点不妨碍子弟兵团的活动，同样的和敌人兜圈子。敌人看不到一个中国兵，也看不到一个中国老百姓，但是时时刻刻，前后左右，都埋伏着中国人民和抗日战士，马上就让他们看一看这些中国人和中国兵。

晋东北敌区的人民已学会了“欺骗敌人”，“迷惑敌人”。有时敌人派出来的汉奸回去的报告是“八路大大的有”！数目确是骇人，不是三千就是五千，但是当敌人进攻时，村中连个兵的影儿都没有。当子弟兵真正到来的时候，“皇军”又会得到老乡们底报告：八路军来了两三个，于是“皇军”就大摇大摆的跑了去，结果被子弟兵团和老乡们打得弃甲曳兵而逃。

敌人不会有群众，那他们就是一个瞎子；群众都是我们的，那我们就是千手千眼的神佛。谁看不清楚这个事实，谁不理解这个道理，谁就堕入深不可测的深渊。华北的敌人，只会赢得灭亡的命运！

（三）人民武装自卫队

晋察冀边区地方武装现在只有四种，即：人民武装自卫队，青年抗日先锋队，地方游击队和警卫队。警卫队是属于各县公安局的，地方游击队多是近敌区的各个县份所发动组织的。人民武装自卫队和青年抗日先锋队是不脱离生产的人民武装。

“晋察冀边区人民武装自卫队暂行组织条例”第四条这样地写着：

“凡年在十六岁以上，五十岁以下之人民，无残废疾病者，不论男女均得参加自卫队，队员不脱离生产。”

在第三条上这样的规定着自卫队的任务——

1. 站岗放哨，清查户口，除奸缉匪，维持后方治安。

2. 担架运输，坚壁清野，侦察通讯，担任后方勤务。

3. 破坏交通，构筑工事，进行游击，配合部队作战。

自卫队的类别是以年龄划分的。从十六岁起到二十五岁，所有的人民编为人民武装自卫队的青年班或青年队。从二十六岁起到四十岁为止编为壮年班或壮年队。从四十五岁到五十岁编为守护班或守护小组。一般称之为老年队。多是担任维持后方治安的工作。

根据暂行组织条例第五条，人民武装自卫队的组织是采取民主集中制。组织系统是边区成立人民武装自卫委员会，规定由边区自卫队代表大会选举成立。每一专员行政区设区队部，队部由区队长一人，区队政治指导员一人，军事、政治、妇女、总务干事各一人至二人组织之，都是由专区自卫队代表大会选举出来的。每一县有总队部，由县自卫队代表大会选举总队长一人，总队政治指导员一人，军事、政治、妇女、总务干事各一人组成。县以下每区设大队部，由区自卫队代表大会选举大队长一 人，大队政治指导员一人，军事、政治、妇女、总务干事各一人组成。区以下每个中心村设中队部，中队长一人，中队政治指导员一人，军事、政治、妇女、总务干事各一人或四人，由队员直接选举。每中队有一个至三个分队。每分队设正副队长各一人，干事一人至二人。每一个分队辖三小队，设正副小队长各一人，每一小队辖三班，每班六人至十六人，设正副班长各一人。所有干部都是由队员直接选举。

在开始的时候，每级人民武装自卫队都是隶属于各级政府。现在则完全由人民武装自卫委员会负责进行一切工作，但仍听命政府指挥。人民武装自卫委员会在未实行由全边区自卫队代表大会直接选举之前，则由边区政府行政委员会主任委员、民政处长、武装科长及边区农救会、工救会、妇救会、青救会和抗敌后援会之武装部长及边区抗先队总队长共同组织之。各专区的人民武装自卫委员会则由行政督察专员、分区司令部之参谋，指导员及各群众团体之武装部长组织之。各县的人民武装自卫委员会则由县长、总队长、指导员、抗先队大队长及各县群众团体之武装部长组织之。这三级人民武装自卫委员会是整个负责进行人民武装自卫的组织、训练、教育的工作。

在人民武装自卫队最优秀的分子从二十四岁到三十五岁组织为模范自卫队，亦归自卫队指挥训练。从十六岁到二十三岁组织为青年抗日先锋队。亦算是自卫队组成的一部分，但是却有着它独立的组织系统和组织生活。在编制上与模范队相同。在执行基本任务时接受自卫队队部的指挥，执行比一般自卫队更高的任务，活动的时候自卫队应该协助，不能干涉。青抗先除受一般自卫队的训练教育工作之外，并须受更高级的训练教育。假如自卫队的青年队的队员有愿加入青抗先的时候，听其自便，但是就要脱离原来青年队的编制，过青抗先的组织生活，像壮年队的队员加入模范队一样。

这种青抗先和模范队的人民武装组织，可以说就是由募兵制度过渡到征兵制度的一种适当的组织形式。在前面记述子弟兵动员的时候，所说的成班成队的自卫队加入子弟兵团，也多是青抗先和模范队。

另外我们要谈到的是妇女自卫队。妇女自卫队是人民武装自卫队的一个组成部分。但是一个单独的组织。动员农村妇女离开家到学校，假如不是一件容易的事，那么把农村妇女组织起来，进行武装训练教育工作，有些人恐怕认为这是不可能的事。但是晋察冀的妇女不但要读书识字，作村民代表当村长，而且和男人一样的能够站岗放哨，盘查行人，捉拿汉奸，甚至配合战斗。前面说过许多地方的妇女自卫队提出竞赛的口号。有时妇女自卫队在配合部队作战，她们的英勇告诉了人们，中国的妇女并不落后于男人，她们也是抗日战争中新中国的主人！

在盂县某次战斗中，一个妇女自卫队员，抱着孩子，骑着毛驴回娘家。途中遇到某团一位由火线上下来的伤兵同志，便下了毛驴，让这位受伤的同志骑上。这位伤兵同志不肯，她说：

“抬伤兵，运子弹，也是我们妇女自卫队的任务，我是有孩子累着，让毛驴给你骑，只不过就算尽了我一些责任而已。”

她仍然坚持着让伤兵骑上去，自己抱了孩子走着，一直把这位伤兵送到了医院。

平山的妇女自卫队不但和男子一样的操练步法、转法、跪倒、卧倒、射击、投掷手榴弹，甚至能够和部队一样整齐的进行防空演习。她们在自卫队上还操练国术，能够打拳劈刀，虽然许多还是小脚妇女。

晋察冀一般的妇女自卫队，她们不但和男自卫队一样的能够回答政治问题，还有着男自卫队恐怕是永远赶不上的成绩，就是唱歌。平均每一个妇女自卫队队员能唱十五支以上的救亡歌曲或是抗日小调。

假如有人在现在还是有意地或无意地侮蔑妇女，说是妇女就只要作贤妻良母，要回到厨房里去，就是说妇女应该作男人的奴隶，晋察冀的妇女一定要打他的嘴巴。晋察冀的妇女告诉他们女人能参政，女人能打日本，能够和男人一样从事于一切的抗战建国的工作。

（四）群众团体的组织力量

晋察冀所有的抗日人民，都有着充分的言论、出版、集会、结社的自由。在一开始，军政民代表大会上也曾严格地作过这样的决议，现在不但实现了这个决议，而且充实了它。晋察冀的群众团体就是在民主权利的自由运用中产生出来的。他们有着组织，有着力量。政府和部队对于所有的群众团体不但极其尊重，实现人民监政监军，而且积极的设法帮助，使它的工作日形健全，日益开展。

群众团体在晋察冀的历史上是有着它重要的地位的。在抗日政权开始建立的过程中，群众团体首先光辉灿烂地写下了第一页。在晋察冀边区政府孕育的时期，群众团体就以独立战斗的英勇姿态挺立在这个地区。

在日寇对晋察冀边区发动第一次围攻之前，是群众团体自然发展时期。在粉碎敌人围攻之后，群众团体随即就检讨了反围攻中的经验教训，更具体的清醒的把握住工作的性质和工作的方法。晋察冀各群众团体详细而明确的对过去的工作作了一次清算，在这一番战斗的整顿工作中，群众团体便跃进到一个新的阶段——加强组织，深入工作，与军队政府两方面配合的更为密切，能够在战斗中坚持工作，开展工作。自此以后，在平常时期便加紧了巩固区域的深入的工作。战斗发生的时候，部分同志坚持工作配合战斗，大部分的同志都跑到敌人的后方，也就是敌区去突击工作，开辟工作。每一次大大小小的战斗，不但巩固了晋察冀的民运工作，而且扩大了群众工作的区域和范围。就是这样的同政权工作一样的发展到敌人的占领区域，在民运工作上，形成了对敌人的反包围的形势。

在巩固区域，群众团体除掉巩固自己的组织，扩大自己的组织，加强组织生活而外，便是配合军政两方面的工作。譬如公粮动员，武装动员，推进社会教育，解释政府法令等。在敌占区域粉碎敌伪政权工作上，群众团体是没有武装的开路先锋。他们是日寇亟欲得之而后甘心的。“两支肩膀肩着一张嘴的抗日工作人员”，凭了他们的经验和认识，凭了他们的艰苦作风和牺牲精神，日夜不懈地开展敌占区工作，组织敌占区民众。“那里的民运工作作的好，那里的政权工作也就作的好了”。这是晋察冀群众团体工作上所表现的事实。我们要进一步地说，那就是“那里有了民运工作，那里就有了抗日政权，那里就插上了祖国的旗帜”。民运工作者，群众团体的工作同志们，是没有武装的开路先锋，假如非说他是有武装的时候，他们的武装就是成千成万在日寇压榨下的黄帝子孙，不愿作亡国奴的中国人民！就是靠了这些亲爱的同胞，才蒙上了日寇汉奸的白眼，塞住了他们的枪眼和炮口。就是靠了这广大的人民的掩护，使得这些同志在恶魔之窟，施展出惊天动地的本领。

群众团体的工作同志是中华民族优秀的子孙，是群众队伍里自己的干部。虽然他们时常的一个月一个月的连一块钱津贴都没有，但是他们的工作最为坚苦，风霜雨雪向来拦挡不住他们艰巨的行程。日寇汉奸的威逼也从不曾动摇过他们钢铁般坚强的意志。

群众团体的经费现在才规定一半由政府津贴，另外一半由群众团体自筹。它们是群众自己的组织，它们以自力更生为自豪，而以依赖别人为耻辱。虽然他们“在夏天最晚才换上单衣，在冬天到来的时候，也是最后才穿上棉衣”，但是这种物质的困难早已不在他们意念之中。他们最足以自慰，也是他们最大快乐的便是广大群众对他们的无限关怀和爱护。他们是人民的骄子。

晋察冀边区一切工作的计划和布置都要经过他们的两手，通过他们而传达给一千二百万民众，推动一千二百万民众。他们是是与非、黑与白的纯朴的辨别人。他们领导群众拥护政府，帮助军队。一旦政府和部队或个别的人员有所错误的时候，他们便尽量的建议与批评，以至发动群众作正义的，维护群众利益的无情斗争。譬如某工兵部队[①]的一个工作排来到晋察冀之后便任意逮捕村级干部，结果便在这些民运工作同志说服之下，使他在群众大会上公开地承认了他们的错误。某保安队曾经在晋东北，终日要老百姓的白面吃，还要捕老百姓的山羊，敌人来了不但溜之乎也，而且还要枪杀无辜民众，诬良为匪，拷打村长。这晋东北磨擦之王的破坏抗战的行为，结果也为群众团体所领导的群众运动所严厉制止。新二师在擅自离开防地参加山西大磨擦之前，在平山县境内也曾有过拷打村长，索粮要米的不法行为，他们也终被平山民众驱逐出境，使他们不得不仔细缜密地检讨自己的错

① 本文中所说的“某工兵部队”、“某保安队”都是国民党的地方部队，“新二师”是国民党第二战区阎锡山收编的一个土匪部队。

误，改正那种军阀式的不良作用。这是晋察冀人民的力量，是群众团体的组织力量，是这些艰苦奋斗的同志们用血汗工作的成绩。

假如说直接和日寇搏斗的是子弟兵团，抗日军队，而和汉奸白刃相见的便是这些各级群众团体的工作同志。他们不但要与公开的汉奸浴血苦斗，而且要揭露农村中内藏的汉奸的阴谋诡计。他们还要与农村中潜伏着的一切反动势力，封建残余，顽固分子作无情的斗争。晋察冀边区是统一战线的产物，是坚决执行统一战线的巨人，那么每一个群众团体的工作同志便是为统一战线而作战的尖兵。每一个村庄里的群众团体便是边区一个统一战线的组织细胞。

提到晋察冀边区的群众团体，使人首先想到的便是工、农、妇、青四大组织。这是晋察冀最壮大的群众队伍。但并不是晋察冀仅有的群众组织。我们说过了每一个晋察冀的人民都有着充分的抗日民主的自由。有着言论出版、集会结社的神圣权利；因此不同的阶级，不同的职业部门也皆有着他们自己的抗日救国组织，譬如教师救国会、文化界救国会、自由职业者的救国会，还有和尚喇嘛的救国会。一般士绅名流抗日闺媛不愿加入妇救会或其他群众团体的时候，他们就加入抗敌后援会，完成他们抗日的神圣职责。就是在抗战前，晋察冀名流士绅的地位也不见得有今天高。

抗敌后援会同样的是一个统一战线的群众组织。也可说是边区各群众团体的统一组织。工、农、妇、青各救亡群众团体都是它的团体会员。在冀中更可很明显地看出，抗敌后援会的工作就是各群众团体的领导工作。在晋东北牺盟会是各群众团体的骨干。

“要看晋察冀的工作到区村去！”区村工作是晋察冀边区工作坚固的基础。这是一个丝毫没有折扣的事实。但是要求更深入的话，那你就要深入到每村各个群众团体的细胞组织中去，你要去看最下层的群众团体的工作。

在那里你将理解到晋察冀边区的工作同志是有如何伟大的魄力，蕴借着什么样的作风，他们有着什么样的精神，有着什么样的认识；在那里你将随时随地的寻觅出缔造新中国的伟大工作的典型。

七、无往而不达的文化教育

（一）新的创造

“教育”是一种无往而不达，无深而不入，有着永远的继续性的工作。只要认真地做一件事情，一桩工作，在工作中的过程中是随时随地的需要教育工作。在工作结束之后，虚心客观地检讨起来，你也一定感觉到你是受了又一次的实践教育。独立的教育工作，更是抗战建国过程中不可偏废，必须举办的事业。日寇就不曾放松这样的一个工作，随着敌伪政权的建立，奴化教育的体系也在敌人占领区内逐渐系统地建立起来。晋察冀区域内原来的教育工作是同当初的政权工作一样的随着大军的退却而瓦解。譬如在保定，中等以上的公私学校计有十三处之多，学校的负责人十之八九是逃往后方。这是据抗战第一年的统计。能够维持现状而勉强在后方开学的仅有三个。至于大多数学校所存款项，扫数为各校负责人所鲸吞，逃往后方幻想做一个富家翁，在抗战中间能过一个舒适悠闲的日子，继续他们过去的“清高”生活。当时留在敌后的校长有两个，现在都已变成伪河北省统治下的有名的教育汉奸，据说他们自己讲依然是继续办理他们的“清高的教育事业”！

晋察冀边区在成立之初，首先就已注意到这一桩工作，这并不是因为边区政府的工作同志们十之八九都是“教书匠”的缘故，实在是因为教育工作在抗战期间是一桩不能延缓的要举，边区的现实充分地说明了这一个理由。

当晋察冀边区社会秩序渐趋稳定，失败情绪、恐日病现象日见消退的时候，边区政府行政委员会随即下令所有边区各地小学校，限期一律恢复上课。在敌后，尤其是在边区政府成立刚刚不久的时候，这绝不是一件容易的事，同边区一切工作的开辟一样，教育工作不是一个旧的继续，而是一个新的创造。

首先，凡军队所占据的边区各地学校一律退让出来。当初被我们自动破坏的，或是受到日寇焚烧的，尽先修葺。于是校址首先得到了解决。但是过去的许多小学校教员多已参加了群众工作或政权工作，因此接踵而至的第二个困难便是“教育干部的缺乏”。幸而抗战前在乡村中成立的小学校为数并不算多，多方努力动员的结果，这一座难关也算被克服了。至于课本，新的尚未编成，旧的就暂行使用。

关于教育经费，当时也有一个初步的决定。至于教员的薪俸是以其家境的贫富而定，或是甘尽义务，或是酌发一些生活费，但是没有超过十元的。然而这已是边区各级津贴费的最高数额。

在这一个阶段里更重要的一件工作便是建立了晋察冀边区的教育行政系统。边委会有教育处，专员公署和县政府都有教育科，县以下各区有教育助理员，各村的村政委员会中有教育委员会。在这一个阶段中，艰苦奋斗的结果恢复了抗战前晋察冀区域内所有小学校的百分之八十四。应该注意的这一个百分比是包括有敌人占领区域，就是抗战前的教育中心，各城镇内所有的学校。

一桩新的事业必有一套新的内容，也就又需一套新的方式和一些新的干部。抗战前大部分的教育工作者，留在晋察冀的，却作了区长、县长，作了政权工作者。有的作了群众的领袖，有的作了合作事业的开创者。所以在所有边区各小学恢复上课之后，随即就开始了师资的训练。一方面抽调现任的教师，一方面培植新的抗战师资。这一工作首先由边府教育处和各县的教育科举办。过去晋东北的民革中学也曾连续地办理了两期师资训练班，就是这样地制造出一批一批的抗战教育干部来。

在第二个阶段里，进行了课本的编撰工作。初级一、二、三、四各年级的补充教材很快地编成了，但是敌后的印刷条件是很困难的。若是在教育处石印好之后，便发到各县，各县的教育科再为翻印发到各区，这样递次的翻印传送下去，到达学生的手中时，有的连油印的都不够分配，只有依样地抄写了。在这一时期，课本的内容政治方面占百分之六十强，主要的是打击失败主义、逃亡情绪、一切恐日病现象的内容。

这一阶段另外一个重要的工作就是扫除文盲。一九三八年的计划是要把十七岁到三十岁的文盲完全扫除净尽，后来因为日寇的大举围攻，未能如期完成。即使如此，据不完整的数字统计，在这一个未完成的工作中，曾使目不识丁的三十万文盲，在站岗放哨时，可以查验路条，教给不识字的过路人读念墙上写的国民公约了。

晋察冀边区在最初本来是不计划再办理中学的，但是由于各部门工作干部的缺乏，和大批青年学生的失学，遂又改变原议，下令每一专员行政区中要创办一座中学。现在冀西和晋东北的几个专区都已各自有了一座边区中学。在中学之上，现在不但有了一座移植到敌后的华北联合大学，和在晋察冀扎下了根的抗大二分校，而且边区自身还缔造了一所崭新型的最高学府——抗战建国学院。

现在小学教育经费已经规定为采取村合理负担办法，向县合理负担的途径上努力。其他的学校完全同其他各机关一样走上了统筹统发的正规道路。至于课本的编撰共有下列几个大纲：

一、配合政府法令。

二、解释申述抗战建国工作。

三、注意儿童需要。

四、启发群众的国家民族观念。

五、认识国际情势。

六、侧重政治训练。

根据这几条纲目编撰出来付印的抗战课本已有初级国语八种，算术六种，常识三种，高级国语、自然、地理各一种。

晋察冀边区现有三座性质不同的大学，六座中学，小学在一万所以上。学生共计四十万。这是正规学校教育内的数目字，所有各种冬校、夜校、识字班……一类的教育组织尚不在内。最近边区政府又发出了新的号召。就是五十户以上的村庄，起码成立一所小学校。

就是这样的在许多困难面前，在日寇不时的“围攻”与“扫荡”的环境之中，抗战教育在晋察冀建树起来了。

（二）学校就是战场

教育工作绝不是一个孤立的工作，只有把教育渗透到各部门的工作中去，只有把教育工作和实际生活密切地联系起来才能完成教育的目的，在我送给一个学校成立周年纪念的题词中，曾有几句话是这样的写着：

学校就是战场，
战场就是课堂。
是抗战的教育，
是建国的营房。

教育永远不会超社会而存在。今天的教育无论如何是和抗战建国分割不开的。更重要的抗战建国就是百年树人的大计中的核心。晋察冀的教育工作就是在这一个伟大的目标下，于实践工作的配合中日渐进展的。

晋察冀没有辉煌的教室。随便一间房子，一座树林，一片河滩，或是山坡，或是山顶，随处都是学生们的课堂。同时所有的工作场合，也都是晋察冀全体人民的课堂。曾经有一些农民，根本不愿缴救国公粮，或是认为自己所分派的分数太多，但是经过一次一次的动员大会之后，或是经过工作同志个别的解释说服之后，就很热烈地把公粮拿了出来。有的甚至认缴更多的救国公粮。就是这一个例子已经充分地说明了这些农民是在动员公粮的工作中受到了什么样的抗战教育。是的，这并不是什么“洋学堂”的教育，也不是三家村冬烘先生的冷板凳教育，而是理论与实践密切联系的抗战教育！晋察冀站岗放哨是小学生每天经常的工作。平山县的小学生还曾帮助政府完成了最麻烦的合理负担工作。帮助军政民完成了新战士的动员工作。在课本上这样的讲，实际工作中，也就按照课本上讲的作。

我曾经到过河北平山和山西盂县交界的一个山村。那里仅十来户人家。据村里的老年人讲，在抗战前他们从不曾见过什么“官”和“兵”，那真可算是一个“世外桃源”。但是抗战开始便不同了。第一次我过那个山村的时候，由山头上下来就看到一位群众团体的工作同志，在一片空坪上聚集了三十几位老乡，男的、女的、老的、小的，大家都整齐的坐在一起。那位同志正在努力的向这些老乡们讲解第二次帝国主义大战和我国的抗战。虽然在我听来，那位同志讲的并不怎样通俗，可是听众却都是很注意地听着。这一番情景使我联想到过去家乡中的农民，在晚饭后坐在空场上听人说书的情况，但是在质上和这个情景有着根本的差异。晋察冀的人民，由于教育工作普遍深入艰苦的进行，已认识了世界，认识了中国，认识了抗战，而且还认识了他们自己，了解了自己的力量。在我第二次路过那座山村的时候，非常凑巧的就又看到一位区助理员同志，在原来的那块空坪上，对更多的老乡们讲解“区村民选”了。

在晋察冀走路，外面刚到的是觉得会有不少麻烦的。一部分原因就因为走路时你随时随地的受教育。教你的也许是一位小脚妇女，也许是一位老头儿，但是你的老师，大概是一个小孩子的时候居多。

当你走进一座村庄的时候，查验路条是必然的手续，路条看过之后，你要认为没有事了拔脚就走，那位站岗的小孩子，把枪一横，照常的拦住你。

“对不起同志，耽误你一会儿工夫，请你背一背国民公约”！

假如你背过来了，你便可以扬长而去，不然的话，有时一些更天真的孩子会把你带到村公所去。他的理由很简单：中国人就应该记住国民公约。要是年纪大一些的孩子，除了客气和蔼的给你讲一篇要背熟国民公约的道理之外，他还教给你第一条是不违背三民主义，第二条是不违背政府法令，第三条是不违背国家民族利益。……而且一条一条的解释给你听。最后告诉你：

“对不起同志，下次可要背熟呀，每个中国人都要记熟国民公约，这是咱们国民大家的公约”。

晋察冀每一个村口都挂着一块黑板，没有黑板的就用青灰刷出一块牌来，作成一块黑板的样子。每天的上下午，上面都写上不同的字，每次换岗时，上一班的人便教给下一 班的人。这样递教下去，过路人查完路条时他也要问：

“同志：请你念一念这三个字！”

你就念给他听，说是“打日本”。他接着就进行口头考试。

“为什么要打日本？”

常常发生麻烦的就是在这儿，有时你听说的和他所晓得的有出入的时候，那个小孩子是不会放你走的，他一定要你把他所晓得的告诉你听。假如你根本不认识这几个字，他就马上当起先生来，教你认识这几个字。

非常不幸，我自己还没有受到这样一次教育，有一次在平山我看到站岗的一个小孩正在教别人，我就问他为什么不问我。

“你有公事嘛！”

另外一个孩子告诉我。

“你是抗日军人，你们自己就识字。”

像这样即学即知，即传即用的“岗哨教育”，尤其在平山、唐县、完县、阜平等地作的有特殊成绩。

晋察冀还普遍的流传着这样的佳话。

唐县某村婆媳两个都是该村妇女识字班的学生，可是每次上课的时候，总需要留下一个人看家，烧饭洗衣，拮掇缝补。于是媳妇让婆婆去上课，要自己留在家里干活儿，婆婆说年纪轻的该读书识字，年纪老的人要留在家里作事。最后还是媳妇挠不过婆婆的好意，于是就拿起课本抱起孩子去上课了。

“妈，等我回来，再教给你！”

就是这样的，婆媳两个都识了字。

在望都的一个村子里，有一位快六十岁的老太太，和她一个八岁的孙女，手拉手儿的去识字班上课，祖孙两个还提出革命竞赛来，看谁认得快，认得准，两个月过去了，在考试的时候，都及了格，认识了二百以上的生字。

像这样的识字班，仅只平山一县去年就建立起来四千余座。

平山县是晋察冀边区的模范县。在去岁旧年的时候，人民武装自卫队的总队部就号召各村的自卫队要在旧年起码演两出戏，剧本自己编制。在平山抗日县政府成立两周年纪念的晚会上，我曾亲眼看到一个村子里的儿童团演出自己编的戏。本来还有一个村子的妇救会和妇女自卫队也要演出，因为节目繁多，临时辍演。在今年儿童节的时候，我也曾看到曲阳第十二区各村儿童团的戏剧表演。像这样的文化娱乐的教育工作，现已在各地蓬蓬勃勃的开展起来。在晋察冀的军政首长的号召下，现在各村的“子弟班”也如雨后春笋般的组织起来，这一个蓬勃生长的农村剧运亦将更大的帮助抗战教育工作的深入和开展。

在晋察冀东北各地成立了学习站，就是变相的小先生制，也收到了不小的教育成绩。像巡回学校，流动训练班之类的教育组织，各地因环境之不同，各有采取。

冬学运动在晋察冀的教育工作中有不可磨灭的功绩。冬季是农民比较闲的时候，晋察冀的教育当局就抓住这一个时期，配合着识字运动和扫除文盲运动，一年一度的提出冬学运动的号召。在唐县、完县、定县、行唐、阜平等县份今年并且进行了冬学的坚持工作。就是把所有成立的冬学，改变为经常性质的民众学校，或民众夜校。在这几个县里，这一个伟大的教育计划的成功，已引起全边区各县的注意。假如各县都能如此进行的时候，晋察冀边区的民众教育工作即踏上更光明更广阔的一个阶段。

在青年抗日先锋队中，儿童团里，妇女自卫队和自卫队上还经常的有人报告时事，或是讲解当前重要的政治问题，这并不是什么别的工作，而正是没有折扣的教育工作。

我们这次到晋察冀，破天荒的带去了四箱书籍。到达边区政府不久，便有许多同志到我们住的地方去借书。有的告诉我们，最近讨论某个题目，正苦没有参考书，有的讲，晋察冀书籍太缺乏，正愁没有书看。在晋察冀边区干部中间，是经常的过着有组织的教育生活，他们也像子弟兵团一样有着各种学习组织，和各种的学习制度。经常的针对着当前重要的问题，或是为了理论的探讨，制定各种提纲，刷印各种参考材料，进行热烈的讨论。这些工作中的集体教育和自我教育方法，提高了干部的质量，提拔了不少的干部，晋察冀边区的各级干部都是这样的充实自己，教育自己。

在晋察冀边区随处都是学校。

（三）与奴化教育作斗争

晋察冀边区，凡是敌人所占领的据点附近，多是游击区。在单个的县份上讲，晋东北的定襄、繁峙、平西和察南雁北的一些县份多是游击区。冀中全部可以说都是游击区域，但也是游击根据地。在这些游击区域内，敌人虽然随时可以到来，但是教育工作同政权工作、经济工作……一样地建立起来。粉碎着日寇奴化教育的阴谋，实施我们的抗战教育。

冀中的小学教师就像是游街的道士一样，他们经常的在肩上背起一个“梢马子”化装成乡农，到处游走。只要村庄上没有敌人，马上把他们的学生集合起来，实行口授。工作好的县份，差不多同冀西一样，每村都有秘密的抗日学校。敌人来的时候，学生就自动的散开去，敌人走了，学生又自行聚拢了来，继续上课；定县的小学生是辗转在敌人铁蹄之下的祖国的孩子们。当子弟兵团或是游击队去了的时候，他们全体集合起来，几乎是包括了全村所有的儿童，他们会在会场上热烈的欢呼——

“欢迎 ×× 大队唱歌！”

唱完之后，被别人要求着的时候，你就将会奇怪的听到这些在日寇统治下的孩子们竟然会很整齐的唱“风在吼，马在啸”。啦啦队喊：“唱什么！”下面立即答：“红日照遍了东方！”还有他们自己编的一些抗日小调。至于《救亡进行曲》《游击队歌》等像在冀西一样已是老调子了。

这一些歌子都是游击教育的结果，他们是秘密的练习成功的。

在游击区中另外的一个方式便是公开的设立学校进行抗战教育。譬如在定襄，许多的学校都是领敌人发下的经费和课本，敌人到来的时候，才把汉奸“新民课本”放在桌上。敌人走了，便口授抗日课本，或是讲的晋察冀边区出版的抗敌报和救国报。有的学校就讲抗战前的课本。把凡是敌人所要取缔的地方，都用淡墨勾掉。敌人来了讲不勾掉的，敌人走了就专讲那些抹掉的地方。有时当敌人来的时候，索性不上课，把学生领到操场去游戏。这种方式多在晋东北的游击区域内应用着。

为了加强粉碎日寇政治阴谋，奴化教育的力量，晋察冀边区特别的注意敌区师资的训练，加强所有敌区游击区的教育工作。

教育同其他工作一样，是争取最后胜利的一环，在晋察冀，教育工作已日见密切的配合了军、政、民运、经济……各部门工作，筑成了一道抗战教育阵线，日渐逼近了敌人，包围了敌人。

（四）抗战建国学院

抗战建国学院是晋察冀边区政府所缔造的边区最高学府。从去年九月成立起到现在还不足一年。第一期和第二期已经毕业，学员们都回到工作中去，或分发工作了。虽然现在才办到第三期，但是已收获不少的成绩。

这一个学院的院长、主任，以及教员并不是什么大名鼎鼎的教育家或平津知名教授，而是从工作中调来的优秀干部。有的作过抗日县长、科长或是区长，有的是民众工作者或是子弟兵团的干部。学生们也大都是工作中的干部。这是一座崭新型的学校，是一座全部实施抗战建国教育的学府。

这第一二期中共分三系即合作、税收及区政助理。学生就以三系编三个大队。六个星期毕业，最后两周为实习期间。

合作事业的开展，织成了晋察冀边区的强韧的抗战经济之网。各个合作社的组织，关系贸易政策、金融政策的实施甚巨。合作事业的工作者不是一批以牟利为目的的商人，而是经济战线上的一批抗日战士。但是这样的合作干部是太缺乏了，为了巩固边区的经济堡垒，为了合作事业的开展，边区市场的繁荣，展开对敌人的经济反封锁，发扬合作事业的政治效用，抗战建国学院首先建立了合作系。

税收在过去除掉海关、统税关税等正宗税收外，一般的多是由各级政府招标承包。税收承包制流弊之大是人所共知的。今天的晋察冀边区的税收工作却是担任着抗战经济战线上的哨兵任务。通过税收工作，把敌货封锁起来，把我们生产品批销出去，一个税收工作人员不但要有民族解放的胜利决心和相当的政治水平，而且要求在税收工作的常识之外，还须具有敌区工作的条件。而过去的一般的税收工作人员多是所谓合法贪污者之群，是担负不起这一个战斗的工作任务，因此税收也就成了抗战建国学院的一系。

区村级干部是政府法令的直接实施者，区村工作是最接近群众，接近实施工作的一环。在区级干部中间，区助理员更是每项工作的实践者。传述、解释政府法令，布置检查各种工作，解决工作上随时发生的困难问题……无一不是区助理员的工作。同时由于分区的划分，区级干部最为缺乏，有的地方也很感薄弱，因此区政助理形成了抗院的第三系。

为了加强银行的工作，现在又添上了银行系。

从上面看来，没有一系不是由于实际工作的需要而实行设立的。

院方设院长一人，就是边府主任宋劭文先生，副院长一人是过去山西战地总动员委员会的锄奸部长、山西老国民党员郭任之先生，校务主任是一位干练的青年同志。以下分教务、军事、政治三部。

第一期的学生在平山实习刚刚终了，我们正从平山路过，老乡们曾经告诉我们——

“戴毡帽头的搞工作真沾！”

毡帽头是抗院学生的冬季制帽。在实习期间，把学习所得充分的运用到工作的实践。把平山县的税收、合作和区政权工作，突飞猛进的向前推进了一步。

抗院和晋察冀边区所有的学校一样的道地军事化。随便什么时候，只要一发生敌情，只须把寝室里放着的背包往身上一背，即行集合出发，坐的小凳子和书包是随时带在身上的。这一次日寇冬季扫荡的时候，我们便是和抗战建国学院在一起打游击的。游击中间，他们还是随时随地的抓紧时间上课。照常进行他们的教育计划，这种战斗的教育作风，是边区教育的一个特点。

（五）抗战教育的生活素——民主

文化教育工作，在晋察冀的工作同志们谈起来是落后薄弱的一环。为了加强这个工作，边区政府规定今年为文化教育年。在今天的教育工作计划中，除了巩固开展学校教育，使学校教育日形往正规化的途径上迈进之外，便是努力开展民众教育工作，建立一套社会教育的系统。计划是在边区设立一座民众教育馆。以下设立各专署、各县、各区的民众教育馆，以各村的救亡室作社教的组织细胞。

教育工作在晋察冀比较起其他各部门的工作来虽然是落后薄弱的一个环节，但是在山沟小道遍布了学校，文盲是逐日的锐减。最宝贵的一点是边区的教育工作不但说明了抗战教育的实施是可能的，是正确的，是抗战中中国教育唯一正当的途径，而且用实际工作成绩说明了抗战教育工作在整个抗战建国事业中的重要性，这是争取最后胜利，彻底完成民族解放的一个重要环节。两年来边区的教育工作创造出一套套的方法，充实了抗战教育的理论。在巩固边区，扩大边区，坚持敌后抗战的工作上起了莫大的作用。我们要问为什么抗战教育在晋察冀边区绽开了灿烂的肥葩？

民主政治本身就是一个最伟大的教育工作。抗战建国教育是和进步的民主政治根本不能分割的。由于民主政治的实施，提高了民众的政治认识，加强了人民的国家观念和民族意识，使他们彻底的了解了只有在斗争中才能保护他们已经获得的民主权利，只有坚持抗战才能求得国家民族的生存。因此他们不仅要在工作中，在斗争中学习，而且迫切的需要教育。需要教育给他们以更丰富的斗争经验教训和方法。由于民主政治的实施，使人民认识了边区政府并不是什么剥削压迫他们的官衙门，而是保护人民利益，替人民办事的机关。因此人民需要教育，因为教育会使他更清楚的认识政府，认识一切政府法令。

由于民主政治的实施，使人民认识了几千年不曾认识的自己，认识了自己的力量，因此使他就更为迫切的需要教育。在抗战期间，他就更迫切的需要抗战教育。

晋察冀边区民主作风的养成，使每一个工作同志，随便在任何或大或小，或轻或重的工作中，都不能忽略教育工作。而民主的作风更启迪了每一位工作同志，推动了每一个人前进，民主的作风暴露了个人主义的一切不良的习气，一切丑恶和污秽。因此不管是谁，他们要求抗战教育，要求教育帮助他们更大的进步，给予他以丰富的斗争经验教训，要求教育使他们更清楚的认识中国，认识世界，认识斗争的人类！民主作风的养成促进了人们工作的积极性与创造性，因此需要教育工作的布置和成就，需要教育工作渗透到各个工作部门，每一桩工作中去。因此只有如此才能完美的，百分之百的甚至超额的完成工作的任务。

谁要不忽略教育，谁要不忽略抗战教育在抗战建国过程中的重要性，他就不能忽略民主！他就须要真实的认识民主，切实的实施民主，这并不是两回事，而是血肉相联的一桩工作！而这一工作就是完成全民动员的一桩工作，迅速的争取抗战胜利到来的一桩工作。

抗战教育灌溉了民主之花，民主是抗战教育的生活素！

（六）戏剧“现实化”“大众化”

戏剧在晋察冀发挥了充分的效能。凭借着这一支有力的宣传武器，教育了晋察冀一千二百万民众，提高了民众的文化政治水平，发扬了民族精神，揭破了敌伪阴谋。在每一项工作上，戏剧不仅起了宣传作用，而且起了启蒙作用。在一切工作的困难前面，戏剧发挥了解释、说服和鼓动的力量。多少壮丁，由于看了一出戏，而自觉的，坚决的参加了抗日部队。不少的顽固分子受到戏剧的感动而悔过自新。边区的戏剧不仅起了伟大的政治作用，在它自身亦已逐渐凝结为民族戏剧的雏型。

晋察冀的戏剧工作者，是严正的艺术工作者，是革命的抗日战士。他们没有一般艺术工作者的不良习气与作风。他们充溢着丰富的热情，也有着相当的艺术修养。更重要的是他们有着正确的政治方向，因此他们深刻的认识了戏剧，认识了艺术，认识了戏剧的价值，认识了艺术的价值。从不曾把戏剧构筑成空中楼阁、海市蜃楼和血淋淋的斗争现实分离开来。

模范的抗日民主统一战线的战斗环境，创造了晋察冀的新戏剧，涵育成晋察冀戏剧自己独有的特点。

晋察冀是没有外面的剧本上演的。所有的剧本都是晋察冀戏剧工作者自己的剧作，也可说是晋察冀边区伟大的斗争现实的剧作。这一方面由于外面供给的不够，也是因为实在难以找到一本适合敌后的剧作。我们只要看一看晋察冀每一个剧本集体创作的一般的过程，就概括的了解到他们的剧本内容和特色了。

晋察冀的剧团都已有自己的编剧组。当军政首长发出一个号召，如开展反汪锄奸运动，开展宪政运动……或是当一个新的工作布置下来的时候，如改革区村政权，武装动员，开展春耕运动等，各剧本便多方面的搜集材料，加以缜密而深入的研究。然后由一位同志作一个详细的政治报告，于是在这个主题的把握之下，剧团的同志们尤其是编剧组的同志们跑到群众中去，同群众生活在一起，和军政民的同志们一起工作。在这一个工作过程中，便搜集到所要获取的实际材料。当一个故事构成的时候，按照着编剧的程序，在集体讨论中，一个新的现实剧本创作出来。然后经过排演，导演的修改，便可以正式演出了。譬如相当成功的，晋察冀军区抗敌剧社创作的《两年间》、《我们的乡村》，西北战地服务团创作的《春耕》《模范公民》，战线剧社的《小孩子放哨》……都是在这样的集体创作过程中产生出来的。这一种脚踏实地科学的创作精神，也是大众化口号具体实践的结果，这是边区戏剧的特色。他们不仅如此创作出不少民族形式的话剧剧本，而且扬弃的利用了旧形式，譬如《救国公粮》……还创作了不少的新颖的活报、歌活报和舞活报，譬如《参加八路军》《人间地狱》、《侵略者的末日》以及《太行山舞》等等。

“话剧中国化”口号的实践又孕育成边区戏剧“现代化”、“大众化”的特点。“现代化”和“大众化”是边区艺术工作者神圣不可侵犯的原则，不论编戏或演技，边区话剧已走上了中国化的途径。电影明星的动作，洋八股式的对话，在晋察冀的舞台上已经寻觅不出了。在观众眼前展开的是令人泣下，或令人发指的血淋淋的人生和战争的现实。在这里面还能看出未来的光明远景，和侵略者、反动力量的灭亡。每一出戏中都充满了晋察冀的乡土气息和人民英勇斗争的精神，晋察冀的进步和团结，也充分的在舞台上表现着。当然，这一个成功不是偶然的，譬如周巍峙同志现在负责的西北战地服务团，原来就富有丰富的艺术陶养。但是刚一来到晋察冀的时候，无论表演技巧是如何好，很少得到观众的称扬。对于他们的戏，观众想到的只是炫赫、瑰丽。距离他们的生活太远了。西战团以后在新的工作方针下，把他们丰富的艺术理论和技巧贡献给边区土生土长的戏剧工作者和各个剧团。诚挚的向这些剧团和同志们学习了两年多的斗争的工作经验和教训，随着他们对晋察冀深入的了解和本身作风的改变，直到今天西战团还保有他们过去的荣誉。

边区戏剧工作者的团结，在别处也是不能多见的。在晋察冀，正规化的职业剧团共有十四个之多（部队上各团队的宣传队，各机关团体的业余剧团不在内）。在子弟兵团中工作的有抗敌剧社、战线剧社、七月剧社，还有抗敌剧团和战火剧社。隶属于群众团体的有冀中的新世纪剧团、平山的铁血剧团，现在隶属于政府的西北战地服务团。属于学校的有华北联合大学的文艺工作团。……这一些剧团虽有历史久暂之分，主客之别，但是都团结的像一个人一样。彼此互相吸收优长的地方，克服彼此的缺点。时常的交换工作经验，交换彼此创作的剧本，遇到一起的时候便共同召开演出的研讨会或是共同座谈。有时互相交换所需要的干部，或供对方需要的演员。历史久的、技术好的帮助历史短的、技术修养差的，彼此之间没有一点隔阂，也没有一些门户之见。前几个月边区剧协又成立了，更明显的标出边区戏剧工作者统一战线的鲜明旗帜。

现在晋察冀边区的戏剧运动又进入到一个有着最广阔的光明前途的新阶段。在军政领袖组织子弟班的号召下，不脱离生产的乡村剧团，如雨后春笋般蓬勃的建立起来。据不完整的数字统计，仅只冀西一个区域内就有三百个，平山有九十九个，阜平有四十四个。望都一个游击地区之中就有二十二个。就是在望都曾有过这样的一桩事情。一个乡村剧团，被另一个村庄欢迎去演剧，有一个长工是该团的一个主要角色。为了要求演剧，就辞去了他多年的长工职务。虽然这一个举动有讨论的余地，但是这一个事实说明了在群众的队伍中埋藏着成千成万的艺术人才，同时也就看出来广大的民众又是如何的需要着艺术。

在这一些剧团中，十分之七是话剧团，其余的都是子弟班和秧歌班。剧本十之七八都是自己编制，导演亦是自己。当然这里面还有许多的问题，譬如：脱离生产与否的问题，剧本的创作和供给的问题，艺术干部的问题，以后巩固组织、充实内容的问题。但是在晋察冀广大的有组织的人民面前，是没有困难不可以克服的。西北战地服务团就勇敢的担当起解决这其中一些问题的重大责任。他们还号召所有的边区戏剧工作者能抽出时间来和他们一样分成小组到农村去巩固与健全这些剧团的组织，加强农村剧团的领导，和群众共同创作农村剧团的剧本，开办艺术训练班，培养群众自己的艺术干部。

晋察冀戏剧运动现阶段的开展就是民族形式的萌芽。边区现在的话剧就是民族形式的雏型。但这绝不是一个偶然，民主政治的彻底的实施，民主作风的养成，以及战斗的敌后环境中的正确的政治领导都是新文化形式的主要条件。

（七）诗、歌、画

随着戏剧工作而开展的艺术工作有歌咏工作、美术工作和文学工作。

歌咏已经形成了晋察冀人民大众的日常生活。我可以这样的说，晋察冀不管男女老幼中，很少不会唱歌子的。救亡歌曲和抗日小调已代替了过去人们消闲或工作中间口头所唱的一切陈词滥调。农村歌咏队普遍的在乡村里成立了，在人民大众的队伍中也产生出他们自己的歌咏指导者。就是每一村的自卫队和儿童团也都有他们自己的歌咏指挥。阜平城南农民歌咏队的指挥，便是该村打烧饼卖的一个小商人。这一些歌咏队不但能够简单的合唱，而且能够轮唱，能够两部合唱以至四部合唱。

会唱歌子最多的是妇女们，其次是儿童，人们总是赶他们不上。随便你走到田野，走进村庄，尤其是在会场上总是充满响亮„。雄壮的歌声，彼此挑战，彼此竞赛。有的部分的子弟兵团还比不上群众唱的多，唱的整齐。

至于歌曲和歌词，现在已有大部分是自作的了。每一个剧团都有音乐组。每次晚会，音乐和歌咏是不可少的节目。这一些剧团中的音乐组许多同志是习谱曲的，他们多是延安鲁迅艺术学院音乐系的学生。其中最有名的便是青年音乐家周巍峙君领导下的西北战地服务团的音乐组。他们并且出版了《歌创作》。这是边区音乐界的唯一刊物，到现在为止，西战团做的歌子已有二百余支，大部分都能在士兵、群众中间唱着。

每个剧团中的美术组和子弟兵团政治部中的美术工作部门，形成了晋察冀的抗战美术的阵容。随便你走到什么地方，到处是醒目的大幅的壁画。美术工作者随时随地的掮着梯子爬到墙上创作他那抗战大众的墙画。每个村庄里，你也可看见每家门上贴着的门神已不是秦叔宝、尉迟恭，而是标有“加紧站岗放哨”，“捉拿汉奸敌探”字样，手持红缨枪和亮闪闪的大刀的目卫队队员英姿，或是“男女一齐上战场”，“大家参加抗日军”的子弟兵和老乡们的雄姿。过去由天津运送来的什么《麒麟送子》《老鼠娶妻》一类的年画已代之为《妻子送郎上战场，母亲叫儿打东洋》、《抬伤兵；送茶饭》、《开展民主运动，选举好村长》一类的抗日年画。这都是晋察冀边区美术工作的成绩。

画报共有六种。最受人欢喜的便是石印的《抗敌画报》。晋东北一专署有石印的《战斗画报》。一军分区出版的有《战线画报》。四军分区出版的有《火线画报》。西北战地服务团出版的有铜版画和《战地画报》。这一些画报都是供不应求地为大众所喜欢的。

文学的活动在晋察冀边区同别的地区一样是艺术工作部门中比较落后的一环，这是因为广大群众文化水平较低，中国文字又是已经不是象形了的方块字的缘故。中国文学一贯是封建的帝王统治工具，随了中国社会性质的停滞，总未进到拼音文字的阶段。今年边区政府也注意到了这个问题，已在号召进行研究拉丁化新文字，实验拉丁化新文字。一旦文字这种表达情思的工具为群众所掌握的时候，我们相信文学这种活动在晋察冀边区一定得到空前的发展。就是现在，各村街头也都贴满了街头诗歌和街头墙报。尤其是新诗歌，已为晋察冀广大的知识者之群所爱好。练习诗歌的写作，已成为一种风气。现在，随着西战团在各地成立乡村文化教育干部突击训练班，随着农村剧团工作的开展，农村中也普遍地成立了文艺小组。使文学活动的领域随了剧运的开展益形扩大了。

（八）新民主主义文化

晋察冀文化界是和敌后抗战分开不的。所有的文化人都是名符其实的“文化战士”。他们和其他部门工作的同志一样具有民主的作风和艰苦奋斗的精神。他们是新中国文化的开拓者。战斗的、敌后的统一战线的环境锻炼了他们，使他们有着丰富的正确的政治修养。正因为如此，他们才能像政权工作、民运工作同志们一样的在战斗中，坚持他们的工作，顽强的挺立在他们自己的岗位上。边区的文化工作所有的各部门工作是紧密的配合起来的，文化工作不是其他部门的尾巴，没有脱节的现象。文化工作在边区是起了主导的、批评的、指示的作用。这一个特点充分地表现在边区出版的各种报纸和杂志上面。

说到晋察冀边区的报纸首先令人想到的便是《抗敌报》、《救国报》和《抗敌三日刊》。除了《抗敌报》是铅印之外，其余的两种报纸都是精美的石印。三种报纸各自均拥有广大的读者，发行均在两万份上下。这并不是一个小的数目字。

《抗敌报》是晋察冀边区舆论界的权威。同时也是抗战新文化的播种者。在这一个报纸的第一版社论栏和第四版上时常地转载一些最进步的政治论文、军事论文。虽然是一个四开隔日出版的报纸，每一号总有关于国内国外的短小精悍而通俗的短评，给予读者以纵横捭阖的国内外情势的正确而明锐的认识。《抗敌报》在思想上、政治上进一步把边区政府工作中的军政民统一起来。

《救国报》是边区政府的机关报。在报纸的通俗化这一点上相当的成功。在内容上和编排上进步的速度是他报所不及的。比较起《抗敌报》来更富于地方性。为了供给更多的新闻材料，《救国报》副刊有油印的“时事日刊”。《抗敌报》亦有油印的“时事汇刊”。

在这里要特别提出的是军区政治部丘岗同志所主编的《抗敌三日刊》。其通俗、新颖、活泼为各报之冠。这是子弟兵团自己的报纸，也为子弟兵团每一个战士所热烈爱护。无形中《抗敌三日刊》已形成了子弟兵团政治教育、文化教育、战斗教育的重要补充教材的供给者。

在形式上，《抗敌三日刊》有一个最大的特点，便是石印的精美绝伦。不仔细注意，就会当作是用新五号铅字印成的。这是实在的事情，《抗敌三日刊》比用旧五号铅字印的《抗敌报》字数还要多。《抗敌三日刊》最大的特点便是非常醒目地在文字中间插进有意义的、容易引起读者兴趣的小画图。《抗敌三日刊》的通讯网是和《抗敌报》、《救国报》等遍布于各个工作部门，遍布于子弟兵团。而这一些短小精悍的通讯也是《抗敌三日刊》的最大特色，也是使它成为边区最精采的报纸的原因之一。这一些通讯中充满了无名作家的创作，他们大都是英勇的战士和果敢的下级干部。最有价值的是《抗敌三日刊》在克服子弟兵团生活、工作、学习以及战斗中的不良倾向，在促使子弟兵团建立成正规化的铁军的几度军事整军和政治整军的工作中，它有着不可磨灭的功绩。

在平西支撑舆论界的是别具风格的《挺进报》。冀中的人民喉舌是《导报》。现在每一个专区都有着一份自己出版的石印报纸，就像是每一个军分区都有着一份石印或油印的“工作通讯”一样，是更富于地方性，反映各专区内各县工作的报纸。

《新长城》是一个理论的月刊，除了边区党政军民领袖的著作而外，多是转载《解放》上的重要论文。这是晋察冀的汉奸敌探所极力搜求的一种刊物。过去出过《区文化》三期，因为太偏重文艺，缺乏读者，近已停刊。《群众》是群众团体的机关杂志，月出一期。最近创刊的《学习半月刊》是一种综合性的文化杂志。在文学方面的刊物有西北战地服务团战地油印出版的《诗建设》《诗战线》，火线剧社油印出版的《文艺通讯网》，晋察冀通讯社油印出版的《文艺通讯》和《晋察冀通讯》。

边区的书报杂志和实际的斗争生活，和坚持敌后抗战的艰巨工作是分不开的。这一点更充分的表现在边区政府出版的近于过去公报性质的《边区导报》《边区教育》和《抗战建设》上面。假如把这三种刊物当作过去的一般的公报看，那是一个错误。最重要的是在这上面含有大部的边区政权工作的宝贵经验和教训。这是新民主主义文化的一支，而且是重要的一支。

边区整个的文化界使我们看到了一点，便是谁要和这大时代脱节，即使游离，亦将变成文化阵线上的落伍者。只有把自己投身在伟大的民族解放的浪潮中，在实际工作里，在斗争的生活中，才能做一个名符其实的抗战建国的文化战士，才能作为一个新中国文化的奠基人。同时使我们看到的另外一点便是新民主主义的新文化并不是产生于别的什么地方，更不是生长在某些思想家的头脑之中，而正是生长在这敌后的统一战线的晋察冀，在这里播下了种，开出了花。新民主主义的新文化是革命的大众的文化。晋察冀的各部门的文化工作说明了，只要脱离了广大的群众，文化就不能形成一个广泛的运动，不能为群众所接受的，则一定毁灭。群众是需要文化的，他们之需要文化正像是他们需要民主一样。最后使我深深的感觉到的是新民主主义的新文化绝不是名流学者的产物，而应是广大群众的创造。在人民大众的队伍里充满了天才的文化战士。问题在你是不是去提拔、去培植，这些朴素的农民和工人，他们才是建立新民主主义新文化的伟大工匠。

晋察冀边区文化工作者是了解这个问题的。他们的工作也是如此作的，因为他们的名字是和晋察冀的名字分不开的，正像是晋察冀边区的创造者和抗日民主、模范统一战线区域的荣誉分不开一样。

八、新中国的雏型

（一）军政民的严格分工和紧密联系

关于晋察冀军事胜利的战报，每个报纸上都有着登载。扫荡敌伪政权，奠定边区基础的是子弟兵团；打死阿部中将、水源旅团长、田中大佐……的是子弟兵团；粉碎日寇一度又一度的进攻和扫荡，在战斗中壮大边区的也是子弟兵团。每一位同志来到晋察冀边区还将终日看到军事上大大小小的胜利。那你一定自然的把这些胜利和晋察冀边区、抗日民主模范统一战线区的光荣名字和晋察冀军区的创造者、子弟兵团的建立者和领导者的名字——聂荣臻将军联系在一起。但是当你去称颂聂司令员的伟大的时候，他将一贯的诚挚的回答你——

“我们没有什么，这是我们的任务，没有政权工作，没有民运工作，晋察冀不会有今天的样子！”

民主政治的彻底实施，行政机构的改革，经济政策的规定，人民生活的改善，边区政权的日益巩固和扩大亦是人所共见的事实。假如你同边区政府的主任委员宋劭文先生谈起来，表示边区的巩固和扩大是由于政权工作者的艰苦奋斗，廉洁奉公，他亦将诚恳的告诉你：“如果没有军事和民运工作的巩固与深入，晋察冀是不会有今天的。”

假如你又仅只单独的看到群众的活跃与英勇，看到民运工作同志的艰苦伟大的时候，即使一位纯朴的老乡亦会告诉你：

“没有子弟兵，没有边区政府，我们老百姓也不会有今天的。”

假如这一些诚挚的回答，使你感觉到“边区的人们太客气了！”那就说明了你并不了解晋察冀边区。晋察冀边区抗日民主模范统一战线区的荣誉永远和子弟兵团、边区政府、边区一千二百万的民众分不开的。

这是一个毫无折扣，百分之百的一个事实。就拿战斗来说吧，反扫荡该是子弟兵团的任务，并不错误。但是这一句话不能说是子弟兵团唯一的任务，也不能说是只有子弟兵团才有这一种任务。事实绝不是人们所想象的那样简单。每一次反扫荡的胜利，都是晋察冀边区军政民全体努力的结果。部队是在拿着枪杆保卫边区，但是战斗动员，配合作战，后方勤务和治安维持就落在政民的两肩。子弟兵团每一次胜利，绝不是军事上的单纯胜利。政府供给充分的给养，群众报告正确的情报，都是它胜利的因素。尤其是在冀中，看得更为明显。如果没有群众，平原游击战争的创造和坚持是不可想象的。

政府就是人民的政府，是给老百姓办事，教给老百姓办事的机关，根本和群众是无法分离的。边区政府的每一项工作，首先便需要群众团体工作干部的参加。在开展敌区工作的时候，时常的是要子弟兵团先行扫荡敌伪势力。即使是政府的一纸法令，没有部队的尊重与维护也是行不通的。在边区各级政府会议的项目中，重要的两项便是军政民联席会和政民联席会。每一桩工作的开始总是三方面尽量的交换意见，共同讨论。在进行的过程中，共同协力，互相帮助，在工作第一的原则下，努力求其彻底实现。

民运工作是政权工作的开路先锋。它依法的监督政府和部队。部队上的各级政治机关的民运工作，是和群众团体一体的工作。无论政府和部队，对于民运只有爱护和扶助而没有摧残与压迫。

由此我们就可清楚的看到，边区的每一桩工作，每一部门的工作都有着边区军政民全体同志的血汗浸润。边区最大的特点，就是军政民的密切联系。在密切联系之中又有着严格的分工。军政民各有各自的工作范围，越俎代庖，无异于摧残工作。在边区军队代替政府，政府代替群众团体的不良现象是没有的。军政民互相尊重其独立性的友谊精神，就是建立在这种密切的分工之上。政府和群众团体无权干涉部队本身内部的一切事宜，但是有权建议和批评。至于政府，即使一纸法令，无论军民都是一律奉行毫无假借，除掉建议和批评之外，部队和群众团体无权干涉政府的一切内部事务和行政措施。过去有一位河北省政府的代表，跑去军区找聂司令员商量一桩关于政权工作的事件。聂司令员告诉他，他是军事上的负责人，虽然也是边区委员之一，但是政权工作负责的是宋主任。于是请他到边区政府去。群众团体亦是同样的情形。群众团体既不是政府官吏的御用机关，也不是部队的支差所，它是群众自己的组织，因此军政两方面除了建议和批评而外，都是无权过问其内部的事情，无权干涉它的工作。

在边区政府成立的时候，军政民代表大会就如此明确的规定了军政民的关系。

晋察冀边区，模范抗日统一战线区的荣誉是和边区政府、子弟兵团，是和晋察冀一千二百万民众分不开的。晋察冀边区是新中国的雏型！

（二）革命理论和求实精神的有机结合

实事求是，不苟且，不徇情，不假借，亦即求实的科学精神，是晋察冀工作同志们的作风，形成了晋察冀工作同志们的优良品性。

在政权工作同志之间，见了年老的，总是这样的说："某某同志，你年轻了！"见了青年同志多是"哈哈，像三十来岁的人了"！固然政权工作比较起其他方面的工作有些呆板，容易使人"少年老成"，但是这两句话却是本自求实的精神出发的互相鼓励的话。老年人作事容易敷衍塞责，搪公事，于是要求他有青年的精神，要求他不但把公事办了，而且办好。青年作事容易过火、虚浮、铺张，于是要求他稳重、老练、周到，要求他实事求是。

晋察冀边区还有许多工作有许多缺陷。这些地方说明了干部的能力有的还很不够，表明了客观环境的困难太多，或是由于物质条件的限制。但是在原则上，在大的方面，在政策上却很少有什么错误。譬如在晋察冀办理大工厂就不容易。大的军事工业当然也不能举办。日寇的"扫荡"有时是随处可到的。晋察冀并不是一个独立的王国，而是抗战的一个环节，是与全国各地血肉相连，声息相通的。晋察冀边区的存在和扩大，牵制了日寇的兵力，配合了全面抗战，粉碎了日寇速战速决，确保占领地的企图和一切无耻的政治阴谋，促进了全国的进步与团结。他方面的失败，退步，虽然会增加边区的困难，但是在一千二百万民众面前，是没有什么困难不可克服的。过去的事实说明了他们从日寇的血手里尚且能够夺回我们国家的领土和主权，何况一些其他的困难！这也因为全边区是团结的，是进步的缘故。他们更有着统一战线的武器，艰苦奋斗的精神，还有着实事求是的科学精神。因此虽然工作上容易或有些欠缺，有着一些不够的地方，但是从未有过一纸空文，从没有过空说不作的一句漂亮话。没有摆样子，作仪式的形式主义，没有虚浮的，不切实际的空架子。

就区选来说吧，区民代表的选举是早已实行了的，但是区长的民选却还是最近的事。是不是政府忘记了这桩事呢？没有。政府终日为了如何才能实现真正的民意考虑着，几经实验才规定了详细的办法予以颁布实施。这种正当的考虑便是实事求是精神的表现。就是县选，边区大选，亦在作积极的准备工作。今年，他们还希望能够实现县长民选。这同过去的军阀官僚无意与人民以民主的权利，饰词诡辩，故意拖延，毫无相同之处。

又如，谁都了解统一的累进税是今日最合理的税法。但晋察冀边区现在还是在巩固村合理负担，开始进行县合理负担。这是不是说不实行累进税呢？不是的。正是创造有利的条件，克服各方面的困难，向统一的累进税的途径上迈进。又如各县参政会的组织办法是最近才行颁布的。在颁布这一个法令之前，就再三的考虑到一些问题，譬如县级参政会与政权的关系，与区级参政会和专署参政会的关系，各级参政会的职权……这与徒有民意机关的美名，而无民意之实者毫无相同之处。这一些地方都是晋察冀边区求实的科学精神的表现。

晋察冀的任何一种工作，动员公粮、募集公债、动员武装、区村民选……随便哪一种工作的进行，是没有单凭一纸公文或一道命令的，都是要在进行之先经过各方面、各级的以迄于群众，周密、深入而广泛的政治动员。因此每一桩工作总是按计划的遵时完成，或甚至提前。在工作过程中，绝不为困难所屈服。把握优势，奋力前进，遇有劣势，集中力量，实行突击。总之以完成工作任务为鹄的。在各种不同的环境，不同的条件下，工作干部在他们的工作中还创造出无数新的方法，积累了许多新的宝贵的经验。这都是求实的科学精神的表现，实事求是的结果。

在干部中间也曾有过忽视革命理论的现象。有的地区的工作部门有过所谓“工作干部”和“理论干部”的区分，但这已是过去的陈迹。“没有革命的理论，就没有革命的行动”“只有革命的行动才能有正确革命的理论”。这是今天边区每一位工作同志所深知的真理。因此学习制度在每一个工作部门中都逐渐的健全起来。人们经常的探讨前进的革命理论，研究三民主义，学习马列主义。

革命理论和求实精神的结合，在工作上的表现，便奠定了晋察冀边区牢不可破的巩固基础，一度一度地取得反扫荡的光荣胜利，逐日在战斗中壮大起来。也正因为如此，边区才真正的形成了抗战民主和统一战线的模范根据地，逐渐成为新中国的雏型。革命理论和求实精神在工作上的结合使晋察冀边区能够击退一切黑暗势力，永远迎接着光明。

（三）模范的抗日民族统一战线区

晋察冀边区就是共产党领导的八路军所一手开辟的。现在仍然是在八路军的边区子弟兵团的保卫之中，像是华北敌后大部分是在八路军的保卫之中一样。共产党员也有在政权机关工作的，但是为数只不过是十五分之一。在子弟兵团中党员才占三分之一，但是在战斗中牺牲的，共产党员却占十分之六。

在晋察冀边区，共产党与其他抗日党派一样的休戚相关，彼此互相扶助，互相巩固，互相发展。他们有着共同的认识：抗日民族统一战线是救中国的唯一方法。他们有着共同的目标：驱逐日寇到鸭绿江边，建立独立自由、幸福的新中国！他们也有着共同的敌人，那便是日本帝国主义、汉奸托派和汪派。在这种共同的认识之下，他们只有携手一致，齐一步调，精诚团结，打击并消灭共同的敌人，向着共同的目标前进！

在晋察冀有满洲人，有蒙古族，也有回族，他们和汉族是一律平等的。每一个抗日的人民在晋察冀都享有充分的民主权利。一些少数民族，还是受着更高的待遇。在抗日工作上，其他民族也是不甘落后的，譬如冀中的回民支队，便是使日寇丧胆的一支劲旅。

晋察冀有基督徒，有伊斯兰教徒，有喇嘛，还有和尚。他们都有着宗教上的信仰自由。同样的在抗日战线上，他们不分信仰地团结在一起，对付共同的敌人。

晋察冀有着工人，有着农人，有着少数的资本家，也有着不少的地主，有着知识分子，也有着名流士绅。虽然他们私人利害不同，阶级不同，职业不同，但是在抗日民族统一战线下他们团结在一起。二五减租，一分减息，佃户和债务人高兴，地主和债权人也高兴。一方面是减轻了负担，一方面是对国家民族贡献出一些力量。即是政府的一个法令也从不曾忽略了商人的利益。逃亡的地主的房屋土地，政府都替他们妥善的代管。回来的时候，依然归还给原来的主人。

在边区政府的委员里，有共产党，也有其他抗日党派和无党无派的抗日人士。边区政府是一个模范的地方政府，是一个各阶层、各党派联合抗日的政府，因此是日寇汉奸所恐惧的一个政府。边区的群众团体，也是统一战线的组织，因此也为日寇汉奸所恐惧，认为是神妙不可测的组织。子弟兵团是坚决抗战，坚决实施抗日民族统一战线的军队，它巩固，扩大并保卫了边区。因此为人民所热烈拥护，而为日寇汉奸闻名丧胆。

这种充分的统一战线的精神，贯彻于晋察冀军政民各级领导，和所有的干部的头脑之中，贯彻于一千二百万人民之中，贯彻于一切工作之中。抗战建国纲领已在边区实现，因此还创造了不少进步、团结、抗战的法令，创造了不少英雄的奇迹，不断的取得了军事上，政治上……各方面的大大小小的胜利。因此，晋察冀边区在民族解放的革命战争中，在全中国，在全世界赢得了无上光辉灿烂的荣誉——模范的抗日民主统一战线区！

（四）抗日民主之花开遍了华北

抗日民主之花开遍了华北！

五月七日《新华日报》华北版：

大众社二日电：鲁西各界代表大会，为成立鲁西主任公署，通电全国各党政领袖：

"……大会一致决议成立鲁西行政主任公署。当推选张维翰、祝壁臣、杨勇等十五人为委员。并推选坚持冀鲁游击战争之肖华先生为正主任，坚持创造鲁西抗日根据地之董君毅先生为副主任。……"

五月十七：

"本报特讯：山西三区专署，顷为保障人民权利，安定社会秩序，揭发奸顽造谣，特布告于下：

一、保障一切抗日人民利益和生命财产之安全。

二、一切抗日人民，有抗日言论、出版、集会、结社、信仰之自由。

三、军队及各群众团体无逮捕及处罚权。

四、区村公所无处罚权，除受县政府命令外，不得擅自捕人。

五、县政府只有依照法律规定之逮捕及处罚权限，处决人犯，须呈请本署批准。

六、各级政府及群众团体务须严格遵行本署公布之保障人民权利暂行条例，如有违反者，不论何人，定行严惩不贷。

七、凡有侵害人民利益及生命财产安全，或不依人民权利保障暂行条例，滥用逮捕权，处罚权者，人民得向本署控告，定行严惩不贷。……”

五月二十七日：

“特讯：晋察冀全区各界宪政促进会，即将于五卅成立。并有军政要人作重要报告。据息，此次大会将有二百余代表参加，包括有太北、太南、太岳、豫北及冀西各地各界宪促会代表，人数约占百分之四十，各地士绅名流占百分之四十，其他军政界代表百分之二十。大会筹委会正积极筹备布置中，届时当有一番盛况”。

五月二十九日：

“华北新华社冀鲁豫边二十五日本报特派员专电：冀南大名、濮阳、清丰、南乐、东昌、长垣六县自行政督察专员丁树本弃职潜逃后，政权工作一时停顿。军民士绅各界以本区抗战大计，不能无人主持，遂于四月六日召开各界代表大会，选举民众领袖安德乾先生继任行政督察专员。大会进行极为热烈，晋南行政主任公署亦派代表出席指导。”

“安德乾先生以人民重托，义不容辞，当选之后，即宣誓就职，并宣布六大施政方针如下：

一、巩固本区抗日根据地，坚持抗战到底。

二、坚持统一团结。

三、实行民主政治。

四、改善人民生活。

五、整理财政经济。

六、实施抗战教育，发扬进步文化。

安专员就职之后，六县民众均庆得人，协助政府进行各项抗战建国工作，目前正在积极开展中。六县县长现已全部经民主改选就绪，当选者均民众属望之抗日领袖。各地政府机关，亦正在力求整顿改进。

此次民选专员县长，经过筹备时间甚久。因前任专员丁树本主政时期，毫无建树，救亡运动仅在抗战初期稍有开展。其后即受到丁氏压制，故本区政治并无改进。本年一月间，敌寇进攻抗日根据地，丁氏左右少数顽固分子乃挟持丁氏作各种反进步运动，解散救亡团体，逮捕抗日青年，以致民情鼎沸，怨声载道。丁氏左右进步人士，乃相率引去。丁氏以众叛亲离，且自绝于民众，遂率领少数顽固分子弃职潜逃，脱离本区抗日阵地。本区士绅民众虽曾派人寻访挽留，均无结果。今以六县政权，极须彻底改革，乃经军民士绅各界迭次会商结果，始决定实行民选”。

同日：

“大众社二十四日电，山东清河区各界，特于十一日召开民众代表大会，计到会代表百余人，经三日之热烈讨论，当即决定成立清河区行政促进会，选举李人风为专员，王兴国为副专员，同时并选举普晓村、李人风、孙明旦等为正副议长……”

六月二十一日：

“时事通讯社讯：鲁南各界为加强抗战领导，实行民主政治，粉碎敌人政治阴谋，除各县县长，各救亡团体，各机关负责人联合发出告鲁南同胞书外，并定于本月×日在×地召开鲁南人民代表大会，民选产生行政专员公署。预料届时将热烈讨论实施民主政治等问题，而鲁南最高行政机关产生后，对加强领导鲁南军民，坚持敌后抗战，必更多贡献。”

这还仅只是五六两月份的《新华日报》华北版上的消息。

（五）敌人从哪里进攻，就叫它在哪里灭亡

晋察冀边区今天已经形成了华北敌后抗日民主统一战线的钢铁堡垒。在团结、进步、坚持抗战到底的鲜明旗帜之下以无比英勇、伟大、坚强的姿态挺立在华北敌后。晋察冀并不是一个孤立的海岛，在华北各地已经建树无数抗日民主的根据地。在那些地方，同晋察冀边区一样，“敌人从那里来，我们就让他们在那里灭亡！”它们已都在执行抗战建国纲领，实现民主政治。它们和晋察冀手携手以战斗姿态在华北抗战的前进阵地上争取着反攻阶段的到来。他们是在手携手的向着新中国的光明前途勇往迈进！

当初敌骑铁蹄纵横的华北，今天是到处驰骋着抗日的健儿。在东北、在热河、在冀东、在平北、在雁门关外、在大青山麓、在晋察冀边、在冀晋豫边、在晋西北、在鲁西南、在太行山里、在黄河两岸、在华北的土地上，抗日健儿和抗日人民的鲜血冲洗掉百年来的耻辱，几千年污秽的渣滓，粉碎了日寇、汉奸、汪派、托派，以及一切妥协投降分子的无耻梦想。在祖国的膏壤上，烈士的鲜血灌溉着抗日民主政治之花，使它绽开丰盛的肥葩。在华北祖国的土地上，将埋葬掉法西斯蒂及一切反动势力；在华北祖国的土地上，将建立起独立自由幸福的新中国。烽火中的华北是中华民族解放的一支熊熊的火把，是弱小民族解放的一座明亮的灯塔，他昭示全世界的正义进步的人士，昭告给全世界被压迫的民族，和被奴役的人民：

中华民族行将吹送出解放胜利的号角，在华北，新生的中国，在

战斗的血流里，已绽出灿烂之花。

后　记

在去年的十月二十八日，我们一行十人冲过了当时敌人扎有重兵的同蒲封锁线，在连亘不绝的山岳地带里整整一天一夜的工夫，连跑带走不停地行了二百来里路，到第三天头上才总算是脱离了日寇血腥统治的势力范围，踏上了插有祖国旗帜的晋察冀边区的境界，开始呼吸着抗日民主的战斗气息。今年的五月四日青年节的那一天，就像是在边区内走路，没有感觉什么疲劳，舒舒爽爽通过了正太封锁线，离开了晋察冀边区。

到达了边区，随即就让我们幸运地赶上了晋察冀军区成立二周年纪念大会。这是敌后空前的一个盛会。在凶猛的炮火声中，大会安然地一直进行到总结闭幕。为了对付日寇这一次空前的冬季大扫荡，我们就乘了游击之便，又翻过了太行，到达了边区发轫地晋东北。在北风凛烈严寒的冬日里，参观了五台、盂县、定襄等县的工作，听到了繁峙、代县、忻州、惇县的同志们的工作报告。更使我们兴奋的看到了第二军分区英勇健儿们的胜利战绩。复应边府之邀，顺着滹沱洪流赶回参加晋察冀边区政府行政委员会成立二周年纪念大会。途中顺便参观了模范县平山。大会闭幕后，在旧年期间，稍事休息，整理了一下关于冀中的材料，便向平西出发。在那一块开辟不久的土地上看到了边区初生时的轮廓。兴奋地参观了涞、涿、房、良和宛平各县的工作，并且亲自跑到北平外围的敌边，花三天的工夫作了一次考察。三月，在平西反扫荡炮火中，取道名关紫荆折反冀西。途中访问了第一军分区、冀西各专署、第三军分区，参观了易县、满城、曲阳、唐县、完县及阜平各地的工作。并于阜平某村往访边区各群众团体。在离开边区的途中，又参观了平山敌后灵寿、井陉和获鹿各地的工作。最后，第四军分区派队送我们通过了正太封锁线，离开了晋察冀边区。

六个多月的时间，在晋察冀边区共历十五县，五百余村。遍访军政民各界同志，参观了许多工作。这一本书就是根据我们对边区的了解和认识，把自己看到的或听到的事实及所搜集到的各项可靠的材料组织起来的一个忠实记录。

这一本书从开始到完成仅仅花去了一个整月的工夫。从六月七日开始写，到抗战三周年，抗战建国纪念七月七日便全部完成了。因为各种条件的限制，和客观环境的要求，使我们不能不这样匆促的赶出来。当中所有的材料，除掉一些文字材料之外，都是我们所亲眼见到的，亲耳听到的，亲手搜集到的活生生的事实。材料多的便多记录一些，材料少的便少记录一些。但是边区的每种材料，都不是某一种工作单独的材料，许多地方也都附带的说明了其他工作。因此全书虽然分成了军事、政治、经济、民运和文化教育各部门，但是却不能这样严格地去看，这样严格地去划分。晋察冀边区无论军政民那一桩工作，都是血肉相连，不可划分的统一体的一部分。就是在这样的认识之下，匆促的在很短的时间之内，忠实地，毫无渲染地，加以组织、记录出来。

由于经历的地方多，深入参观的时间不够；由于各种材料和参考书籍的缺乏；更由于能力的限制，挂一漏万的地方一定不少，这是作者负完全责任的。希望边区所有的同志能供给更多的材料和宝贵的指示，以便在将来有机会的时候，尽量地能够有所修改增补。同时希望有人能够写出几本材料更丰富、情节更详尽、观察更深刻的关于晋察冀边区的介绍或论述方面的书籍来。这不仅是边区自身的需要，也是所有各个敌后所需要，及我后方各地所需要。

在这本书开始写作之前，那还是在边区的时候，我们曾经随时随地的一共写了十五万字左右的通讯，陆续寄往各后方杂志报刊介绍边区。未到边区之前，就深深的感觉到关于敌后的抗战建国介绍得太少，既到边区之后即感到过去所已经介绍的不是失之片面，就是缺乏系统，欠明确；到边区之后，虽然更清楚地了解到交通邮寄及其他各种各样的困难，以及一些绝不应有的他方面所造成的困难，但是却更深刻地感受到有必要系统地介绍边区，介绍华北敌后抗战，无论军事、政治、文化、教育、经济、民运一切的工作，以及抗敌的英勇事迹，根据地缔造艰苦奋斗的过程。这是文化岗位上工作同志们当前一桩重要的任务。已寄出的一些通讯，和这一本书的完成，便是这一个工作的开始。今后还要继续作下去。因此还希望后方的人能够到前方，到敌后亲自跑一趟，看一看，希望敌后的文化工作者也能担负这一桩工作，完成这样的一个任务。

本书的写法，是在能力范围之内，务求其存真存实。这是因为要忠实于为了抗战胜利，建国成功而终日艰苦奋斗有着英勇牺牲精神的边区所有的同志和一千二百万亲爱的同胞。如有不确切之处，这是边区任何一个同志和同胞都可提出指正的。

一九四〇年八月十三日于晋东南